U0066335

繡裡乾坤 2

風文創 1206

夏言 著

風
文創
1206

目錄

第十一章

吃過飯，喬婉琪本想拉著溫熙然和雲意晚一同去一旁花廳吃茶，可惜溫熙然身體不舒服，不能同行，因此喬婉琪和雲意晚二人去了花廳。

一盞茶過後，雲意晚把話題引到了那日秋獵的事情。

喬婉琪好笑地說：「那日可真有趣，我從來沒見過大堂姊吃癟。」

「……嗯，不過我印象最深的是馮老夫人突然說我長得像外祖母。」

「對對！」喬婉琪也想起那日的事情了。「真的好奇怪，為何馮老夫人會說表姊像祖母呢？」

喬婉琪看向雲意晚，怎麼看都無法將這二人連結在一起。

不過，離得近了，她又想推翻自己的結論了，仔細一瞧，兩人的嘴巴還真有些像，臉型的輪廓也有點像，只不過祖母最近這些年胖了、臉皮鬆了，看不太出臉型來了。

「是啊，不僅馮老夫人說像，琰寧表哥也說像。」

喬婉琪點頭道：「對，表姊不說，我都不記得了，我哥那日確實說過這種話，回到府中他還跟我嘀咕了幾句呢，說表姊跟他小時候在祖父房裡看到的畫像很像。」

雲意晚感慨道：「是的，不知究竟有多像，真想親眼看一看那幅畫。」

喬婉琪看著面前和祖母有幾分相似的表姊，心中也有些意動。

今日是祖母壽辰，祖母還在和各府夫人說話，前院大伯父他們肯定還在喝酒聊天，這豈不是最佳時機？

喬婉琪壓低了聲音道：「不如……咱們去偷過來看看？」

目的達到！只不過，跟雲意晚設想的不同，她本想求婉琪表妹去找琰寧表哥拿那幅畫過來看看，沒想到婉琪表妹自己先提了出來。

雲意晚順勢附和道：「好啊。」說完，她又說出心頭的疑慮。「可是不知那幅畫究竟在何處，咱們要去哪裡拿？」

喬婉琪笑得一臉狡黠。「我們不知道，我哥肯定知道，走，找我哥去，讓他去偷，祖母、大伯父都疼他，祖父生前又最喜歡他，他去拿的話，即便是被人發現了肯定也沒人說他。」

雲意晚道：「好。」

喬琰寧正在前院跟好友們談天說地，小廝過來說妹妹找他，他沒當回事。

「我忙著呢，你跟她說我吃完飯再去找她。」

小廝連忙離開去告知。

雲意晚和喬婉琪就等在不遠處，聽到小廝的話，喬婉琪很不悅。她哥真的太討厭了，大堂姊一叫他就過去，她叫他就不理。

喬婉琪氣得不行，撿起一塊小石子朝著兄長的背去過去。

砸得雖然不疼，但喬琰寧還是感受到了，他不悅地回頭，嚷嚷道：「誰幹的？」

一桌的公子哥兒全都朝著石子飛來的方向看去。

那邊是一片竹林，竹林後面是院牆，牆上有鏤空雕花，透過鏤空雕花，彷彿看到一抹粉色和薑黃色的身影在晃動。

陳伯鑒想到剛剛在內宅遇到的人，心中微微一動，勸道：「琰寧，興許婉琪表妹有要事，你還是去看看吧。」

喬琰寧笑道：「她天天閒得不行，多半是一些小事，表哥別理她。」

陳伯鑒道：「我剛剛酒吃多了，腦袋有些暈，不如我跟你一同過去瞧瞧，正好也醒醒酒。」

喬琰寧剛想拒絕，想到妹妹似乎中意陳伯鑒，猶豫了一下，道：「好吧。」

他心中暗想，妹妹老說他對她不好，這次她就沒話說了吧，他可是把她心上人帶過去了。

「表姊，妳看我哥多討厭，我喊他他都不來，真是煩死人了！」喬婉琪跟雲意晚抱怨兄長的不是。

「可能琰寧表哥在忙，等表哥忙完咱們再看吧。」雲意晚道。

「哼，我討厭我哥，再也不喜歡他了……啊——」喬婉琪正說著兄長的不是，領子突然被人從後面提溜起來。「誰？」

喬琰寧趴在牆上的鏤空處，提著妹妹的領子說道：「好啊，妳膽子肥了，敢在背後編排我！」

喬婉琪一巴掌打掉兄長的手。「我說什麼了？我哪句話沒說對？你就是——」

這時，一個身影出現在拐角處，雲意晚連忙扯了扯喬婉琪的衣服，示意她看向身後。

喬婉琪看著出現在眼前的陳伯鑒，態度立即轉變，臉上的神情由憤怒轉變為驚喜。

「表……表哥。」

喬琰寧輕哼一聲，離開原地，繞到了正門處，從陳伯鑒身後走了過來。

「呿，就是會裝！明明是隻長獠牙的小老虎，非要裝成小白兔。」喬琰寧毫不客氣地說道。

面對喜歡的人在場，喬婉琪覺得有些丟臉，臉色微紅。

雲意晚看了喬婉琪一眼，又看向喬琰寧，忍不住幫表妹說話。「哪有的事，婉琪表妹一向天真爛漫，脾氣溫和的。」

喬婉琪抱住了雲意晚的胳膊，瞪了兄長一眼。

喬琰寧瞪大眼。「她脾氣溫——」

雲意晚道：「表哥，你是婉琪的兄長，她是喜歡你才會如此，咱們都會對親人更加親暱一些的，對吧，陳大公子？」
陳伯鑒見雲意晚提到自己，立即站在她們這邊。「對，意晚表妹說得對。我家小妹在家對我也是這樣，在外就非常淑女，因我是她的親兄長，她對我信任親暱。琰寧，你是男孩子，別跟表妹計較。」
見眾人都這樣說，喬琰寧沒再說什麼，問起剛剛的事。「說吧，喊我過來做什麼？」
喬婉琪看了一眼陳伯鑒。若是只有兄長在，她定會說出剛才的想法，此刻太傅府的公子也在，卻不好多說了。
雲意晚看著喬婉琪的神情，明白了她的顧慮，她琢磨了一下，反倒覺得陳伯鑒在此是一件好事，陳伯鑒是大舅母的姪子，若他也知曉了此事，說不定還能有其他更好的效果。
「說啊，猶猶豫豫做什麼？剛剛不還很著急，甚至還拿石子砸我嗎？怎麼我來了妳又不說了。」喬琰寧道。
雲意晚往前走了一步，說道：「表哥，其實是我讓婉琪來尋你的。」
在場所有人都看向了雲意晚。
喬琰寧臉色變了變，收起玩鬧，多了幾分鄭重。他跟表妹並不熟，不知表妹有什麼事找他。
喬婉琪看著兄長對表妹的另眼相待，不知為何，心裡竟然沒有嫉妒的想法。從前兄長對大堂姊這般，她氣得要死。

喬琰寧頓了頓，問道：「表妹有事尋我？」

雲意晚道：「嗯。秋闈那日，外祖母的好友馮老夫人說我長得像外祖母，表哥也說我和一幅外祖母的畫像很相像，剛剛也有來侯府做客的一位老夫人說我像外祖母，所以我有些好奇我和外祖母究竟有多像，這不，就拉著表妹一同來找表哥了，想請表哥把那幅畫像拿出來看看。」

喬婉琪驚訝地瞪大了眼睛。

表姊和大堂姊有些地方很像，有些地方又不太像。若是遇到了事情，表姊和大堂姊都會溫和冷靜地處理問題，不同的是，大堂姊會笑著把事情推到別人身上，而表姊會攬在自己身上。

人和人真的不同，怪不得她打心底不喜歡大堂姊，可一看見表姊就喜歡。

喬婉琪道：「不是表姊，是——」

雲意晚扯了扯喬婉琪，示意她不要說。

喬琰寧看了眼妹妹，說道：「其實妳們倆不說我也知道，這事是婉琪想做的吧，她定是自己不好意思說，全都推到表妹身上。」

妹妹小時候沒少幹這樣的事，她總喜歡把錯事、壞事推到大堂妹身上。

喬婉琪好生氣惱，雖然哥哥說的有一部分是事實，但有一部分並不對，她從來沒想過要把事情推到表姊身上。

雲意晚皺了皺眉，鄭重地說道：「表哥，我想你對表妹有誤解。」

喬琰寧和喬婉琪看向雲意晚。

雲意晚道：「今日是我主動跟表妹提起圍場那日發生的事情，畫像也是我想看的，畢竟多次被人說像外祖母，所以我非常好奇，若我不提此事，表妹根本已經忘了。」

今日的事情雖然是婉琪表妹先提出來的，但真正想知道的人確實是她自己，她不想因為自己的事弄得兄妹倆之間產生矛盾。

頓了頓，雲意晚又道：「其實表妹是一個非常單純的人，是表哥把她想複雜了。」

喬琰寧怔了怔，喬婉琪看向雲意晚的眼睛淚汪汪的。

陳伯鑒站出來打圓場。「琰寧，意晚表妹真的像年輕時的老夫人嗎？我怎麼瞧著不像呢，是不是你小子胡謅的？」

喬琰寧回過神來道：「當然不是，是真的很像，我從第一次見表妹時就覺得像，那日從圍場回來後，我還特地去書房找出那幅畫像來看。」

陳伯鑒若有所思地看了一眼雲意晚，道：「既如此，表弟不如拿出畫像讓我們幾個人也鑒賞一下。」

喬琰寧道：「這有何難？走走走，一起去看，那幅畫現在收在書房，免得你們說我胡說八道。」

雲意晚感激地看了陳伯鑒一眼。

他這次又幫了她，總是在關鍵時刻出手，若她真的是大舅母的親生女兒，那麼陳伯鑒就是她的親表哥了。

「多謝表哥。」雲意晚低聲道謝。

聽到這個稱呼，陳伯鑒笑了。「表妹客氣了。」

喬婉琪看著站在面前的陳家表哥和意晚表姊，覺得這二人相配極了。她心中沒有嫉妒，反倒增添了自卑，覺得自己雖然出身比表姊好，可卻處處不如表姊。

雲意晚看向喬婉琪道：「也多謝婉琪表妹。走，咱們跟著琰寧表哥去看看。」說著，雲意晚站在了邊上，把中間的位置讓給喬婉琪。

「好。」

喬婉琪左邊是陳伯鑒，右邊是雲意晚，開心極了。

不多時，幾個人來到了書房這邊。

永昌侯府極大，書房並非只有一個，諸位少爺有書房，老爺們也有自己的書房，但代表永昌侯府的書房只有一個，那就是永昌侯用的正書房，旁人未經允許是不能進去的。

正書房旁邊的耳房裡則收納著一些不太重要的東西，比如一些年代久遠，又不涉及侯府機密的書籍、字畫，雖然也要經過永昌侯同意才能進去，但看守沒那麼嚴格。

所以，喬琰寧以思念老侯爺為由，很順利地帶著雲意晚幾人進入了正書房旁邊的小房間。

因為前些日子剛剛看過這幅畫像，喬琰寧很快就找到了老太太年輕時的畫像，把畫遞給了雲意晚。

雲意晚看著捲起來的畫軸，手微微有些顫抖。

聽說了是一回事，猜到了也是一回事，若是親眼看到，那就是另外一回事了。

一時之間，她有些緊張，直到此刻，她仍舊覺得自己的猜測過於荒謬。

喬婉琪看著有些破爛的畫軸，忍不住道：「祖母的畫像怎麼會這樣，哥，是不是你沒收好弄壞了？」

喬琰寧抬手敲了一下妹妹的額頭。「我怎麼可能這麼粗心！我小時候在祖父那裡見到的畫像就是這樣，這畫是祖父畫的，聽說也是祖父撕破的，孫姨娘本來把畫丟在角落，要不是我撿起來收好，這麼破舊的畫早就被扔了。」

聽到「孫姨娘」這三個字，喬婉琪撇了撇嘴。

她對孫姨娘沒什麼印象，孫姨娘死的時候她還小，但是直到現在祖母還常常罵她，爹爹也罵，府中的老嬤嬤們也罵，就連大伯父那麼穩重的人都罵過她，處事公正的大伯母提起她臉色也不太好看，所以她對這個人沒什麼好感。

陳伯鑒看出了雲意晚的不對勁，叫了她一聲。「表妹？」

「哦，我沒事。」雲意晚回過神來，深深吸了一口氣，走到桌子旁打開了畫卷，畫像頓時呈現在眼前。

畫卷有些陳舊，看出有些年頭了，紙張微微泛黃，不僅如此，上面還有被撕毀的痕跡，畫像已經有些模糊了，但儘管如此，畫中人還是能看得清楚。

只見畫中的姑娘正騎著馬，揚起了手中的鞭子，臉上的笑容肆意張揚，陳伯鑒和喬婉琪都見過雲意晚穿著騎裝的模樣，面對眼前這一幅畫不禁都呆住了。

太像了！

他們看看畫像，又看看雲意晚，一時之間都沒說話。

雲意晚心裡也有種說不出來的滋味，她看慣了自己，平常極少能感覺到哪些人和自己長得像，但在看到老太太的畫像時，連她都覺得有那麼一絲相像處。

自己之前的想法雖然荒謬，但一切事實又都指向它，此刻她有一種確定的心安，又有一種被親近之人背叛的悲涼與憤怒，兩種情緒交雜著，心緒久久難平。

喬琰寧看著面前三個人的反應，得意地說道：「我就說像吧，你們是不是也覺得像？」

喬婉琪言詞匱乏，看了許久，總結了一句話。「說像吧，不是特別像；說不像吧，又有點像。」

喬琰寧抬手敲了一下妹妹的額頭。「妳這是什麼爛形容！」

喬婉琪不悅地捂住了額頭。「這不是你問的嗎，我心裡就是這樣想的。」

喬琰寧不想理會妹妹，他用胳膊肘搗了一下旁邊的陳伯鑒。

「伯鑒，你覺得呢？」

陳伯鑒本來一會兒看看畫像，一會兒看看雲意晚，後來就一直盯著雲意晚看了，經由喬琰寧提醒，他才回神，驚覺自己盯著雲意晚看太久了，頓時有些不自在。

他連忙道：「眼睛和嘴巴有點像，但神韻不像。」

神韻倒像另一個人……他想著，但沒說出口，剛剛就是猛然一看，發現雲意晚和自己姑姑的神韻極像，尤其是側臉，所以他才看呆了。

喬婉琪發現陳伯鑒說出了自己的想法，立即道：「對對，我也這樣覺得，表姊的眼睛溫和，祖母的有些凌厲了，雖然長得有相似之處，但不會想到一起去。」

喬琰寧故意逗妹妹道：「好啊，妳敢在背後編排祖母，小心我跟祖母說去。」

喬婉琪好氣，抬手想要打兄長，喬琰寧躲開了，喬婉琪追了上去，兄妹倆在耳房裡打打鬧鬧。

陳伯鑒見雲意晚一直盯著畫像，乘機低聲跟她說話。「這件事還挺讓人意外的。」

雲意晚是永昌侯府的庶女所出，老太太是嫡母，兩個人毫無血緣關係，卻能長得相像，真是一件神奇的事情。

雲意晚眼神非常複雜，喃喃道：「是啊，真意外。」

陳伯鑒察覺雲意晚的情緒似乎有些不對，側頭看了她一眼，瞧著她沈靜的側臉，剛剛那個怪異的念頭再次浮現在腦海中。

表妹這模樣跟姑姑好像啊，會不會……

他心裡突然生出一個非常離譜的想法，但很快又被自己否認了。

這怎麼可能呢？永昌侯府又不是普通的府邸，姑母生產時身邊定是圍滿了穩婆和嬤嬤，絕對不會發生那樣的事情，再者，喬婉瑩和雲意晚長得不一樣，若是交換，定會被人發現的。

永昌侯攜客人踏進小院後就聽到了屋裡嬉戲打鬧的聲音，他皺了皺眉，看向管事。

「何人在裡面喧譁？」

管事道：「回侯爺的話，是三少爺和二姑娘。」

這兩孩子玩鬧也不分場合，永昌侯心頭微微有些不悅，但他沒表現出來，笑著跟客人解釋道：「讓大哥見笑了，是我二弟家的姪子和姪女，兩個孩子天真爛漫，感情好，常常打打鬧鬧。」

陳培之尚未說話，管事看向他，又補了一句。「陳家表少爺和三姑太太家的表姑娘也在裡面。」

這話一出，喬彥成心頭鬆快了幾分。

陳培之也笑著說道：「哦？伯鑒也在裡面？」

管事應道：「正是。」

陳培之道：「他們幾個關係倒是好，走，咱們也去看看。」

這位客人不是旁人，正是陳伯鑒的父親，戶部侍郎陳培之。

陳太傅如今只任散職，沒什麼實權，但他門生遍地，朝中大臣亦有不少他的學生，兒子陳培之的妻子又是崔家女，崔家歷經數代，人脈關係好，因此陳培之雖沒有爵位，但也無人敢輕視他。

喬彥成笑著說道：「好啊，走吧。」

管事推開門時，喬婉琪剛好逮到了兄長，正用拳頭捶他，哪知一轉頭就看到了站在門口的大伯父以及……陳家舅父，她連忙收起拳頭，整理好衣裳裝淑女。

「怎麼不打了？妳不打我，我可要打妳了？」喬琰寧揮舞拳頭作勢要打妹妹。

「咳！」喬彥成咳嗽了一聲。

屋內幾人全都看向了門口。

「父親、姑父。」陳伯鑒朝著門口走來。

喬琰寧也連忙收起拳頭，朝著二人行禮。「見過大伯父、舅父。」

喬婉琪跟著他一塊兒行禮。

就在此時，雲意晚伸手一拉，狀似不經意地把桌上的畫像拉到桌沿欲掉未掉處，而後才上前行禮。

「見過大舅父、陳大人。」

喚陳伯鑒表哥是一回事，但見到他的父親就不該自來熟叫舅父了。

「嗯。」喬彥成摸了摸短鬚，問道：「你們幾人在這裡做什麼？」

喬琰寧關鍵時刻直接出賣了妹妹。「還不是婉琪，她想——」

喬婉琪瞪了兄長一眼，示意他別說，但喬琰寧不聽她的，開口道：「看祖父……」只不過他話未說完，被陳伯鑒打斷了。「回舅父的話，事情是這樣的，前些日子秋獵時，我們聽到一位老夫人說意晚表妹長得像喬老夫人年輕的時候，然後琰寧表弟也說書房中有一幅喬老夫人年輕時的畫像，跟意晚表妹神韻相似，今日就沒忍住內心的好奇，央求琰寧表弟帶我們來書房一探究竟。」

陳伯鑒方才若有所思地不知在想什麼，他看到了雲意晚故意碰那幅畫的小動作，如今畫像垂落一半，再碰一下就會掉下來，猜到她想引起注意，雖不知原因，但他決定再幫她一回。

聞言，喬彥成看向了垂頭站在後面的雲意晚。

「哦？還有這樣的事？」

雲意晚緩緩抬起頭，看向了永昌侯。

雲意晚幼時曾來過永昌侯府，也見過永昌侯，但今日卻是永昌侯第一次見到長大後的她。

看清雲意晚的容貌後，喬彥成微微一怔，乍一看，還真有些眼熟，但要說像母親，還是差了點意思，他只是莫名覺得這個小姑娘非常面善。

陳伯鑒走到書桌旁，很自然地拿起畫像，又走了過來。

「喏，舅父、父親，你們看看。」

陳培之看到畫像後，愣了一下。「喲，彥成，還真有點像呢。」

喬彥成是見過自家母親年輕時模樣的，畫像裡的人也與他記憶中差不多，剛剛他初見雲意晚時已經驚訝過了，現在看了畫像，反倒不覺得特別驚訝。

「確實，嘴巴有點像母親。」

說完此事後，喬彥成想起有事要和大舅哥說，便對幾個孩子道：「外面上了些你們孩子愛吃的甜點和果子，去嚐一嚐吧。」

正書房這一區本就是重地，他們不該過來，幾人都聽懂了永昌侯話中之意，趕緊離開了此處。

雲意晚剛剛一直在觀察屋內幾人的神色變化。這些人無一例外，在看到外祖母的畫像時都有那麼一瞬間的愣怔和驚訝，只有永昌侯看到畫像時的反應最平淡，不過，當他注意到她的容貌時反應可不算平靜，眼裡有一閃而過的驚訝。

這樣就夠了，說多了反倒會讓人懷疑她的用心。

懷疑的種子一旦種下，有了陽光和雨露，就會生根發芽，茁壯成長。總有一日，真相會大白於天下。

離開後，喬琰寧和陳伯鑒去了前院，雲意晚和喬婉琪去了後院。

雲意晚看到母親已經出現在眾人的面前，不過人群中依舊沒有妹妹的身影，母親像是無事發生一樣，跟各個府上的夫人們交流著。

過沒多久，宴席散了，客人陸陸續續都離開了，喬氏離開時，雲意晚跟在她身後。

這時，一個小廝匆匆過來，遞給她一個東西。「表姑娘，這是大少爺給您的藥。」

看著手中的藥瓶，雲意晚道：「代我謝謝表哥。」

喬氏瞥了一眼她手裡的藥瓶，沒多說什麼，只是轉身上了馬車，雲意晚也跟著上了馬車。

母女倆今日心情都不太好，也沒人說話，直到快抵達府中時，反倒是喬氏忍不住先跟雲意晚說起話。

「今日定北侯為何會去救妳？」

雲意晚眼眸微動，看向母親。「女兒不知。」

喬氏皺眉道：「妳怎會不知？定北侯性子冷，沒見他跟誰親近過，妳該不會背著我私下做了什麼事吧？」

喬氏暗示意味很明顯，這是在說雲意晚不檢點了。

雲意晚手指微微聚攏，很想懟回去，不過，她忍住了。如今她既然要暗中調查當年的事，定不能惹怒母親，剛剛在戲臺前的反應是自己過於衝動了，沒想到後果。

想清楚這些，雲意晚露出傷心難過的神情，輕聲問道：「女兒也想問問母親，您為何去救表姊，不救我和妹妹呢？我看到母親衝向表姊時，心裡特別難過。」

喬氏被長女噎了一下，臉色不太好看。

不過，她倒是放心了，剛剛長女當眾懟她，她還以為她發現了什麼秘密，此刻瞧著她的神情，顯然是因為自己救了別人而難過。

「我已經說過了，因為我離妳表姊近，所以當下才拉了她就跑，我當然也想救妳和意晴，這不是沒來得及嗎？」

雲意晚失望地道：「哦，這樣啊。」說完，又用喬氏的話回覆她剛剛的那個問題。「聽了母親的話，我猜定北侯可能也是跟您一樣的想法，我當時就坐在邊上，興許定北侯是因為我離得近所以第一時間救了我。」

雖有故意的成分，但這番話多少也是她內心真實的想法。

顧敬臣不可能特地救她的，很可能他想救的是旁人，比如喬婉瑩，再比如秦家兩位姑娘，只是因事發緊急，他只來得及救她。

喬氏沒能從長女這裡問出什麼，心情很不好。

「不管是因為什麼，妳都離侯爺遠一些，莫要給家裡抹黑，耽誤了妳兄長的仕途和妳妹妹的親事。」

若是前世聽到這樣的話，雲意晚定會難過羞憤至極，但經歷了重生後這幾個月，還有今日的事，她覺得自己的心已經冷如冰塊。

雲意晚裝傻充愣道：「母親，我跟侯爺親近一些不好嗎？」

喬氏皺眉道：「好在哪裡？」

雲意晚道：「您不是一直操心父親和兄長的仕途嗎？定北侯有權有勢，我若是嫁給他，他定會提攜父兄，父親升職指日可待。」

雲意晚一臉真摯，像是一個真心擔心父兄仕途的好姑娘。

喬氏的火一下子竄了上來，臉色鐵青道：「妳這是一個姑娘該說的話嗎？定北侯那樣的人哪裡是妳能招惹的？」

雲意晚微微一愣，幾個月前顧敬臣救了兄長，母親沾沾自喜，覺得有機會攀附定北侯，急慌慌帶著妹妹去侯府送禮，這說明母親心裡還是想巴結定北侯的。

如今顧敬臣救了她，這麼好的天賜良機，母親不僅不利用，還交代她離人家遠點，可真是差別待遇。母親就這麼怕她得了勢，嫁入高門嗎？

可表面上，她仍是神色柔和地順從道：「嗯，女兒錯了。女兒只想著為母親、為父兄分憂，沒想其他，既然母親這樣說，女兒定會聽母親的教誨，絕不會再搭理定北侯。」

喬氏的心氣總算是順了些，女兒還是懂事聽話的，剛剛是她想多了。

很快，馬車到了府中，回到自己院子裡後，雲意晚的臉色就變了。

如果瑩表姊才是母親的親生女兒，母親前世逼她嫁給顧敬臣當填房這件事就能解釋得通了，可她懷孕後父親和母親的反應，以及之後她莫名其妙死亡，她還是想不通。

想想父親對她的態度，她覺得父親如今應當不知曉她的身分，但後來知不知道，就不好說了。

想到今日母親當眾打了她一巴掌，她不禁想，自己前世的死會不會跟母親有關……雲意晚頓時激靈一下，清醒過來。

不……應該不可能。母親這些年雖然一直在打壓她，但不至於取她的性命，畢竟她若死了，對母親也沒有一點好處。

不管如何，自己的身世之謎一定要調查清楚。

從今日陳伯鑒以及永昌侯看到畫像時的反應來看，她若是直接告訴眾人她的懷疑，別人定不會相信她。她必須找到證據，最直接最有效的證據那就是由母親親口承認，但顯然，這是不可能的。

或許當年還有其他經手此事的人？孫姨娘早已死了，她身邊的丫鬟也被打死了，還會有其他人知道嗎？她總不能貿然去找永昌侯府說這件事，說出來也沒人信啊！

還能找什麼證據呢……雲意晚閉上眼，大腦快速運轉起來，她仔仔細細回憶著前世今生與這件事相關的細節，想了許久也毫無頭緒。

突然她想到了一點。

「嬤嬤！」雲意晚喚了一聲。

不一會兒，黃嬤嬤進來了。

雲意晚道：「嬤嬤，我問妳一件事情。」

黃嬤嬤道：「姑娘請說。」

雲意晚問了。「我記得嬤嬤從前說過我生下來時身子很弱？」

黃嬤嬤回道：「可不是嘛！您生下來就常常生病，小小的一團，那麼冷的天，夫人抱著您從侯府回來，不生病才怪。」

雲意晚又問：「我生下來時很小？」

黃嬤嬤答道：「對，特別小，看起來像是不足月的。」

雲意晚眼眸微動，如果她和瑩表姊被調換了，那麼實際上不足月出生的就不是瑩表姊，而是她，當年在侯府接生的穩婆以及大夫肯定能證明這一點。

她記得那日在圍場上，瑩表姊說侯府請過許多大夫為她調養身體，所以如今她身體健康，沒有未足月出生的柔弱體質。

瑩表姊身體健康或許真能說是身子骨養得好，但若同日同地出生的她反而體質虛弱，像未足月出生的，是不是就很讓人懷疑？再加上和外祖母相似的長相……

雲意晚開口問道：「妳知道當年為我接生的是何人？」

黃嬤嬤搖頭道：「不清楚，當時府中準備好了穩婆，但因為夫人去了侯府，所以沒用上，您是在侯府生的。」

雲意晚若有所思地又問道：「嬤嬤說我生下來就很虛弱，那可曾請過大夫來看？」

黃嬤嬤點頭。「看過的。我記得那時您身子虛弱又常常哭鬧，夫人一開始沒管您，是老爺給您請了個大夫，不過奇怪的是那個大夫來了一次之後就不來了，夫人說他醫術不好，後來抱著您出去看病，我跟著去過一回，看病時夫人不讓我跟進去，我也不知大夫是如何診斷的。」

看來母親是怕大夫發現端倪，所以不讓大夫入府給她看病。

但無所謂，有大夫來看過就好，看過，就必定留下線索。

雲意晚看向黃嬤嬤，試探了一句。「嬤嬤，妳心裡可有過懷疑？」

黃嬤嬤不解。「姑娘指的是什麼？」

看著黃嬤嬤臉上的神情，雲意晚就知道這件事不光她覺得荒謬，旁人也這樣覺得，所以不會主動往那方面想。

她說明道：「我和瑩表姊同日同地出生，瑩表姊生得和母親有幾分像，我卻和侯府老太太長得有幾分像；瑩表姊據說是未足月就生下的早產兒，可如今看來卻身體康健，而相反的，我是足月出生，卻像個早產兒，自小身子虛弱；今日您又探聽到，原來當年我出生那日發生了那麼多事情……」

早在她說到自己像個早產兒時，黃嬤嬤的臉色就變了。

待雲意晚說完，她嘴唇哆嗦了幾下，壓低聲音說道：「您……您的意思是孫姨娘和夫人把您和瑩姑娘調包了？」

雲意晚神色平靜地點了點頭。

「這……這不可能吧，她們……她們怎麼敢做這樣的事情？」黃嬤嬤滿臉不可置信。

雲意晚冷靜地道：「我從前也不信，可事實擺在眼前。」

黃嬤嬤仔細想了想，想到了夫人對姑娘的刻意打壓，想到了夫人從小就不喜歡姑娘，想到了夫人對瑩姑娘過分的喜愛，今日更是不顧性命地救了瑩姑娘，不禁氣得牙癢癢。

「她們怎麼敢幹這麼喪心病狂的事情！」

調換侯府嫡女，目的是為了什麼不言而喻，她早就知道夫人是個看重利益的人，卻不承想她連如此喪心病狂的事都敢做。

雲意晚心裡也泛起冷意。「是啊，為今之計，是找到當年為我看診的大夫和為我接生的穩婆證明這一切。」

她是個不足月的早產兒，七個月時就生下來了，那時身子定然虛弱得很，沒想到母親沒有為她請大夫的打算，甚至還抱著孱弱的她出門去看病，果然不是親生的就不心疼。

黃嬤嬤想到姑娘的委屈，也不禁道：「對，是這個道理。」

雲意晚握著黃嬤嬤的手說道：「煩勞嬤嬤好好想想，讓紫葉去查一查。」

黃嬤嬤鄭重地應下。「好，姑娘放心！」

交代完事情，雲意晚放心了。

睡前，她看著面前的兩瓶藥膏，選擇了第一瓶，雖不知是何人所贈，但藥膏的效果特別好。

忙了一整天，陳氏總算把宴會用的東西都收拾好，把錢都給人結清了。

喬彥成從外院回來時，婢女正給陳氏捏肩膀，陳氏累得不行，躺在榻上閉眼休息。見婢女欲行禮，喬彥成抬了抬手，讓她們退下去了，自己走到陳氏身後，抬手給她捏了捏肩膀。

感覺到力道和手法不對，捏了沒多久，陳氏就睜開了雙眼轉頭看向身後。

喬彥成笑著道：「夫人今日辛苦了。」

陳氏連忙起身，喬彥成把她按住了。

陳氏沒再堅持，過了片刻，她道：「我有話想跟侯爺說。」

喬彥成停下了動作。

陳氏跟喬彥成說了說今日內宅發生的事情，有幾個別的府上的姑娘和少爺受到了驚嚇，因為馬上要過年了，她打算給他們的禮特別厚上兩分。

喬彥成對此沒什麼意見，只是說了哪些府可以適當減一些或增添厚禮，畢竟有些人家勢頭減弱，不用送那麼重的禮，有些勢頭正足，須得好好維繫關係。

陳氏一一應下了，說完這些，她想到了在府中養傷的外甥女，特別提醒。「對了，這回給三妹妹的禮要格外厚些。」

喬彥成道：「也不必太厚，和別的府一樣，厚上兩成就行。」

三妹妹和孫姨娘性格相似，有時禮太重了，反倒會覺得侯府確實虧欠了她，再者，妹夫雖然有些官運，但能力不足，沒什麼前途，頂天了能再升一級到正五品，對侯府幫助不大。

陳氏道：「可她畢竟救了婉瑩。」

喬彥成面露訝色。「哦？她救了婉瑩？」

他只知這次的意外讓三妹妹家的女兒受了傷，卻不知這一點。

瞧見夫君的表情，陳氏便知曉他不知此事，便細細跟他說了說當時的情況。

「……三妹妹在危急關頭救了婉瑩，所以婉瑩沒受傷，結果意晴來不及逃，頭被砸傷了。」

喬彥成恍然大悟。「哦，原來是這樣啊，怪不得妹夫明裡暗裡想討些好處，三妹救了婉瑩而沒有救自己的女兒，倒是讓人意外。」

三妹妹那個人心也夠狠的，放著自己女兒不救，為了利益去救別人。這種人沒什麼底線，不知瘋狂起來會做出什麼事來。

喬彥成雖也是個重利之人，但有度，絕對做不出這樣的選擇。

陳氏嘆氣道：「可不是嘛，我的心裡也是很愧疚。」

畢竟，三妹妹救了自家女兒，而三妹妹的女兒受了傷。

喬彥成拍了拍陳氏的手道：「夫人不必愧疚，過年的節禮就厚些吧，我在官場上多幫幫三妹夫，為他說說好話，引薦一下禮部的各官員，這就夠了。」

既然救了自己的女兒，還是必須給她一些回報。

陳氏不著痕跡地收回手，點頭道：「嗯。」

喬彥成看了夫人一眼，眼眸微動，端起茶喝了一口，笑著說道：「我今日見到伯鑒了，那孩子越長越俊了，跟大舅哥很像，人也很穩重。」

提及娘家人，陳氏臉上多了一層笑意。「嗯，確實。」

喬彥成道：「就看明年的春闈了，我聽大舅哥的意思是他功課不差，想來應該沒問題，若是殿試拿了頭名，陳家定能更上一層樓。」

陳家有這麼一個爭氣的後生，未來五十年都不會倒。

陳氏直接忽略了後面那句，道：「今日嫂嫂說他還像往常一樣出去聚會，她心中很是著急，想押著他在家裡讀書。」

聞言，喬彥成笑了。「伯鑒聰明，也不必如此拘著他，他多跟人聚聚也能增長見識，學習為人處世之道。」

陳氏道：「嗯，嫂嫂也是擔心他明年的春闈。」

喬彥成端起茶喝了一口，又道：「我瞧著伯鑒和琰寧、婉琪關係不錯，跟三妹妹家的長女意晚也玩得好。」

話語中不乏試探之意，陳家長子秋闈奪了頭名，瞧著他的才華和能力，想必狀元非他莫屬。如今他年歲不小了，尚未娶妻，不知陳家是何打算？他倒是想與陳家親上加親，再進一步。

「三妹妹家的長女？」聽到雲意晚的名字，陳氏解釋道：「侯爺可還記得幾個月前燕山那件事？」

喬彥成思索片刻，道：「夫人指的是定北侯調兵去燕山營救被困山上之人一事？」

陳氏點頭道：「正是那件事，表面上是定北侯救了眾人，實則是三妹妹的長女意晚率先發現，去京北大營求救，這才有了後續的事情。」

喬彥成頭一次聽說此事，甚為驚訝，想到今日見到的那個面善的小姑娘，喃喃道：「原來如此啊，也是個聰明的孩子。」

提及雲意晚，陳氏臉上帶了絲笑意。「可不是嘛，那個小姑娘知書達禮、嫻靜大方、處事沈穩……」

喬彥成難得聽到夫人這般讚美一個晚輩，笑著說道：「夫人很喜歡她？」

陳氏道：「嗯，很喜歡。」

但想到今日發生的事情，她對雲意晚除了喜歡之外，還有些同情。不過，這樣的話她沒跟喬彥成說。

喬彥成忽然想起一件事。「她就是那個跟婉瑩同一日出生的孩子吧？」

陳氏點頭。「對，就是她，她跟婉瑩同年同月同日，甚至同在侯府生的。」

說著，陳氏想到了自己生產那日的事情，喬彥成正想多說幾句，看著夫人的神色，猜測她想起了一些不愉快的往事。
為了轉移夫人的注意力，喬彥成道：「說起來，今日我是在正書房見到那孩子的。」
陳氏驚訝道：「他們去書房做什麼？」
喬彥成道：「伯鑒聽別人說意晚長得像母親年輕的時候，琰寧也說意晚跟母親年輕時的畫像很像，幾個人就去書房看了父親留下的那幅畫。」
陳氏驚訝。「竟有這樣的事情？」
喬彥成笑著說道：「可不是嗎，聽他們這麼說，我本來覺得很可笑，不過，在看到那個小姑娘之後，倒也覺得真有幾分相像。」
說著，喬彥成似乎想到了什麼，臉色微微一變。
陳氏回憶了一下雲意晚的長相，沈吟道：「嗯，侯爺不說我還沒覺得，您這樣一說，我覺得意晚的眼睛和嘴巴倒是真有些像母親。」
見侯爺久久沒說話，陳氏疑惑地看向他。「侯爺？」
喬彥成猛然回過神來，笑了笑。「嗯，對，有點像。」
他覺得自己想多了，怎麼會突然聯想到婉瑩和意晚被孫姨娘調換的可能性呢？若是被調換了，依著孫姨娘的性子，定會想辦法弄死他女兒才是，怎麼可能會容忍她活下來，再者，婉瑩的相貌隨他，定是他親生的無疑。
兩人接下來又說起了別的事情。

定北侯府，正院裡，一對母子正在談話。

「你究竟是喜歡永昌侯府的嫡長女還是雲家那個長女？」秦氏看著站在身前的兒子問道。

顧敬臣猛然抬起頭看向自己母親。

秦氏道：「還是說你兩個都喜歡？」

顧敬臣趕忙道：「母親，您想錯了。」

秦氏又道：「你不會以為自己隱藏得很好吧？堂堂定北侯，高冷不近女色，結果你今日卻出人意料地救了一個小官之女，有心人自然會放在心上。」

顧敬臣皺了皺眉。「兒子只是恰好遇到，舉手之勞。」

秦氏瞥了兒子一眼，端起茶來輕輕抿了一口，又放到一旁的桌子上。

「你口口聲聲質問旁人為何不救自己的女兒，那我也來問問你，你表妹就被壓在下面，你怎麼不去救她，而是救了別的不相干的人？」

這個問題過於犀利，顧敬臣有些心虛。

「兒子離她近。」

秦氏嗤笑一聲道：「我記得那位夫人也是這般答的，你不信那位夫人的答案，你覺得我會信你的答案嗎？」

顧敬臣沒說話。

秦氏道：「我就問你一句話，你是不是心悅人家？你若是喜歡她，我就去為你提親。」

提親？顧敬臣神情滿是震驚。

他忽然想到了自己之前作過不堪的夢，再想到雲意晚對他的排斥和躲避，頓覺無地自容，無法面對。

「不用了。」

「真不用？」

「嗯。」

「行，那你別後悔。」

看著兒子正要離去的腳步，秦氏突然冷不防地問了一句。「或許你更中意永昌侯府的嫡長女，要不然明日我去永昌侯府提親？」

顧敬臣身形微頓，這回直截了當地說道：「兒子不喜歡她。」

秦氏鬆了一口氣。「知道了。」

她仔細想了想，若是兒子兩個姑娘都喜歡的話，確實有些不好辦，畢竟這兩府是親戚關係，一正一側也是麻煩，後宅女人多了的確很吵鬧。

不過，兒子這態度也著實讓人頭疼。

兒子走後，秦氏捏了捏眉心。

檀香安慰道：「夫人不必憂心，侯爺位高權重，又長得一表人才，很得京城貴女的喜歡，這兩個不成，還有別人。」

秦氏嘆氣道：「妳沒瞧出來嗎，他明顯更喜歡雲家那個姑娘。」

檀香怔了怔。

秦氏道：「妳剛剛可有聽到他否認喜歡雲家的丫頭？」

檀香恍然大悟，道：「是啊，夫人問侯爺是否去雲家提親，他說不用。您又問他要不要去永昌侯府，他說不喜歡。」

秦氏又道：「也不知他心裡在想些什麼，天天板著張臉，心思比坐在紫金殿上的皇上還要重！」

這話涉及到皇上，檀香不好接。

秦氏又罵了兒子幾句，最終，她做了決定。「都這麼大的人了還不娶妻，不管他了，妳明日去庫房裡把皇太后當年送我的那支蝶戀花金釵找出來，我要找人去雲府提親。」

檀香震驚極了。「提……提親？侯爺剛剛不是沒同意嗎？」

秦氏氣道：「我管他同不同意！我從前就是太慣著他了，才導致他不聽話。婚姻大事，自古以來就是父母之命、媒妁之言，他爹已經去了，我為他作主便是了。」

秦氏雖然嘴上這麼說，心裡實則在想，反正兒子喜歡那雲家的姑娘，娶回來了他自然是會高興的，否則按照他這性子，等人家姑娘都嫁人了才反應過來，那時候後悔也來不及了。

檀香琢磨了一下，試著勸了一句。「夫人，您說，侯爺不同意，會不會是覺得雲家的門第太低了？」

夫人和侯爺不知為了婚配之事吵過多少次，每次吵完夫人都很生氣，她怕夫人這次自作主張，侯爺又要跟她吵，傷了母子之間的和氣。

秦氏想也沒想地反駁道：「不可能，他不是注重門第之人，我生的兒子這一點我還是可以確定的，按我說的辦就是。」

顧家的地位如日中天，也不需要一個得力的外家來維持地位，只要兒子喜歡就行了。她瞧著那雲家姑娘是個溫和的性子，想來嫁過來也不會鬧事。

檀香道：「是，夫人。」

第十二章

雲意晚今日經歷了太多的事情，心情有些沈重，腦子裡也亂得很，躺在床上昏昏沈沈地好不容易入睡，但腦海中的夢境像是在唱戲一般閃過好多畫面，一會兒是戲棚倒塌大家慌亂的場面，一會兒是在書房中發生的那一幕，最後畫面一換，變成了在一個小院子，屋裡有人正在說話——

「姨娘，聽說您身子不適，現在可還好？」

雲意晚赫然發現說話之人竟是喬氏，和現在不同的是，此刻喬氏的肚子是鼓起來的，看起來像快要生了。

躺在床上的妖嬈婦人道：「我沒事，瑜兒，我叫妳過來是想跟妳說件事，我心裡有個主意。」

雲意晚好一會兒才認出，這大著肚子的婦人是母親，而躺在床上的人似是孫姨娘……

只見喬氏道：「姨娘請說。」

孫姨娘看了一眼喬氏的肚子，問道：「妳想不想讓肚子裡的孩子成為人上人？」

喬氏一愣，想到自己嫁的男人，有些不滿地道：「她給我找了這麼一個不中用的男人，未來還有什麼指望，我想也沒用啊。」

孫姨娘一把握住喬氏的手。「機會來了！」

喬氏不解地看向孫姨娘。

孫姨娘道：「那老毒婦去了寺中為陳氏祈福，現在府中無人作主，咱們正好……」

喬氏聽著孫姨娘想好的換子的主意，心怦怦直跳。

若真的把孩子調包了，她的孩子豈不是生下來就是侯府的嫡長子、嫡長女了？

作為庶女，未出嫁前她在侯府就處處被打壓，她自然不希望自己的孩子也是如此，但她還是心存疑慮，這麼做妥當嗎？

「有個算命的道士給陳氏算過，她肚子裡的孩子是個女的，但是就算生下來了，將來也可能……」孫姨娘指了指天上。

喬氏的心跳得更快了。

「妳肚子裡的孩子已經足月了，定能平安活下來，陳氏肚子裡的不過七個月，注定活不久的，等孩子一死，死無對證，這個秘密絕不會被任何人發現。」

喬氏面上甚是激動，但仍有些遲疑，她低頭看了看鼓起來的肚子，摸了摸，嘆道：「可孩子就不能在我身邊長大了。」

孫姨娘又道：「目光短淺！文海官職低，孩子在妳身邊長大又有何用？若是個女孩，長大後還不是只能配個窮舉子，但若生在侯府就不同了，侯府一定會傾盡全力栽培，甚至有朝一日能進宮……妳是想讓自己的孩子過得不如妳，還是想讓孩子生下來就錦衣玉食？」

喬氏眼底的遲疑少了幾分。

孫姨娘又說了一句關鍵的話。「況且，那老毒婦和陳氏這些年是如何對咱們的，妳難道都忘了嗎？」

喬氏心裡激靈一下，清醒過來。

孫姨娘道：「有了這算命道士的話，以後這個孩子定會被老毒婦放在心尖上寵，她到死都不會想到這個她一直寵著的孩子會是妳的，等她死了之後，妳別忘了把這個好消息燒給她。」

想到那個畫面，喬氏激動不已，終於做了決定。

「好，一切都聽姨娘的！」

雲意晚猛然睜開眼睛，從床上坐了起來，此刻她滿頭大汗，內心震驚不已。

她剛剛竟然夢到了孫姨娘和喬氏密謀如何換孩子的場面，她怎麼會作這樣的夢……難道是日有所思，夜有所夢？

「姑娘，您怎麼醒得這麼早？」紫葉問道。

因為昨日發生了太多事，黃嬤嬤不放心雲意晚的狀態，晚上紫葉在屋裡守夜，此時天色矇矇亮，距離平日裡雲意晚起床的時間還有一會兒。

看著雲意晚的神色，紫葉緊張地問道：「姑娘，您怎麼了？可是作惡夢了？您別怕，我在這裡呢。」

雲意晚看著面前熟悉的人，漸漸回過神來，閉了閉眼，輕聲道：「我沒事。」

她定是白日裡思慮太重，又得到了太多消息，所以晚上這件事才會入夢。

紫葉道：「天色還未亮，您躺下再休息一會兒吧。」

「好。」

說著，雲意晚又躺下了，躺下後卻再也睡不著了，腦海裡全都是剛剛夢到的情景。

另一邊，同樣的時間，顧敬臣也從夢中驚醒了。

他竟然又作那樣的夢了！他抬手捂住自己的眼睛。

蜂腰細腿，柔軟的觸感，以及在他懷中的輕哼，她一聲聲求饒，他卻不管不顧……

「下流！」顧敬臣低聲罵了自己一句。

掀開被褥下床走了幾步，他感覺頭腦清醒了幾分，然而在看到屋裡閒置在一旁的竹榻時，又不淡定了。

他昨晚夢到的不是床上，而是在這張榻上，想到那些旖旎的畫面、深夜窗子上婆娑的樹影，顧敬臣喉結微動。

「來人！」

揚風應聲而入。

顧敬臣道：「把床上的被褥燒了。」

揚風不解，看了一眼床上。這床被褥是前幾日新換的，為何要燒掉？但他什麼都沒問，照做了。

盯著揚風把被褥拿走，顧敬臣走出房間又突然想到了什麼，腳步頓了頓，看著李總管道：「把北面的榻搬到南面窗口邊。」

他記得夢裡那張榻是在南面窗戶邊，屋外種著幾棵桃樹，搖曳生姿。

李總管一臉疑惑。侯爺不是一向不喜歡屋裡放榻嗎，怎麼還有心安排起來了？

「是，侯爺。」

顧敬臣走到外院馬房，正欲上馬，想了想，又轉身去了內院見母親。

在內院等了一刻鐘，秦氏才起床，等待的這一刻鐘，顧敬臣感覺度日如年，非常煎熬。

秦氏聽說兒子在外面，連忙吩咐檀香。「把他叫進來吧，應該是有要事，不然不會這麼早過來。」

檀香應道：「是，夫人。」

顧敬臣進來時秦氏正坐在梳妝檯前，身後有位嬤嬤在為她梳頭髮。

「抱歉，兒子擾了母親休息。」

秦氏閉著眼睛沒看兒子，淡淡道：「你我母子之間不必講究這些虛禮，有什麼話你就直說吧。」

顧敬臣抿了抿唇，面上難得露出赧然的神情。

「母親昨晚說的事，兒子……兒子覺得甚好。」

顧敬臣的聲音向來渾厚，今日這番話卻越說越輕，顯得沒什麼底氣。

秦氏剛睡醒，一時沒反應過來，昨晚說的事……她昨晚跟兒子說了什麼來著？

對了，提親！

秦氏頓時睜開眼睛，看向了站在不遠處的兒子。

看著母親震驚的眼神，顧敬臣忍住心中的緊張和羞澀，一鼓作氣說道：「煩勞母親去雲府為兒子提親。」

他想清楚了，與其備受折磨，不如把人娶回來。他在夢裡已經唐突了她，總要對她負責才是。

沒等秦氏回答，顧敬臣又道：「多謝母親，兒子去上朝了。」

說完轉身就離開了，像是後面有人追他似的。

秦氏呆愣了片刻，看向檀香問道：「我剛剛沒聽錯吧，他是不是說讓我去雲府提親？」

她昨日剛剛發現兒子開竅，今日兒子就決定要把人家姑娘娶回家了？她怎麼覺得事情這麼不真實呢。

檀香臉上滿是笑意。「您沒聽錯，侯爺就是說請您去雲府提親。」

太好了，侯爺的親事終於有著落了，夫人也不用再為此事煩憂了。

秦氏此時也笑了。「我就說嘛，他喜歡雲家的那丫頭。」

檀香道：「對，夫人英明！」

秦氏發自內心地笑了。她本就長得好看，平日裡的妝過於莊重顯老，此刻粉黛未施，素著一張臉，又散著頭髮，格外美麗，就連屋外盛開的臘梅都要遜色幾分。

雲意晚吃過早膳後就坐在榻上發呆，腦海中一直浮現著昨晚的夢境。

或許是白日裡聽嬤嬤說了出生那日的事情，晚上又和嬤嬤探討過此事，所以她才會夢到孫姨娘和喬氏吧。

從前她也夢到過白日裡的事情，但醒來後她就會知道夢裡的一切是假的，不同的是，昨晚的夢過於真實了，真實到像是真的發生過一樣，直到現在想來都覺得是真的，好不可思議。

這也不是她第一次有這樣的感覺，上次她夢到燕山發生的事情也很真實，她現在甚至還能想起來夢裡山上的那些人的模樣。

這樣想著，雲意晚拿起筆在紙上無意識地畫著，寥寥數筆，一個身姿妖嬈的婦人雛形就出來了，她畫得入神，沒注意到有人過來了。

「咦，姑娘怎麼會突然畫孫姨娘？」黃嬤嬤的聲音在耳邊響了起來。

雲意晚手中的筆微微一頓，轉頭看向黃嬤嬤。

孫姨娘？

她從未見過孫姨娘，怎會知曉她的長相？難道昨晚的夢是真的？

雲意晚平復了一下心情，開口問道：「嬤嬤剛剛說什麼，這人是孫姨娘？」

黃嬤嬤指了指她的畫。「是啊，這不是孫姨娘嗎？」

孫姨娘長得漂亮，讓人一見難忘，黃嬤嬤從前見過幾次，儘管時隔多年，還是一眼就認出來雲意晚畫的是誰。

黃嬤嬤道：「姑娘怎麼還記得她？出了事之後她就很少在侯府露面了，後來又被關了起來。」

她怎麼可能會記得孫姨娘，她從來沒見過孫姨娘，甚至連她的畫像都不曾見過，昨晚夢中是第一次見面。

難道昨晚的夢是……真的？

這樣一想，雲意晚的臉色嚴肅了幾分，思索片刻，她道：「我再畫一人，請嬤嬤看一看是否認識。」

黃嬤嬤點頭。「好。」

雲意晚拿來紙和筆，快速在紙上畫了起來，不多時，把孫姨娘身邊的丫鬟畫了出來。

黃嬤嬤看著畫像想了許久。「好像見過，又好像沒見過，我也記不清了。」

孫姨娘的丫鬟就是個普通丫鬟，黃嬤嬤即便曾見過也記不太清楚。

沒關係，若這夢是真的，侯府的人肯定記得這個丫鬟，這樣就能確定自己的夢究竟是怎麼回事了。

雲意晚看著面前的兩幅畫看了許久，拿起筆來補了補細節。

忽然，她想到了另一件事。

「紫葉，待會兒妳隨我去一趟燕山。」

那日的夢和今日的夢給人的感覺是一樣的，她想先去燕山上驗證一下，看看山上的景象是否跟夢中相同。

黃嬤嬤勸道：「姑娘，今日雖然雪停了，但不知燕山上的積雪化了沒，還是改日再去吧。」

雲意晚看向外面，瞧見外頭的積雪。是啊，雪還沒化，山上路又滑，確實不該現在就去。

她嘆了一口氣，看著桌上的幾幅畫像，索性找出彩色顏料，按照昨晚夢中見到的情形繼續畫。

晚上，顧敬臣從外面回來了。

見著李總管後，他頓了頓，問道：「母親今日可曾出門？」

李總管道：「不曾。」

顧敬臣有些失望。

李總管又道：「夫人今日開了庫房的門，去裡面拿了些東西，之後便一直在院子裡待著。」

顧敬臣停下腳步問：「拿了什麼東西？」

李總管回道：「好像是夫人年輕時用的東西，還有一些太皇太后賞賜的首飾。」

想來母親是在準備提親用的物件，顧敬臣的臉色轉晴了。

「嗯，知道了。」

過了兩日，永昌侯府把雲意晴送回了雲府。

安國公府的人也來到雲府探望，來的人是安國公府的長媳，娘家姓史，也就是安欣茹的母親。這位長媳是世子的繼室，出身不如前頭已逝的原配，娘家是清貧的讀書人，在府中時常被人瞧不起。現下出了這事，她生怕會影響到女兒，特意親自來探望雲意晴。

這一切都跟前世一樣。

雲意晚見過史氏後，就被喬氏以廚房那邊缺人手為由支開，她朝著史氏福了福身，轉身離開了。

喬氏想要攀上國公府的關係，史氏又想把此事壓下去，降低此事對女兒的影響，兩個人一拍即合，相談甚歡。

聊著聊著，史氏便想到了剛剛過來請安的雲意晚，問了一句。「妳家長女可曾訂親？」

喬氏不知史氏的意圖，琢磨了一下，回道：「不曾。」

史氏看向喬氏，頓了頓。「我聽說冉家……」

說到這裡史氏就停了下來，她之所以會知道此事也是女兒回來念叨的，說雲家有個長女曾經跟冉玠訂過親，女兒在府中沒少貶低雲家的這位長女，她原以為這位雲家長女很是不堪，定有些什麼瑕疵，不然雲家也不會跟一介商賈訂親。

但今日一見，雲家長女也不像女兒說的那麼差，甚至相貌出眾，氣質也極好，所以心中有些好奇，忍不住問了出來。

喬氏臉色微變，心中暗道，果然是小門小戶出身的，不懂規矩，竟然直接問主家這種尷尬的問題。

「嗯，冉家如今不同以往了，我們家老爺不過是從五品，配不上伯爵府。」

聽出來喬氏的語氣不對，史氏也意識到自己說錯話了，訕訕地笑了笑，想到今日是來賠罪的，描補了幾句。「我瞧著令女品貌出眾，覺得傳聞有誤，妳這長女怎麼會配不上伯爵府呢，嫁入侯府也是使得的。」

喬氏臉色好看了幾分，道：「我們家不是那種貪圖富貴之人，倒也沒想過要把她嫁入侯府、伯爵府。」

史氏垂眸不語，心底冷笑。

若雲家不貪圖富貴，又怎會藉著女兒的傷勢拿捏國公府呢？

喬氏端起茶抿了一口，放下茶盞，又道：「意晚打小身子骨弱，常年泡在藥罐子裡，當不了那勛爵之家的主母。」

史氏眼眸微動，看向喬氏。

喬氏道：「且她性子過於單純，應付不來那些大家之事，我和她父親心疼女兒，只想把女兒嫁入一戶簡單人家，讓她平平安安順心地過完一輩子。」

史氏頓時明白了為何雲家會與落魄時期的冉家訂親，不過，那日她親眼看到喬氏打了女兒一巴掌，可見這番話也未必全都是真的。

雖心中這般想，但她嘴上卻說道：「雲大人和夫人都是愛女之人啊！」

喬氏不想提長女，立刻把話題轉到次女身上。「是啊，我就這麼兩個女兒，不疼她們疼誰呢？我家意晴和她姊姊可完全不同，她書讀得好、性子開朗，身體也好。」

史氏笑了笑，順著喬氏的話誇起雲意晴。

另一邊，雲意晴剛剛回府，雲意晚想著應該去看看她，誰知剛走到院門口便被攔了下來，婆子說意晴在休息，不方便見人。

雲意晚猜測妹妹這是不想見她，也沒堅持，把點心給了婆子就離開了。

左右無事，她便去找意平和意安了。

今日她教意安繡了牡丹，意安學得極快，很快就會繡牡丹的花瓣了，她做荷包，意安繡牡丹，兩人安安靜靜的，一坐就是一上午。

雲意平看著坐在簷下的姊姊和妹妹，心裡暗暗發誓，他一定會好好讀書，將來出人頭地，給長姊撐腰。

跟意平和意安一同用過飯後，雲意晚回了自己的院子，一回來便看到了桌子上放的糕點。

「這是何人送過來的？」她看向黃嬤嬤。

黃嬤嬤搖頭道：「不知道，安國公世子夫人今日留下來用飯了，廚房那邊有點忙，我過去幫忙了，這才剛回來，我找人問問。」

不一會兒，院子裡的小薈被叫了進來。

「是夫人院子裡的翠菊姊姊來過，她在屋裡坐了一會兒，我說我去找姑娘回來，她說不用，我給她上了茶，她就讓我去忙了。」

翠菊……雲意晚忽然想到了一件事。

這時，小薈又道：「我瞧著她神情不對，就多留了個心眼兒，出去之後，又偷偷轉回來了，站在外面看她在做什麼。」

雲意晚讚賞地看了小薈一眼，小薈得到了鼓勵，低聲道：「我看見她在姑娘屋裡翻找東西。」

雲意晚瞥了一眼之前放繡件的地方，抬手指了指，問道：「是不是在那裡找的？」

小薈道：「對，就是在這附近找的。她找了許久，我見她想進裡間，就連忙進來打斷了她。」

雲意晚點點頭。「做得不錯，賞！」

前世她從未懷疑過母親，也沒重用過小薈，如今重用了，沒想到她可以做得這麼好，可見有些人並不是沒有能力，只是缺少一個機會。

得到了鼓勵，小薈非常開心。

「多謝姑娘！您的大恩大德我們家永世難忘，賞賜就不必了。」

雲意晚道：「這是妳表現好該得的，拿著吧。」

小薈接過紫葉給的碎銀，笑得眼睛瞇成了一條線。「謝姑娘。」

小薈離開後，紫葉也反應過來了，道：「姑娘是懷疑偷走那一幅國色天香牡丹圖的人是翠菊？」

雲意晚點了點頭，但現在她還不明白翠菊為何要偷她的繡件。

「找人盯著她。」

「是，姑娘。」

翠菊離開雲意晚的院子後，回到了正院向王嬤嬤回報消息。

「嬤嬤，大姑娘放置繡件的箱子不知放到了何處，我找了許久都沒找到，聽那個院裡的下人說，大姑娘應該是收到別處去了。」

王嬤嬤皺眉道：「知道了，妳去忙吧。」

看來得想個別的法子了。

第二日一早，雲意晚正在房中繡花，雲意晴身邊的春雨來了。

「大姑娘好，二姑娘說您昨日送的點心很好吃，她還想再吃一些。」

雲意晚一愣，她昨日送去的點心是平日經常做的，二妹妹從沒表現出特別喜歡的樣子，今日怎會突然讓人來要？

她琢磨了一下，道：「嗯，妳跟二妹妹說，我一會兒做好給她送過去。」

春雨道：「多謝大姑娘。」

雲意晚做好點心後，去了雲意晴院子裡，她過去時雲意晴正吃著好吃的，看到雲意晚過來了，她臉色微變，但隨即臉上又浮現出笑容。

「姊姊，妳來啦，快坐，這是國公夫人拿過來的點心，可好吃了，妳也嚐嚐。」

雲意晚有些疑惑，按照妹妹的性子，那日她在侯府沒有幫她，定要叨念她幾句的，昨日拒絕見她也說明了這一點，今日怎麼突然轉變了態度？

事出反常必有妖。

「不用了，我剛剛吃完飯，還不餓。」說著，她把點心放在桌子上。「春雨說二妹妹想吃昨日我做的栗子糕，我又給妳做了一份。」

雲意晴道：「多謝姊姊。對了，姊姊那日在侯府可有受傷？」

面對妹妹的關心，雲意晚心裡更是詫異，她從前可不會特別關心她。

「沒事，只有略微受驚而已。」

雲意晴說道：「姊姊沒受傷就好。」

雲意晚也說了幾句客套話。「妹妹這幾日就好好養著身子，頭上的疤估計很快就能好了。」

雲意晴一邊吃點心一邊回應。「嗯。」

經歷了圍場以及老太太壽辰那日的事情，如今雲意晚在面對雲意晴時心態已經和從前大不相同，一切隨緣吧，沒事儘量少往來。

「那妹妹好好養傷，我先——」

她的話尚未說完，就被雲意晴打斷了。

「姊姊這幾日都在做什麼呢？」

「沒做什麼，只是在房裡看書、繡花罷了。」

雲意晴眼睛一亮，立刻道：「繡花啊，繡花好！姊姊繡了什麼東西？」

她怎麼突然對繡花感興趣了？雲意晚有些訝異。「現在在繡給兄長的荷包。」

雲意晴嬌嗔道：「姊姊好偏心啊，怎麼只想著給大哥繡，不給我繡，人家也想要。」

她竟然主動要她繡的東西？這可真是破天荒第一次，從前她就一直很喜歡給家裡人做些東西，父親和兄長都很喜歡，但母親和意晴明明很少拿出來用。

這回雲意晚本想直接拒絕，但腦海中突然閃現最近關於繡件的一些事，便沒拒絕，試探地問了一句。「妳想要什麼？」

雲意晴立即道：「臘梅！正好院子裡的臘梅開了，姊姊就繡一幅臘梅圖給我吧。」

雲意晚道：「臘梅圖？大件的？」

雲意晴點頭。「對！妳之前不是繡過一幅國色天香嗎，跟那幅差不多就行。」

聽到「國色天香」四個字，雲意晚眸光微閃，抬眸看向雲意晴。

「國色天香？」她重複了一遍。

雲意晴以為她忘記了，連忙道：「是啊，就是那一幅滿是牡丹、上面還有幾隻蝴蝶的繡件。」

雲意晚沈吟不語，因為先前自己的繡件丟了，恐節外生枝，她一直在回憶那幅繡件有誰看到過，她很確定妹妹沒有看過，那麼妹妹如何知道那幅繡件繡了什麼？

難道她在別處看過？還是說，那幅繡件是翠菊為妹妹偷的，翠菊昨日沒能得手，今日妹妹明著來要了？

可是雲意晴要她繡的東西做什麼，她若是想要，直接開口便是，沒必要偷。偷，就說明這件事不想為人知！

臘梅圖……賞梅……瑩表姊……對了，瑩表姊前些日子對意晴格外熱情，還邀請她去賞梅。

雲意晚腦中靈光一閃，難不成意晴不是為自己偷的，而是為了瑩表姊？她要她的繡件做什麼？

雲意晚穩了穩心神，繼續試探道：「妳要那麼大幅的臘梅圖做什麼？」

雲意晴眼神微動，道：「不為什麼，就是覺得外面的臘梅開了，想要罷了。姊姊既然給哥哥繡了，那就不要偏心，也繡一幅給我吧。」

語氣裡有著理所當然，若是從前，雲意晚定會答應，意晴是自己的妹妹，自己身為長姊理應對其包容、忍讓，只是……現在她心裡有了疙瘩，就沒那麼情願了。

雲意晚婉言拒絕。「那幅國色天香我繡了大半個月，臘梅圖至少也得十日才能繡好，我最近可能沒有時間……」

雲意晴的臉色立即變得難看，正想張口斥責，但想到了那件事情，又忍了下來。

「姊姊，我跟妳說實話吧，我前些日子不是說了嗎，瑩表姊先前就邀我去賞梅，結果因為外祖母的壽辰，這賞梅一事就推遲了，過幾日我們才要去，等到了那日我的傷也差不多好了，我就想帶些東西去，賞梅帶著臘梅繡件，正好應景啊。」

聽到意晴提到喬婉瑩，雲意晚眸光一閃，剛剛那個猜測再次浮現在腦海中。

雲意晴見雲意晚不答，哀求道：「姊姊，我求求妳了，妳就幫我這一次吧，好嗎？」

雲意晚看著她懇切的眼神，緩緩說道：「賞梅？我聽說永昌侯府的梅花特別好看，尤其是下雪的時候看，很有氛圍，我也想去看看，不如妳那日帶著我一起去吧。」

她並不想去，只是試探妹妹罷了，若雲意晴答應，那就說明她想多了，她回去就給雲意晴繡一幅，不管怎麼說都是與她一同長大的妹妹。

雲意晴眼神中充滿了意外。「妳也……想去？」

雲意晚點頭道：「嗯，想啊，我來京城已經半年多了，才去過侯府兩次，還沒能好好逛一逛，我想去看看。」

雲意晴抿了抿唇，沒說話。

「怎麼，不行嗎？」雲意晚又問。

雲意晴有些不耐煩地說道：「姊姊這個要求太過分了，表姊又沒邀請妳，我怎麼好帶妳去？」

雲意晚道：「哦，那真是太遺憾了。」

她有些失望，自己並非母親親生一事應是母親一人的秘密，在意晴心中她是她的親姊姊，可意晴顯然也沒有拿她當姊姊看待。

雲意晴盯著雲意晚看了許久，見她不再提臘梅圖的事情，說道：「姊姊可是還在嫉恨那日圍場我沒跟妳一起走，而是跟瑩表姊走的事情？」

雲意晚沒有回話，雲意晴又接著說道：「我以為咱們是親姊妹，不會計較這些的。瑩表姊是咱們的親戚，人家出身侯府、身分高，她都捨下面子來找我了，我不跟著她去豈不是不給侯府面子？」

雲意晚看向雲意晴，戳破了她的謊言。「所以妳給母親寫信，說我在圍場欺負妳跟瑩表姊，說我處處出風頭，也是因為咱們是親姊妹？」

雲意晴沒料到她會知道這件事，臉色頓時變了。

「不，不是我，是瑩表姊說的。」她撒謊。

雲意晚平靜地道：「嗯，好，下次見了瑩表姊我問問。妹妹若無事，我便先回去了。」說著，她站了起來。

看著長姊雲淡風輕的模樣，雲意晴越想越委屈，忍不住激動地說道：「就算是我說的又怎麼了？我也沒說錯啊！妳那日就是當眾說了瑩表姊，搶了瑩表姊的風頭，妳也沒好好照顧我。」

所以，別人受了委屈都變成了她的錯？她為何要認下這樣的「罪名」？跟蠢人說話真費勁。

雲意晚像是沒聽到一般，轉身朝著門口走去。

雲意晴更憤怒了。「瑩表姊果然沒說錯，姊姊就是想出風頭，想踩著我和瑩表姊上位，想嫁給太子！」

一件事一而再、再而三的說就很沒意思了，雲意晚這次眼神終於變了，冷冷地看向雲意晴。

「妳怎麼會這麼蠢！」

這本是一句疑問句，雲意晚用肯定的語氣抒發自己的感慨。

雲意晴長這麼大第一次被姊姊罵，整個人既震驚又委屈，臉上紅一陣、白一陣。

「好，我一會兒就跟母親說妳欺負我！」

雲意晚理都沒理她，離開了小院，剛回到自己的院子沒多久，喬氏身邊的王嬤嬤過來了。

雲意晚起身朝著外面走去，看著王嬤嬤臉上的笑，有些納悶。

不是來訓她的？

雲意晚福了福身道：「這麼冷的天嬤嬤怎麼過來了，快請進。」

王嬤嬤笑著走了進來，把食盒放在桌子上。

雲意晚看向食盒。

王嬤嬤道：「剛剛夫人去了二姑娘的院子裡，二姑娘說和大姑娘發生了衝突，二姑娘什麼性子夫人是知道的，想來大姑娘受了委屈，這不，夫人特意囑咐我給大姑娘送點心來，讓您不要生二姑娘的氣。」

妹妹經常來她院中鬧事，喬氏從未管過，即便是管，也是向著妹妹的，今日怎麼突然來安撫她了？那繡件對喬婉瑩那麼重要？

雲意晚心裡掀起了波浪，面上卻依舊平靜。

「嬤嬤這是說的哪裡話，我與妹妹之間經常吵架拌嘴，並不是什麼大事。」

王嬤嬤道：「還是大姑娘識大體。」

雲意晚笑了笑，沒說話。

王嬤嬤來此有任務在身，即便雲意晚不多說話，她依然會把想說的事情說出來。

「是這樣的，大姑娘，永昌侯府邀請二姑娘去賞梅，二姑娘答應瑩姑娘要帶一幅臘梅繡品過去，可她那繡技您也是知道的，繡不出來，所以她才會求到了您的頭上，只是她說話的方式可能不太好聽，惹您不高興了。」

雲意晚依舊平靜。「哦，是這樣啊。」

說完，一個字也沒再多言。

王嬤嬤又有些尷尬了。平日裡大姑娘很好說話的，幾乎有求必應，而且大姑娘性子好，又識大體，常常不用人開口就答應了對方所求，今日大姑娘卻一直沒接她的話，可見是真的惱了二姑娘。

王嬤嬤琢磨了一下，說道：「瑩姑娘早已跟小姊妹們說好了賞梅的事情，若是貿然加您一個進去，恐怕那些姑娘們會不高興，尤其是裡面還有月珠縣主。」

雲意晚點了點頭，這次連話都不接了。

王嬤嬤有些著急，索性直話直說。「夫人的意思是讓大姑娘幫一幫二姑娘，為二姑娘繡一幅梅花，讓她面子上過得去。二姑娘如今病著，心情不好，您就原諒她這一回吧。」

雲意晚終於看向王嬤嬤，開口問道：「嬤嬤的意思是妹妹想帶一幅梅花繡件去參加賞梅宴？」

王嬤嬤點頭道：「對。」

雲意晚盯著王嬤嬤的表情，繼續問道：「一定要是我繡的嗎？為什麼不能去外面買？」

看著雲意晚的神情，有那麼一瞬間王嬤嬤以為她發現了什麼，心頭一跳。

不過，王嬤嬤還是經歷的事情多，穩重一些，立即說道：「那倒也是，買一個也行，只是夫人和二姑娘覺得買來的未必有姑娘繡得好，也怕去外面買會被人發現，所以才想讓姑娘來繡。」

雲意晚嘆了口氣，看了一眼自己的手腕，說道：「那可真是不湊巧了，我前幾日在壽宴上傷了手，這幾日手腕一直疼，只能勉強為大哥繡個荷包，大件的繡不了了。」

王嬤嬤沒想到大姑娘會直接拒絕，她看了看雲意晚的手腕，又看了看她臉上的表情，沒敢再提，只好說：「原來是這樣，既然傷了手，大姑娘就好好歇著吧。」

雲意晚遺憾地道：「哎，好吧，幫不了妹妹了。」

王嬤嬤走後，雲意晚一直在思考這個問題：她的繡件究竟有什麼用處？

她記得喬婉瑩的繡技不差，顧敬臣還特地收藏她的繡品，既然自己會繡，為何還要她的？

想不透，她轉而吩咐紫葉。「這幾日盯著妹妹，看看她何時去賞梅，又是跟誰一起去。」

「是，姑娘。」

安排好之後，雲意晚就沒再想這件事，相較於此事，她更在意自己的夢。

隔日一早，外面的積雪依舊沒有化，如今的天候時不時就下雪，怕是要到開春了積雪才會融化，雲意晚看著積雪，實在是有些忍不住了，猶豫了片刻，決定今日去燕山。

黃嬤嬤再次出來阻攔。「姑娘，現在上山不安全啊。」

雲意晚說道：「沒事的，我先去看看，若是山上有積雪就不上去，確定沒有才上山，可好？」

黃嬤嬤看得出來自家姑娘是真的很急切，眼看阻止不了，又交代了一些該注意的事，這才讓她去。

雲意晚想到昨日和妹妹發生的事情，怕喬氏不同意她出門，便特意選擇父親在的時候去說此事，藉口是出門去買些針線，為兄長繡荷包。

喬氏看她的眼神不悅，但還是同意了。

自從上次從圍場回來車夫王叔幫忙撒了謊，雲意晚就時不時讓人給王叔送些東西，如今他已經是雲意晚這邊的人了，自然也不會多話。

很快的，馬車來到了燕山。

雲意晚掀開車簾下了馬車，她已經做好了不能上山的準備，沒想到卻看到石階上的雪被清理得乾乾淨淨的，山上也隱約能看到一些人。

前世燕山出了事，死了不少人，自那以後這邊就荒廢了，鮮少有人過來。但如今燕山沒出事，京城百姓也都知道這裡是四公子聚會的地方，想來是有不少人慕名前來，所以反而熱鬧起來了，這倒是方便她行事了。

雲意晚戴好帷帽，和紫葉一同上了山。

燕山她前後兩世從未來過，所以絕對不可能熟悉這裡的景色，也不知當時兄長出事的地方在哪裡。可一踏上臺階，夢裡的場景就浮現在眼前，腦海中也彷彿有了意識一般，直覺朝著上面走去，走到了分岔口，她也很自然地選擇左側那條路。

事實證明，她的直覺是對的。

又往上走了一刻鐘左右，她到了出事的地點。

如今是冬日，大雪皚皚，山上的景致被積雪覆蓋，一片素白。夢裡是秋日，黃葉落地，樹木枯萎，一片蕭索。

除了樹木，這裡的陳設與夢中幾乎一模一樣。雲意晚的心怦怦跳了起來，久久難以平復。

她作的夢竟然是真實發生過的，不是她憑空想像的，這比那日發現自己與喬婉瑩換了身分還要令她震驚。

她怎會作這樣的夢？這太過神奇了，神奇到讓人……害怕。

寒風吹過，雲意晚緊了緊身上的斗篷。

不對，她怕什麼呢？夢裡的事情顯然是她不知道的事情，還都是對她而言非常重要的事情。

比如，她知道了前世兄長在燕山受傷一事的原委，再比如，她知道了孫姨娘和喬氏的密謀，如此一來，豈不是更容易調查當年的事？

雲意晚剛剛平復的心再次怦怦跳了起來。

只是……她為何會作這樣的夢？

重生之後到目前為止，她作了兩次這樣的夢，她細細想了想，作夢前好像沒什麼特殊的事情發生……

不對，有，最特殊的莫過於她白天和顧敬臣身體接觸時，身體會有一種怪異的感受，那種感受她從未有過，印象深刻。

難道作夢的關鍵在顧敬臣？

這樣一想，雲意晚下意識抬眸看向京北大營的方向。

紫葉見自家姑娘站在半山腰一動不動，出聲提醒道：「姑娘，這裡太冷了，不如咱們下去吧？」

雲意晚也覺得脖子裡冷風直灌，於是收回目光，回道：「好。」

主僕二人一同下了山。

雲意晚出門後沒多久，安國公世子夫人史氏又來到了雲府。

這幾日史氏每天都固定前來，每次都是先去關心雲意晴恢復的狀況，再去正院裡坐一會兒，可喬氏一直不鬆口，還是常常刻意強調女兒身體不適。

經過這幾日的交談，史氏約莫知曉喬氏的意思了，喬氏是想藉著女兒受傷一事跟國公府要些好處。她今日聽著喬氏的話，似乎有意想把女兒嫁入國公府。

雲家不過是個從五品的小官之家，也想攀上侯府的門第？當真是癡人說夢。

史氏也不是什麼周全人，實在是煩了喬氏，想也沒想，把話說得直白了。「我雖是國公府的長媳，但國公府幾個哥兒的婚嫁一事也由不得我作主，如今我瞧著意晴的身子無礙了，太醫也來過幾次，藥都停了，夫人……」

喬氏臉色頓時變了，反問道：「世子夫人這話我有些聽不懂了，我何時說過要把女兒嫁入國公府了？」

她還是頭一次見到像史氏這樣的人，說話這麼直白，絲毫不給人臉面。

史氏按捺住性子，心想：妳是沒明說，但妳話裡話外全是這個意思。

喬氏端起茶來抿了一口，又繼續說：「意晴昨日才說她頭暈，就是傷還沒好全，這大過年的，迎來送往的親戚多，我看我還是得問問那些親戚們認不認識什麼好大夫，能讓我女兒的傷得以根治。」

這是在點史氏了，若是國公府不給些好處，她就要出外大肆宣揚女兒受傷的緣由。

史氏真的快被氣死了，她小門小戶出身，在府中上有公婆相公，下有原配生的嫡長子，處處都拿捏她，她能作得了誰的主？

她也只是想保全女兒的名聲，不想她因為那日的事情嫁不了好人家，可也無權為了安撫雲府而任意安排國公府子孫的婚配之事啊！

史氏沈思許久，正琢磨著如何跟喬氏說，突然她想到了一個人！

喬氏不就是想讓女兒嫁入國公府嗎？長房沒有合適的人選，但國公府二房倒是有個不成器的兒子，生父早逝，婆母早就想把他們母子二人趕出去了，可惜國公爺心疼這個姪子，一直護著……

哎，不行，光公爹那一關就過不去。

最後，史氏在喬氏這裡受了一肚子氣，離開了雲家。

若是想讓喬氏閉嘴，那就只能給些好處了，此事她作不了主，只得求相公或者婆母。

雲意晚從山上下來之後上了馬車，馬車裡面暖和些，她抱著暖爐坐在車上沈思。

見王叔欲掉轉馬頭回城，她突然開口。「等等，先去京北大營。」

紫葉驚訝地看向雲意晚。今日姑娘怎麼怪怪的，一會兒來燕山，一會兒要去京北大營。

「姑娘是要去尋定北侯嗎？」紫葉小聲問道。

雲意晚抿了抿唇，沒答。

等到了通往京北大營的路口時，雲意晚讓王叔先把馬車停下來。

再往前去就是軍事重地，若是無要事的話，有可能會被抓到軍營裡受罰，她得先好好想想要不要見顧敬臣。

對於去見顧敬臣一事，她內心還是很排斥。

而且，她憑什麼去見顧敬臣呢？見了顧敬臣又能做什麼呢？

就在這時，官道上傳來了馬蹄聲。

「侯爺，那不是雲姑娘的馬車嗎？」揚風驚喜地問道。

顧敬臣眼力極好，遠遠就看清了。

「難道雲姑娘知道夫人三日後要請承恩侯夫人向她提親了，今天特地來找侯爺？」揚風猜測。

顧敬臣瞪了揚風一眼，沈聲道：「一會兒別在雲姑娘面前多話。」

此事尚未過了明路，萬一她害羞惱了他怎麼辦。

揚風道：「是，侯爺。」

王叔一看到後頭接近的人是顧敬臣和揚風，本能地有些害怕，哆哆嗦嗦地開口說道：「侯……侯爺。」

馬車內，雲意晚聽到外面的聲音，眼眸微動。

顧敬臣駕著馬問道：「嗯，你怎麼在此處？」

話雖然是對車夫說的，眼睛卻看向了車廂的方向。

王叔不知該如何答，順著顧敬臣的目光看向了馬車。

這時雲意晚鼓足勇氣，起身掀開車簾，下了馬車。

顧敬臣立時從馬上下來，正欲去扶雲意晚，就見她已經下來了。

「雲姑娘是在等我？」他用的是疑問句，說的話卻無比肯定。

看著面前的姑娘，他一方面唾棄自己的齷齪，但又渴望多見她一面。

雲意晚抿了抿唇，他怎麼就這麼自信自己是在等他呢？她好像沒表現出來吧。

「不是，出來散散心，正巧遇到了侯爺。」

這裡可不是能散步的地方，顧敬臣盯著雲意晚看了片刻，察覺到她在撒謊，心裡突然多了絲喜悅。

或許，她並不討厭他？

顧敬臣不自覺放輕了語氣，道：「嗯，天冷，要不要去軍營歇一會兒暖暖身子？」

揚風震驚地看向自家侯爺，女子不得輕易入軍營，這話是從他們侯爺嘴裡說出來的？

雲意晚立刻拒絕了。「不了，我出來許久，該回去了。」

她看到顧敬臣就有些不適，還是過不去心裡那一關，算了，她還是自己想辦法吧，反正現在也有些頭緒了，嬤嬤和紫葉也在打聽當年為她看病的大夫下落，慢慢查總能查到的。

說完，她轉身欲上馬車，下意識想去扶紫葉的手，結果有一雙手快了一步。

雲意晚和顧敬臣的手握在了一起。

一種熟悉的感覺再次襲滿全身，雲意晚抬眸看向顧敬臣，看著顧敬臣深邃的眼眸，心頭一跳，立馬鬆開了手，後退一步。

顧敬臣看了看自己空空的手，心裡有種悵然若失的感覺。

看著雲意晚慌亂的模樣，想到之前的夢，他再次在心中唾棄自己，立時後退了一步讓出位置。

雲意晚連忙扶著紫葉的手上了馬車。

等馬車簾子被拉上，顧敬臣的聲音從外面傳了進來。

「下次若是想見我，不必在這裡等，讓人去給我傳信就行。只要我忙完了，定會去見妳。」

雲意晚心中納悶，顧敬臣今日怎麼這麼奇怪，總是說一些莫名其妙的話。

她不想跟他做過多的交流，揚聲道：「王叔，走吧。」

王叔道：「是，姑娘。」

直到雲家的馬車已經駛遠，顧敬臣依舊在原地看著，等馬車消失不見，他這才收回目光，看了看自己的手，隨後又握緊。

揚風就在一旁看著，沒敢吭一聲。

但他知道，他們侯爺的好日子要來了。

第十三章

史氏回到了國公府，她左思右想，為了女兒，還是決定去正院求一趟婆母。

到正院時，正好看到一個身形瘦弱的少年扶著一位衣裳樸素的婦人從正院裡離開。

史氏看著這二人的背影，問正院的婆子。「那是何人？」

婆子道：「老夫人娘家的親戚。」

史氏有些詫異。婆母娘家姓梁，是山南有名的世家，怎會有這般落魄的親戚？

「那是哪位大人的家眷？」

婆子嗤笑一聲，看了一眼正院，低聲道：「她家男人早就死了，兒子也不過是個秀才，今年秋闈還落了榜。」

史氏更是驚訝不已，也太落魄了吧，沒想到向來高高在上的婆母會跟這樣的人打交道。

又看了一眼那兩人的背影，史氏收回目光，打起精神，進入老夫人院子裡。

進去時，安老夫人正揉著額頭輕嘆，面上一副愁容。

史氏覺得自己進來的時機不好，沒敢直接提自己的要求，輕聲問道：「母親這是怎麼了？可是身子不適？」

安老夫人瞪了史氏一眼，斥道：「妳就盼著我身子不好是吧？」

她最後悔的就是給兒子娶了這麼一個媳婦兒，前頭那位是武將之女，脾氣潑辣，跟兒子常常吵架，鬧得家宅不寧，她想著繼室就娶個文官清流，沒想到這位又小家子氣了些，說話處事不周全。

在婆母面前她說什麼、做什麼都是錯的，史氏只能訕訕的道：「這個……那個……兒媳不是那個意思。」

安老夫人欲斥責，突然想到了兒媳的身分，把罵人的話嚥了回去，話鋒一轉，問道：「對了，妳娘家可有適婚的姑娘？」

史氏立即想起剛剛婆子說過的話，難道老夫人想給她那個窮親戚說親？她娘家雖然比不上國公府，但也不是無官無職之人，誰瞧得上那麼窮又沒有前途的人家！

「沒有。」史氏沒有一絲猶豫地說道。

安老夫人琢磨了一下，道：「我怎麼記得妳兄長家有個女兒，今年……」

話未說完就被史氏打斷了。「前幾日嫂嫂來信說已經給她說了一門親事。」

她兄長雖然官職不高，可好歹也是正七品的知縣，若是得了這麼一個窮親家，在官場上豈不是要被人笑掉大牙，升職更是無望了。

安老夫人看出兒媳的拒絕之意，臉色旋即變了。

「我還沒說完呢，妳就拿話堵我！」

想到剛剛兒媳來的時候恰好是那母子倆離開的時候，她便猜測兒媳已經知曉了她的用意。她本也是隨口一問罷了，可看到兒媳這樣的態度，立刻就有了火氣。

「怎麼，跟我娘家結親委屈了你們家不成？我們梁家怎麼說也是百年世家，那哥兒雖然沒了父親，但是個好孩子，勤奮好學，現如今雖只是個秀才，將來保不齊會有大前程，妳那兄長現在也不過是個知縣，還不是塊當官的料，撐死能熬到六品。」安老夫人說話也難聽起來。

史氏作為兒媳，一句話也不敢反駁，站在那裡垂頭聽訓。

今日她又氣著老太太了，喬氏所提之事她更不敢說了，可若是不說，女兒的名聲被毀了可如何是好？史氏心裡備受煎熬。

「……別看哥兒現在落魄，下次秋闈肯定能中，等以後哥兒出息了，妳再想結親就晚了！」

聞言，史氏腦海中靈光一閃，想到了一人。

「母親說得是，我也想把姪女嫁給那位梁公子，可惜我娘家之女沒那個福氣，不過，我倒是想到了一人，或許她更合適。」史氏看著婆母說道。

安老夫人道：「誰啊？我跟妳說，父親無官無職的我可不願意。」

她這姪媳和姪孫可憐得很，又極有骨氣，從來不到國公府打秋風，今日來是因為最近一直下大雪，姪媳人又病了，日子快要過不去了才來府中求她。她給了他們二百兩銀子，那姪孫只取了十兩，還執意寫下欠條。

這二人越是這樣，她就越心疼他們，越想給姪孫找個得力的岳家。

史氏說：「禮部員外郎家的長女。」

這名字太熟悉了，安老夫人問道：「就是被壓在棚子底下的那戶人家？」

史氏點頭道：「正是。」

安老夫人雖然想給遠房姪孫說一門可心的親事，但也知他落魄，又只有秀才功名，不敢妄想太高的，禮部員外郎可是從五品的京官，不管談的是嫡女還是庶女，人家定是不肯的。

「妳這是說的什麼親事，故意消遣我是吧？」安老夫人斥道。

史氏連忙道：「他家長女上次可是說給了商賈，梁家哥兒可是秀才，怎麼也比那商賈之子強多了吧？」

好端端一個朝廷命官怎會給女兒說這樣的親事？安老夫人不信。

「那姑娘是不是有什麼不對？」

史氏道：「雲夫人的意思是她家長女身子弱，性子又比較內向，不善交際，他們夫婦二人想把女兒嫁入一戶簡單的人家。」

安老夫人想，若真是這樣，這門親事倒是好得很，可她怎麼想都覺得不太可能。

史氏又道：「那位姑娘模樣長得可好看了，絕對沒問題。」

安老夫人突然想到了那日在宴席上說話的姑娘，思及那位姑娘的容貌品行，更不信了，問道：「妳確定他家會同意？」

史氏微微一頓，倒也沒那麼確定，但轉眼瞧見婆母有發火的前兆，她立即把心中的想法都說了出來。

「雲夫人想把次女嫁入國公府，我想著二嬸家的榮哥兒不是年紀大了還沒成親嗎……若她家次女能嫁入國公府，說不定雲夫人就能同意這門親事。」

聽著兒媳的算計，安老夫人手邊的茶杯直接砸了過去。

史氏連忙跪在地上，一臉不解道：「母……母親，兒媳這是在為您分憂。」

她仔細想了想，自己這番話沒有任何問題，她都還沒說出自己的請求呢，母親定是不知道的。

正想著呢，只聽安老夫人問道：「那雲家可是還在拿他家次女受傷一事拿捏咱們國公府？」

史氏沒料到婆母已經猜到了，震驚地看向婆母。不過，既然已經猜到了，也沒什麼好隱瞞的了。

「是……那喬氏的意思是要趁著過年四處宣揚欣姑做的事情。」

安老夫人斥道：「這麼點小事都辦不好！」

區區從五品員外郎有什麼可怕的？直接拿國公府壓他們便是！

史氏臉上的表情訕訕的，狡辯道：「她話裡話外的意思是要麼為雲大人升職，要麼把女兒嫁入國公府，兒媳不過是個女流之輩，作不了主啊，要不然也不至於被她拿捏……」

安老夫人越發覺得要為長孫好好挑一門親事，等長孫媳嫁進來，這個兒媳就隨她去了，她且再忍她兩年。

不過，兒媳雖然蠢，剛剛提到的那個主意倒是不錯。

若能給二房塞個小戶之女，換姪孫一個五品官家媳婦兒，還能跟永昌侯府扯上關係，倒是個極好的交易。

國公爺那邊雖然難辦，但為了娘家的姪孫，倒也不是不可以努力一下。至於雲家拿捏他們的事，若親事成了便罷了，若是成不了，有的是法子收拾他們。

想清楚之後，安老夫人道：「妳去問問雲家的意思。」

史氏以為還要再被婆母罵一頓，聽到婆母的話，頓時怔住了，內心狂喜。婆母這是……答應了她的提議？

「哎，好，我明日就去問。」

晚上睡覺前，雲意晚做好了作夢的準備，果然今晚她又作夢了。

但是第二日醒來，雲意晚有些許遺憾，因為她昨晚並未夢到自己的事情，而是夢到了喬婉瑩和太子，看情形應該是兩個人沒有成親前發生的事情。

夢中的畫面是喬婉瑩故意崴了腳歪倒在太子懷中，而太子明明看出她的意思，卻並未遵守男女大防，甚至一把將她抱起，走向湖心亭中。

兩個人單獨在湖心亭待了許久，喬婉瑩對太子非常熱情，眼底的深情毫不隱藏，太子既不接受也不拒絕，態度有些模稜兩可。

雲意晚有些震驚，接著就想到顧敬臣還真是可憐，一腔真心付諸東流，一個是他未來的夫人，一個是他的親表弟，沒想到兩人背後會有這層關係。

她知道自己不該因此事而開心，但不得不說作了這樣的夢之後心情輕鬆了許多。

這三次作的夢彼此間毫無關連，但似乎各有寓意，第一次是夢到了大哥在燕山出事，讓她有機會防範；第二次是夢到母親和孫姨娘的密謀，像是提示她調查身世的方向；但這一次夢到喬婉瑩和太子二人是為什麼呢？

「咳咳。」雲意晚喉嚨有些癢，忍不住咳嗽了兩聲。

黃嬤嬤聽到後念叨了起來。「我就說嘛，昨日不讓姑娘上山，姑娘還非得去，您這幾年雖然沒怎麼生病，可小時候身體可是弱得很……」

雲意晚一句話也不敢反駁。

黃嬤嬤說完雲意晚又說紫葉。「妳也是，明明知道姑娘身子弱，還不照顧好她。」

紫葉看了雲意晚一眼，兩個人非常默契地低頭聽訓。

黃嬤嬤念叨完，又道：「我去跟夫人說一聲，請她為姑娘請個大夫去。」

雲意晚終於開口說話了。「嬤嬤，不用，我只是喉嚨有些癢，身子還好。」

黃嬤嬤道：「不行，得請。」

雲意晚道：「嬤嬤，不能請，母親本就不喜我出門，若是知曉我病了，以後更不會讓我出門了。」

黃嬤嬤猶豫了一下，嘆了口氣。姑娘的身體重要，可姑娘的身世也重要，夫人已經很少帶姑娘出門，萬一姑娘再被禁足了，更是麻煩，不方便行事。

雲意晚又道：「再說了，我身子還好，沒那麼難受。」

黃嬤嬤看了雲意晚一眼。「真的？」

雲意晚點頭。「真的，嬤嬤相信我。」

黃嬤嬤沒再堅持，只是說道：「若身子實在是不舒服，該請大夫的還是得請。」

雲意晚明白。「好。」

與雲意晚的遺憾不同，顧敬臣醒來時臉上是帶著笑意的，因為他再一次夢到了雲意晚。這一次夢裡的他更加放縱了，竟然是在白日……沒想到自己內心竟然會有這種瘋狂的想法，想到二人即將訂親，他心裡又多了幾分歡喜。

成親後，他定會好好呵護她、照顧她。

史氏再次來到了雲家，她也不是什麼藏著掖著的人，直接開門見山地跟喬氏說道：「昨日我跟老夫人提了夫人的要求，夫人想辦的事情有消息了。」

史氏不僅是個蠢笨的，也自私，雖然主意是她出的，但鍋卻直接甩在了安老夫人身上。

她想著，若是喬氏同意了這個主意，到時候再說自己提到的功勞也不遲。

喬氏頓時眼睛一亮，不知這消息是關於老爺升職的事情，還是女兒的親事？

史氏看了看屋裡服侍的人，喬氏抬了抬手讓人都退下了，帶著史氏進到裡間。

來到更隱密一些的裡間，史氏這才說道：「我們家老夫人呢，有一個遠房姪子，姓梁，年紀輕輕就死了，留下了孤兒寡母。如今那孩子正在準備科考，今年雖然名落孫山了，不過妳放心，下一次他定能中舉。」

這就是史氏為女兒說的親事？她是想把女兒嫁入國公府！這後生雖然和國公府有些聯繫，但卻是一個地下，一個天上，別說是高門大戶了，他連個爹都沒有，自己還只是個秀才，說白了就是個窮種地的，這樣的人家說給她院子裡的婢女都不會要，史氏這是故意噁心她的吧！

喬氏憤怒極了，張口就要罵人，這時，只聽史氏終於說出意圖。「老夫人瞧上妳家長女了。」

喬氏到嘴邊的髒話又嚥了回去，她心思百轉千迴，沈吟片刻後，細細問道：「那位梁公子家產如何？」

史氏道：「家住城郊，有兩畝薄田。」

喬氏又問：「如今只是秀才？」

史氏答道：「對。」

喬氏皺眉。她雖然想給長女說一門低一些的親事，但這門親事也太差了，少不得以後會求到府中來，說不定還得連累自己的兒女，再說了，夫君那一關就過不了。

既然成不了，她也沒必要給史氏好臉了，冷著臉道：「世子夫人這話我有些聽不懂，夫人為何要給我家女兒介紹這樣一戶沒有田產，又無官職的人家？這是瞧不起我們吧？我們府雖然比不上國公府門第高，但也不是隨便什麼人都能作踐的，夫人請回吧，以後也不要再來了。」

史氏見喬氏態度冷淡，心裡咯噔一下。她昨日在婆母面前誇下海口，不會成不了吧？女兒的事情她還沒解決，再因為此事得罪婆母，她這個年定是過不平靜了。

史氏臉上露出討好的笑容，拉著喬氏的胳膊道：「夫人莫惱，我還沒說完呢。」

喬氏輕輕拂開史氏的胳膊，端起茶來，一個字也沒說。

史氏連忙道：「想必妳也知道，安國公府有兩位爺，一位是我公爹，還有一位是我二叔，他十幾年前戰死沙場，只留下了孤兒寡母，如今這兩位依舊住在國公府中。」

喬氏出身永昌侯府，當然知道此事，她還知道因那位二老爺於國有功，皇上答應他家那個兒子成親後就能有伯爵的爵位，而國公爺也在喪禮上允諾兩房永不分家。

因為年紀輕輕就能有伯爵的爵位，他那個母親可是挑剔得很，對哪家女兒都不滿意。

但這跟他們府有什麼關係？

「嗯，我知道。」

史氏湊近喬氏，壓低了聲音道：「老夫人的意思是，如果妳同意把長女嫁給她娘家的姪孫，她就想辦法把妳家次女聘回去嫁給小伯爺。」

喬氏手中的茶杯微微一抖，杯中的茶水灑了一些出來。

史氏遞給她一方帕子，喬氏接過來擦了擦手。

女兒若是能嫁給小伯爺，那真是再好不過的事情了！小伯爺娶妻就能有爵位，那女兒將來生的兒子也能襲爵，這可是天大的喜事。

永昌侯府的世子也不過是娶了伯爵府家的小姐，她女兒嫁過去卻可以成為伯爵夫人。

饒是喬氏再擅長偽裝，臉上也忍不住帶出一絲笑容來。

「夫人可好好想清楚了，老夫人是因為心疼娘家的姪孫才同意讓妳女兒嫁入國公府，此事國公爺可未必會同意，老夫人少不得要在國公爺面前周旋。但妳放心，老夫人一言九鼎，說能成定能成，這麼好的事，過了這個村可沒這個店了。」

史氏看著喬氏的神色，知曉此事有六、七成可能了，語氣也變了。

她早就覬覦隔房的爵位了，可惜她娘家官職太低，那些未出閣的姑娘人家沒瞧上，婆母也不為她在公爹面前使力，如今婆母會同意使力也是為了她梁家。說白了，婆母就是顧著自己娘家，瞧不上自己罷了。

喬氏這次沒再直接拒絕，而是說起了梁家的情況。

「這梁家是不是太窮了些？既然是國公夫人的親戚，總得有像樣的府邸、拿得出手的家產吧？不然若是結了親，旁人不得笑話我們老爺？我們老爺最是重面子，不會同意這門親事的，而且，我家女兒嫁過去也會吃苦的，我得好好想想。」

喬氏瞧不上史氏，史氏也瞧不上喬氏。

為了一個女兒的親事犧牲另外一個女兒的一輩子，這種事她可做不來。

見喬氏又故意拿喬，史氏心中甚是鄙夷。

「行，那妳快點想，如今正值年節，客人多，說不定老夫人哪天就改變主意了。」

喬氏道：「好。」

史氏回府就把喬氏說的話一字一句學給了婆母聽，話裡話外不乏鄙視。

國公夫人全聽明白了，喬氏這是想要答應，但又覺得她姪子家窮，想讓她貼補些。

這庶女果然上不得檯面，既想得好處，又想要面子，這事還用她提醒嗎？這是她姪孫，又是她從中撮合的，為了自己的顏面，她也不會讓這門親事太寒酸，否則，到時候被人恥笑的人可不只雲家，還有她。

「妳明日去告訴喬氏，若喬氏同意了這門親事，聘禮就按照京城中官宦人家的規格來，我再給他們買一座三進的宅子。」

史氏震驚地看向婆母。

兩家還沒商議好呢，婆母怎麼就談到聘禮了？梁家那麼窮，定是出不起這麼多聘禮的，這聘禮豈不是由婆母出？這些聘禮置辦下來少說也得幾千兩銀子，婆母也太偏心她娘家了吧！

史氏實在是忍不住，委婉地問了出來。「梁家出不起這麼多聘禮吧……」

史氏所有的小心思都寫在了臉上，安老夫人豈會不知？

「妳放心，從我的嫁妝裡出，不會動用國公府一分一毫的財物。」

史氏的心思被婆母戳破，尷尬地扯了扯嘴角道：「兒媳不是那個意思。」

就算不從國公府出，從婆母的嫁妝出，那也不行啊！婆母的嫁妝本也該算是國公府的，怎麼能便宜了外人？

何況親事未成，婆母就已經開始送聘禮了，還送這麼厚！以後成了親豈不是更加照顧梁家，說不定會給他捐個官什麼的，早知道婆母這麼重視那個落魄書生，還不如讓自己的姪女嫁過去。

史氏心思一動，說道：「母親，雪兒……也就是我娘家姪女，其實她的親事才剛剛說，還沒定下來呢。我這兩日想了想，不如把她嫁給梁公子，為母親解憂。」

安老夫人越發看不上這個兒媳了，重重地把茶碗放在了桌子上。

「妳只眼紅我給的聘禮多，妳可知我為何要給這麼多聘禮？」

史氏心想，還能是為什麼，就是要用國公府的錢貼補娘家啊。但她不敢說，只搖了搖頭。

安老夫人道：「你們史家只有妳父兄二人為官，兄長是七品知縣，還是外放的，這麼多年來也未曾升過一級，那雲家雖只比妳兄長高上幾級，但卻是從小官一點一點升上來的，有前途，而且，那雲家雖然落魄了，當年也是世家，瘦死的駱駝比馬大，雲家在官場上的人脈可不少，你們史家如何能跟雲家比？」

史氏被說得臉色通紅，一句話也不敢反駁。

最後，安老夫人又道：「妳別忘了，那姑娘的外家可是永昌侯府！就這一點，妳娘家的姪女就比不了。」

史氏頭都快埋進了脖子裡面。

安老夫人又道：「若妳娘家姪女想嫁給我姪孫也行，我覺得兩家差得也不太多，聘禮的話我就不出了，只給他們小倆口在京城買一座帶院子的宅子，妳若是同意的話就把姪女嫁過來吧，明日也不用去雲府問了。」

如今有了更好的選擇，安老夫人怎麼看得上史氏的姪女？娶了雲家長女，可是跟世家雲家、永昌侯府都有了聯繫，姪孫將來在官場上定能容易許多，她說這番話也是知曉兒媳貪財。

一座帶院的宅子不過百兩，那後生還只是個秀才，連舉人都沒考，沒有前程，史氏哪裡會同意，連忙道：「都是兒媳的錯，是兒媳想岔了。」

安老夫人不想再看兒媳，抬了抬手攆她走了。

自從史氏離開後，喬氏就在思考如何勸說丈夫同意這一門親事。
丈夫疼愛長女，若是知曉她想犧牲長女的婚事來換意晴的婚事，定不會同意，何況那梁家也太不像樣了，太窮了，梁家哥兒也只是個秀才。
當初冉家好歹有酒樓，家產豐厚，嫁過去能衣食無憂，冉家小子也長得好看，再者冉家跟丈夫的上官有親戚關係，跟冉家結親有利於丈夫的仕途。
安國公府雖然勢大，但女兒嫁入的不是國公府，對丈夫的仕途沒什麼助益。
還沒等喬氏想好怎麼跟丈夫說，第二日一早，史氏又來了。
聽到史氏說的條件，喬氏安心了。有那麼多聘禮，又有一處宅子，她就好在丈夫面前說了，不過——
「意晴的婚事國公爺可同意了？」喬氏問。
意晚的婚事好辦，沒了梁公子還會有王公子、張公子，只要她要求低，就不擔心找不到合適的婆家，關鍵是意晴的婚事，若是國公府不同意意晴的婚事，就別想她答應意晚的婚事。
史氏道：「夫人這邊不是還沒同意嗎？婆母也不好跟公爹提。」
喬氏道：「我可以同意，前提是國公府先來我們府中為意晴提親。」
史氏真是煩死喬氏了，但面上還維持著笑容。「好的，我回去就跟婆母轉達。」
與此同時，雲意晚正在自己的院子裡等紫葉，一早，紫葉就去給意平和意安送炭火去。

而她許是前日出門去燕山吹了冷風，這兩日身子不適，怕傳給弟弟妹妹，便沒有去看弟妹。

一會兒後，紫葉回來了，雲意晚關心道：「咳咳，他們屋裡可還暖和？」

紫葉道：「挺暖和的，這次送了炭火，年前就不用再送了。」

雲意晚道：「那就好。」

紫葉撥弄了一下屋裡的炭火，火苗漸漸旺了起來，她隨口說道：「今日真是奇了怪了，前腳國公府的世子夫人剛走，後腳又來了位夫人，瞧著那夫人的氣度和穿戴，怕也不是一般人家。」

雲意晚咳嗽了兩聲，不以為意。「快過年了，許是父親的同僚吧。」

紫葉回想了一下。「可是看上去不像，帶了不少厚禮來，人卻是一副趾高氣揚的模樣，就連她身邊的嬤嬤眼睛都朝天看。」

雲意晚也有些好奇了。「那妳去打聽是誰。」

紫葉應道：「是。」

午後，黃嬤嬤匆匆從外面回來了。

「姑娘，當年為您把過脈的大夫下落有一些眉目了。」

雲意晚沒料到竟然這麼快就有了線索，剛想開口，又忍不住先咳嗽了兩聲，好不容易才擠出話來。「找到大夫了嗎？」

黃嬤嬤道：「那倒沒有，不過有個醫館夫人去過兩次，所以我印象深刻一些，我今天特別找過去，發現那醫館竟然還在，可惜坐診的大夫回老家過年了，說是要年後過了正月才能回來。」

雲意晚微微有些失望，不過，今日能有一點結果也算是個好消息。

「咳咳，即便是他回來也未必會記得當年的事，嬤嬤還是要再找找別的大夫。」

「好。」說罷此事，黃嬤嬤又道：「您是不是難受得厲害？還是請個大夫來看看吧？」

雲意晚抬了抬手。「不必。」

此時正院裡，喬氏看著出現在自家府中的承恩侯夫人震驚不已。

承恩侯府可是國舅府啊！當年皇后娘娘在世的時候，承恩侯府那叫一個風光無限，秦家次女成了皇后，長女成了定北侯夫人。

如今即便皇后娘娘已逝，承恩侯府也依舊榮耀，畢竟太子還在，這些年太子與承恩侯府也一直很親近。

承恩侯夫人向來高高在上，素日裡一般官家女眷跟她打招呼，她都像是沒看到一樣，沒想到今日竟然來到自家府中，不僅來了，還帶著不少禮。

「不知侯夫人今日前來所為何事？」喬氏臉上帶著笑。

承恩侯夫人周氏瞥了一眼喬氏，眼底是滿滿的嫌棄。真不知她那個大姑姊是如何想的，竟然要跟這種從五品的官員結親，她那外甥年紀輕輕就是侯爺，位高權重，一表人才，京城貴女趨之若鶩，想嫁給他的人不知有多少，大姑姊怎麼就選了這麼一戶人家，也不怕失了身分！外甥以後少不得得提攜岳家。

她閨女哪裡不好了？看不上她閨女，看上這樣的小門小戶？以後有他們的苦果子吃，她且等著看笑話！

「提親。」承恩侯夫人淡淡說道。

罷了，她跟侯爺把能說的話都說了，該做的事也都做了，可惜長姊不聽，她素來有主意，決定的事情任何人都改不了。

喬氏眼珠子都快瞪出來了。

承恩侯夫人來他們家提親，給誰提親？意亭、意晴，還是意晚？

喬氏在心裡轉了幾圈，想到長女最近在京城出風頭，猜測能驚動承恩侯夫人的多半是長女，連忙抬頭看向王嬤嬤，又看了看屋裡屋外人。

王嬤嬤會意，讓屋裡伺候的人都退下去了，又把院子裡的人攆得遠遠的。

要是猜錯了便罷了，若是猜對了，萬一此事傳出去，就難有轉圜的餘地了。

喬氏臉上依舊帶著討好的笑。「不知夫人為誰提親？」

周氏看著喬氏的一舉一動，越發瞧不上她，也懶得跟她廢話。「定北侯看上了妳家長女，恭喜貴府，要一步登天了。」

這話說得陰陽怪氣的，不過喬氏倒是沒有在意，自從周氏說出來為誰提親，她內心就不再平靜了。

定北侯，那是她平時根本見不到的人，先前她與意晴帶著禮去定北侯府道謝，甚至連侯府老夫人的一面都見不到。

從前已故定北侯就很得皇上賞識，現在的定北侯榮寵更勝其父。幾年前，未及弱冠的定北侯大破粱國，年少成名，如今國內無戰事，他又被派去京北大營掌管軍務，這些足以見得皇上對他的信任及重禮。

若說永昌侯府是她高攀不起的地方，那麼定北侯就是她仰頭也看不到的存在。

在京城地位舉足輕重的定北侯府竟然會向他們府提親？這是多少人求之不得的好事，意晚若嫁過去之後就是侯夫人，自此有享不盡的榮華富貴。

只是，若這樁婚事真的成了，自己這麼多年的努力和算計又是為了什麼？

「能被定北侯看上實在是我們家幾世修來的福氣。」喬氏客氣道。

周氏輕哼一聲，嘴角帶著一絲嘲諷的笑。

可不是嗎，祖墳都要冒青煙了，若是嫁給定北侯，整個雲家就能一步邁入頂層圈子了。

接著，就聽喬氏話鋒一轉說道：「只是可惜了，我家長女前些日子一直在跟安國公夫人娘家的姪孫議親。」

周氏臉上的神情一滯，看向喬氏。

這喬氏是真蠢還是假蠢啊？這麼好的機會，縱然已經訂親了，只要婚事還沒結，還不得趕緊退了那邊答應這邊。

喬氏心情已平靜許多。「雖還沒正式走禮，但已經談個七、八成了，我家夫君向來重承諾，人無信不立，總不好駁了國公府那邊。」

周氏是瞧不上喬氏，也不想這門親事能成，但是這不意味著被人拒了她會開心。

喬氏又補了一句。「對了，我們跟梁家的親事尚未成，還望夫人莫要說出去。」

上不得檯面！她是那種會亂嚼舌根的蠢婦嗎？周氏已經懶得理會喬氏了，冷哼一聲，帶著僕人離開了。

周氏走後，喬氏的臉徹底冷了下來。

定北侯怎麼會看上意晚？怕是因為圍場上的出色表現吧！她想到了那日在永昌侯府的事情，棚子塌下來的那一瞬間，定北侯衝過去把意晚救了出來。

她究竟好在哪裡？竟能讓高高在上的定北侯如此求娶！為什麼她想要給親生女兒的東西，她總是能輕易得到？憑什麼？上天為何這麼不公平！

喬氏怒火中燒，手一揮，把桌子上的茶盞全都掃落在地。

她遠離親生女兒，養著那個老毒婦和陳氏的血脈，受了這麼多年的苦，可今日的事情一出，她跟姨娘多年的謀劃就像是一個笑話。若是讓這門親事成了，姨娘不就白死了嗎？

想到永昌侯府老太太的嘴臉，喬氏心頭的火氣更甚，臉上的表情變得猙獰。

不，她不甘心，她不會讓那老毒婦和陳氏的血脈好過！

過了約莫半個時辰，紫葉回了小院，滿臉喪氣。

黃嬤嬤問道：「這是怎麼了，誰給妳氣受了？」

紫葉道：「哎，什麼都沒打聽到，還被那眼睛朝天的婆子罵了一頓。」

雲意晚視線從書上挪開，看向紫葉。「為何？」

紫葉抿了抿唇，道：「我剛剛假裝一邊掃雪一邊往正院那邊靠近，結果剛到那裡就見那群客人怒氣沖沖地從正院裡出來，嘴裡還罵罵咧咧的，一個嬤嬤不看路，踩到雪上險些摔倒，就把怒氣發在我身上。」

黃嬤嬤皺眉。「哪個府上的？來別人家做客還這麼不客氣。」

紫葉說：「好像是個侯府，我聽到那嬤嬤稱呼站在中間的婦人為侯夫人。」

雲意晚琢磨了一下。侯府？喬氏幾時攀上了別的侯府？

「可打聽到這些人來做什麼了？」

紫葉搖了搖頭。「不是很清楚，我還讓小薈的娘去打探了一番，她問了幾個人，一個說不知道，另一個說隱約聽到那位侯夫人說是來咱們府上提親的。」

黃嬤嬤驚訝道：「提親？一個侯夫人來給咱們府上的少爺姑娘提親？給誰提親？」

紫葉回道：「不知道，那個聽到提親的婆子也很好奇，正想仔細聽聽，結果王嬤嬤把人都攆走了，在場的除了夫人和王嬤嬤沒別人了，所以大家都不知道他們在內室談了什麼，只知道客人走後，夫人臉色很不好看。」

黃嬤嬤道：「這麼神秘啊，該不會是向咱們姑娘提親的吧？」

黃嬤嬤和紫葉同時看向雲意晚。

雲意晚秀眉微蹙，拿帕子遮了遮唇咳嗽起來，本以為咳幾下就能停，結果卻停不下來了。

黃嬤嬤連忙上前去拍了拍她的背。

「姑娘，請個大夫來看看吧，您這樣下去不行。」

雲意晚想回答，但一直咳，過了一會兒才終於停了下來。

沒等她反駁，黃嬤嬤道：「聽我的，這回一定得請。」

看著黃嬤嬤強硬的態度，雲意晚沒敢再反駁。「就依嬤嬤吧。」

紫葉還沒忘記剛才的問題，追問道：「姑娘，依您看那位侯夫人是來給誰提親的啊？」

想到剛剛提到的問題，雲意晚想了想，分析道：「究竟是給誰提親的不好說，但從結果來看，應該是沒成，而且也不能排除是給兄長和妹妹提親，母親可能覺得那位侯夫人提的對象太差，讓雲府沒面子所以生氣，侯夫人被拒了，臉上也不好看，這才憤而離去。」

應該不是給她提親，因為前世這時候沒有發生這件事，向自己提親的一直只有冉家和梁家，而梁家提親的日子不是現在。

黃嬤嬤點頭。「對，也有這種可能。」

聊著聊著，雲意晚又咳了起來。

見自家姑娘一直在咳嗽，黃嬤嬤道：「姑娘，您今日別看書了，也別想這些雜事了，趕緊躺下休息一會兒吧，沒幾日就要過年了，先養好身子再說，我這就去正院跟夫人說，給您請位大夫來。」

雲意晚摸了摸自己微微發燙的額頭，感覺頭有些暈暈的，啞著嗓子道：「也好，正院那邊妳們多關注著。」

黃嬤嬤和紫葉回道：「好。」

正院裡，喬氏正在氣頭上，聽到黃嬤嬤說長女病了得請個大夫，她本是一臉不耐煩，卻又像是突然想到了什麼，隨即答應了，還特意吩咐王嬤嬤發落此事。

等大夫來了府中，王嬤嬤馬上領著大夫前往雲意晚的小院。

路上，王嬤嬤對大夫說道：「我們家姑娘打小身子弱，這藥不能用太重，您一會兒開藥的時候記得把藥效減弱一半。」

大夫道：「好。」

王嬤嬤道：「我們家姑娘一入冬就生病，偏她還喜歡到處亂跑，不聽夫人的話，大人又疼女兒，夫人作為親生母親也管不了，唉，作為母親哪有會害女兒的，您說是不是？不過，我們家大人和姑娘最聽大夫的話了，所以待會兒煩勞大夫多勸勸姑娘，讓她在府中靜養。」

大夫點頭道：「可憐天下父母心，一定一定。」

知道今日舅母會去雲家提親，顧敬臣難得早早回府，天尚未黑透他就回到府中，先回外院換了一身衣裳，隨後便去正院找母親。

秦氏看著早早回來的兒子，心情有些複雜，想必兒子是為了親事才會回來這麼早，只可惜結果不是他所想的那樣。

見母親一直沒提，顧敬臣抿了一口茶，問道：「母親，今日舅母可去雲家提親了？」

秦氏心裡咯噔一下，兒子何時這麼主動關心過一件事？可見是真的喜歡那雲家的姑娘，她更加心疼兒子了。

「去了。」

顧敬臣看向秦氏，問道：「如何？」

秦氏抿了抿唇，嘆息道：「那位雲姑娘已經許配給別人了，你就……你就忘了她吧。」

已經許配給別人了？顧敬臣面色不改，但眼眸微動，透露出他失望的情緒。

其實踏入正院的那一刻，看見母親臉上的神情，他就已經猜到了結果。

想到那些不堪的夢，想到她對自己的躲避，想到自己那日對她說過的話……他下意識地眉頭緊鎖。

所以這一切都是他自作多情嗎？她沒有喜歡過他，那日在京北大營附近出現也是真的想散心，沒有要見他的意思？

是了，是他想見她，所以誤以為她也想見他……顧敬臣放下手中的茶杯，沈聲道：「母親，兒子想起書房裡還有些公務沒有處理，先回前院了。」

「敬臣……」

看著兒子的背影，秦氏嘆了口氣。哎，兒子好不容易喜歡上一個姑娘，結果卻是天意弄人，對方早已訂親。

也怪她那個嫂嫂，非要算什麼好日子，算來算去被別人捷足先登了。

秦氏越發生氣。

回到前院的顧敬臣獨自坐在書房許久，沒有點燈，屋裡漆黑一片。

他閉上眼，這樣天地間彷彿只有他一人，心頭悶悶的，像是被大石壓在了上面。

雲意晚這一病就病了許久，到了臘月二十八，雲意亭從書院回來了，雲意晚沒能起身去見他，還是雲意亭過來見她的。

見大少爺來了，黃嬤嬤立馬把床邊的簾子扯上了。

雲意晚咳嗽了兩聲，看向黃嬤嬤。「還是嬤嬤想得周到，免得給兄長過了病氣。」

但黃嬤嬤哪裡是擔心過了病氣，她是在想，如果姑娘是陳氏所生，大少爺就是她的表兄，探病哪能這麼隨意，得避嫌。

「意晚，我聽說妳已經躺了好幾日了，怎麼病得這樣重？」雲意亭一進入內室就走向床邊，直接掀開了簾子。

黃嬤嬤連忙上前阻攔。「大少爺，別給您過了病氣。」

雲意亭毫不在意，坐到床邊，見狀，黃嬤嬤也不好再多說什麼。

雲意亭問：「大夫怎麼說的？」

雲意晚道：「大夫說沒什麼，好好休息就行。」

雲意亭心疼地道：「那妳可得好好養著。」

雲意晚應下了。

按照大夫的話，她這次之所以病得這麼重，除了那日去燕山吹了冷風，還因為思慮過重。

她身子一直不是特別好，前世顧敬臣拉著她鍛鍊身體，教她騎馬射箭，漸漸地身子才比從前康健許多。如今重活一世，她忘了自己的身體不是後世鍛鍊過的身子了，最近幾個月她又一直想著自己身世的事，就這麼病倒了。

雲意亭見妹妹沒什麼精神，怕打擾她休息，也沒多待，一會兒後就離開了。

除夕的晚上，雲意晚勉強起來去正院吃了一頓團圓飯，回來病情就又加重了，這病斷斷續續一直沒好，直到過了年初六她才漸漸能下床走路，但也不可以走太久，不能思慮太重。

初八這日，安國公府那邊終於來了個準話，國公爺同意了親事。當天晚上，喬氏跟雲文海提起了意晴和意晚的親事。

對於意晴的親事，雲文海開心不已，雖說安國公府的小伯爺名聲不太好，但女兒嫁過去好歹是正室，榮華富貴有了，別的也就沒什麼好計較的了。

緊接著，喬氏說起了意晚的親事。

「國公夫人娘家有個姪孫，長得一表人才，學識也極好，家裡有些薄產，在京城有兩處宅子，一處是個小院子，一處是個三進的宅子，國公夫人看中了意晚，想給她說親。」

「他父親是做什麼的？」雲文海問。

喬氏頓了頓，道：「父親早逝。」

雲文海想也不想就拒絕了。「這安國公府是瞧不起咱們家吧？一個沒了爹的窮秀才也好意思說給咱們家閨女，我看這不是結親，而是結仇！」

喬氏道：「老爺，我瞧過那哥兒，長得不錯，家裡人口簡單，正好適合意晚。」

雲文海盯著喬氏問道：「妳同意？」

喬氏抿了抿唇，眼神有些閃躲。「我覺得不錯，我是意晚的親娘，還會害她不成？不如老爺再好好考慮考慮，好歹見一見那個後生。」

雲文海道：「有時候我都懷疑意晚是不是妳親生的！意晴說給小伯爺，意晚就說給一個窮書生，夫人的腦子到底是怎麼想的，偏心也不帶這麼偏的！」

喬氏被說得臉色難看，索性攤了牌。「老夫人的意思是意晴可以嫁過去，前提是意晚得嫁給那個後生，否則意晴也不能嫁給小伯爺。」

雲文海震驚地看向喬氏。「妳竟然用意晚的婚事去換意晴的？妳還有沒有心？」

喬氏也不高興了。「我這還不是為了老爺著想，老爺如今回了京城處處受挫，禮部的尚書和侍郎也跟您不親近，好不容易靠著意晴搭上了國公府那條線，我也不想放棄。」

雲文海沒說話，但臉上的神情依舊憤怒。

喬氏道：「安國公和禮部尚書關係極好，若是這門親事能成，老爺升遷就有望了。」

雲文海道：「那也不能拿意晚的親事做交換。」

喬氏又道：「那後生雖然沒了爹，家裡也窮了些，但好歹是世家出身，有些底子，做官的親戚也多，而且學問不錯，不如老爺先看看再做決定？」

雲文海說：「那不如把意晴嫁過去，她性子直，沒心眼兒，這種簡單的人家正好適合她。」

喬氏心底的火倏地直冒，這些年她沒敢跟枕邊人說意晚的身世，眼睜睜看著他越來越重視意晚，忽視意晴，心裡苦得很。

「我倒是也想，可人家國公府小伯爺瞧中了意晴，沒看上意晚。」

雲文海瞪了喬氏一眼，憤怒地離開內院。

王嬤嬤上前道：「夫人，老爺萬一不同意的話，咱們可怎麼辦？」

喬氏收回目光，問道：「妳最後可聽到老爺說不同意了？」

王嬤嬤琢磨了一下，道：「最後倒是沒聽到，但老爺不是氣得離開了嗎？這不就說明他的態度了？」

喬氏冷哼道：「未必！」

多年的夫妻，喬氏了解雲文海，雲文海若是真不同意，一定會拒絕的，但顯然他也有些心動了。

第二日下了朝，雲文海打聽到梁家的位置前去看了看，見到了安國公老夫人的姪孫梁行思，他一邊讀書準備秋闈，一邊還在學堂裡教著學生，多少賺些錢養家餬口。

在看到梁行思長相的時候，雲文海心中的怒氣散了一些。

因得知是換親，所以他以為這位後生特別不堪，長相學識都不行，他今日過來也是想親自看看後，回去好讓夫人拒了這門親事。卻沒想到這梁家後生雖然身子瘦弱，但面容清秀、身材頎長，正如夫人所言，長得倒是不差。

等孩子們散了學，他佯裝是想把孩子送過來的父親，和梁行思交談了一番，考校了他的學問，一問，頓時收不住了，兩個人聊了一個時辰，直到梁行思說他娘病了，他得回家給他娘做飯這才停了下來。

孝順！

回去時，雲文海滿臉笑意。

這個梁家的後生不錯啊，功課非常紮實，人也穩重可靠，去年雖然沒能中舉，今年一定沒問題，將來一定大有前程。

喬氏正想著如何勸說雲文海同意這門親事，結果晚上雲文海主動說這門親事可成，對於夫婿的態度轉變，喬氏很驚訝，問了緣由。

雲文海笑著說道：「這哥兒學問不錯，在意亭之上，將來定有大成就。」

時下流行榜下捉婿，他這回提前幾個月先把女婿給定下，到時候旁人定會羨慕他的。

聞言，喬氏臉上不太好看。哪有這樣做父親的，踩著自己的兒子誇獎女婿。

「是嗎，可我聽說他去年沒中，咱們意亭可是中了。」

雲文海道：「此言差矣，一次沒中並不能說明什麼，好多進士都是考了多次才中的，當年我也是考兩次才中了進士。」

喬氏道：「他這才是考舉人，還不是進士，跟老爺可沒法比。」

雲文海正欲說什麼，突然意識到喬氏說了什麼，看向她。

「夫人不是說這梁家後生非常優秀，人很好，學問也好，才把他說給意晚的嗎？怎麼今日全是貶低之意？」

看著雲文海眼裡的探究之色，喬氏心裡咯噔一下。

她垂眸，拿起帕子遮了遮唇。

「我當然覺得他各方面都好，所以才會答應這一門親事，這不是老爺剛剛說意亭的學問不如她，我才反駁的嗎？在為娘的心中，當然是兒子最優秀了。」

這理由很合理，雲文海收起探究的目光，笑了。

「意亭是我兒子，我當然也覺得他好，只不過，學問一事，還是有高低之分的，梁家後生在意亭之上是事實，這一點得承認。」

喬氏道：「嗯。」

雲文海見夫人不以為然，又道：「妳可知那後生去年為何沒中？」

喬氏搖搖頭，看向雲文海。

雲文海道：「我今日去向他周圍的鄰居打聽了一下，說起來是他運氣不好，去考試的路上救了一個險些被馬踩在身下的孩童，傷了手，這才影響了發揮，沒考好。」

喬氏心裡突然有了一絲不好的預感，這梁家後生的學問不會真的很好吧？

說起此事，雲文海臉上笑意加深，又忍不住誇了梁行思幾句。「這後生真不錯，人品好，為了救人不顧自己的前程，雖說門第差了些，但若是將來中了舉，再考中進士，前程不就有了嗎……」

這樣說起來，雖然這孩子家世不好，但人卻是比小伯爺強多了，人品好又上進，人口簡單，家裡的事情少，意晚嫁給這樣的人也不錯。

誇了許久，見夫人一直沒說話，雲文海握著喬氏的手道：「還是夫人目光長遠，之前是為夫誤會妳了，在這裡給妳賠個不是。」

喬氏收起心裡的擔憂。

「夫君這是做什麼，折煞我了。意晚是咱們的女兒，我這做母親的定不會害她。」她剛剛想多了，夫君的話正好提醒了她，中舉、考進士，這得花好幾年，即便運氣好中了，步入官場，像這種沒什麼背景的人，努力一輩子也別想有個爵位。這還是最好的情況，若是科舉沒中，蹉跎下去，怕是一輩子就只能是個秀才了，這輩子長女拍馬都趕不上次女。

「意晚嫁的人是老爺看中的後生，將來前途無量，意晴又嫁給小伯爺，風光無限，意亭書讀得也好，只等今年一舉中進士。老爺，咱們的福氣還在後面呢。」

雲文海臉上的笑意更濃，笑著點了點頭。

喬氏緊接著又說：「意亭是兄長，按理說應該先成親，只不過他如今尚未考中進士，不好輕易說親，剩下的就是意晚和意晴了，不如咱們趕緊給意晚定下吧。」否則萬一定北侯府發現他們一直沒給意晚訂親，再來府上求親，抑或者找上老爺，這可就麻煩了。

雲文海有些遲疑。「會不會太趕了？」

「怎麼會呢？梁家哥兒這麼好的後生，萬一中了舉，再考中進士，有了老夫人的支持，怕是輪不到咱們家了。」頓了頓，喬氏又道：「而且，小伯爺那邊也恐生變數……」

這話倒是提醒了雲文海，雲文海終於點了頭。

第十四章

大年初一，顧敬臣在侯府待了一日，初二一早他就離家去了軍營。

十四那日，顧敬臣從軍營回來了。

他先進宮一趟，於傍晚時間出來後回了府，換了一身衣裳後就去了正院。

「見過母親。」

秦氏瞥了一眼兒子，見兒子又恢復了以往的冷靜，沒說什麼，接著就聽兒子說道：「母親，兒子過幾日要去延城。」

延城地處北邊邊境，是青龍國和梁國交界的地方。

秦氏微怔道：「去延城做什麼？」

顧敬臣道：「梁國這一年來一直蠢蠢欲動，年節前後更是肆意騷擾邊境上的牧民，頻頻越過邊境。」

秦氏頓時震驚不已。「我國之前不是與大梁簽訂了契約，十年內互不進犯嗎？他們這是要反悔？」

顧敬臣又道：「大梁尚武，三年前的戰役輸給我國之後一直不甘心，如今捲土重來也在意料之中。」

秦氏抿了抿唇，頓了頓，又問道：「非要你去不可嗎？邊境上不是有鎮北將軍嗎？」

顧敬臣道：「除夕那晚，聶將軍去城牆上巡防時不甚跌落摔傷了腿。」說罷，頓了頓，又道：「而且此事已與皇上商議好。」

看著兒子堅定的眼神，秦氏知道沒了轉圜的餘地，只能問：「什麼時候走？」

顧敬臣答道：「正月十七。」

今日是十四，明日是十五，正月十七不就是大後日嗎？

秦氏心裡難受極了。

「兒子前頭還有事，母親歇息吧，有事讓人叫兒子。」

「嗯。」

顧敬臣走後，秦氏坐在椅子上久久沒有說話，過了約莫半個時辰，她開口問道：「我記得妳之前打聽到雲家和梁家十六那日訂親？」

檀香道：「對。」

秦氏長嘆一聲，道：「明日幫我約一下喬氏。」

檀香看了一眼自家夫人。夫人極少與各個府上的夫人走動，過年時連宮裡貴妃娘娘的邀請都推拒了，如今竟會主動去見一個侯府出身的庶女，為了侯爺，夫人真的是操碎了心。

「是，夫人。」

秦氏看著外面漆黑的夜晚，眼底的愁緒濃得化不開。為了兒子，她想再試試。

喬氏看著手中的請帖，心思微沈。若是在一個月前她收到秦氏的帖子，定要四處宣揚，恨不得說給整個京城的人聽。可如今看著秦氏的帖子，她只覺得燙手。

那日，在承恩侯夫人提親未果憤而離開後，她就有些後悔了。

後悔的倒不是沒答應下來，而是怕此事會連累到丈夫和兒子的仕途，好在這一個月來也沒聽丈夫說官場上有人故意針對他。

她本以為這件事就這麼悄無聲息的過去了，沒想到秦氏這時又突然給她下了帖子。

秦氏出身承恩侯府，身分尊貴，是已故皇后娘娘的親姊姊，也是太子的親姨娘，嫁的又是皇上信賴的定北侯，如今兒子繼承了父親的爵位，家世背景非尋常人等能相比。

未出閣前，她特別羨慕秦氏，每次出門參加賞花宴時，自己都只能站在嫡母身後，而秦氏卻是眾星拱月般的存在。

除了家世非凡，還有她的才情和相貌也是頂尖的，即便她日常冷著臉，身邊還是不乏世家小姐上前去巴結，更有一大堆世家公子求娶。

後來得知她那位高權重的丈夫死了，一些好事的世家小姐沒少在背後嘲笑她，可那又怎樣？她妹妹是皇后，皇上也沒有因為定北侯死了就冷落了他們府，直接把年幼的定北侯接入了宮裡，做太子伴讀，榮寵依舊。

這回秦氏給她下帖多半是因為提親被拒一事，她不想去，但是也不敢不去，就怕得罪秦氏。

喬氏猶豫許久，還是坐上馬車去赴宴了。

秦氏在雲府附近的一個小茶館裡訂了一個包廂，打開窗，外面有幾棵樹，樹上的葉子早已落光，樹看上去像是枯了。

喬氏進來時，秦氏正坐在窗邊看著外面的景致。

「見過侯夫人。」喬氏朝著秦氏行禮。

秦氏目光看向喬氏，指了指自己對面的位置道：「夫人請坐。」

秦氏一向任性，幾乎不給任何人面子，如今這般已經算得上和善了，喬氏受寵若驚，不過，想到今日秦氏叫她來的意圖，她腳下每一步都走得戰戰兢兢的。

喬氏坐下後，秦氏端起茶壺親手給她倒了一杯茶，喬氏驚得立即站起身來。

「坐下吧。」秦氏淡淡道。

秦氏倒茶的手非常穩，倒完後說：「夫人請用茶。」

喬氏再次坐下。

秦氏氣場太強，喬氏的屁股都沒敢坐滿椅子，只坐了一點邊。

「多謝侯夫人。」

秦氏端起自己面前的茶品了起來，喝了約莫半盞茶，她把茶杯放下了，整理了一下衣袖，看向坐在對面的喬氏。

「我今日為何要見夫人，想必夫人心中有數。」

喬氏知道自己猜對了，更加緊張，還多了些尷尬。她想笑，扯了扯嘴角，沒能笑出來。

秦氏也沒有要喬氏回答的意思，直截了當地說道：「我知道夫人心中所求，如果夫人能把長女許配給我兒，任何條件我都可以答應妳。」

喬氏震驚地看向秦氏。

她心中所求都能答應？

意晚有這麼好嗎，好到承恩侯夫人親自來府上求親，好到定北侯府的夫人親自來見她？

「侯夫人，非常抱歉，多謝侯爺抬愛，我家長女已經……」

話未說完就被秦氏打斷了。

「我知道，你們與梁家明日訂親，但如今尚未定下來，夫人仍可以好好考慮考慮。安國公府能做的，我定北侯府和承恩侯府只會做得更好。」

秦氏開出來的條件非常好，好到喬氏很動心，深覺可惜顧家求娶的是意晚，而不是意晴，若求娶的是意晴，她會毫不猶豫地立即答應。

見喬氏沒說話，秦氏端起茶抿了一口，又放下了。

「夫人來京後近一年的時間做了什麼事我都知曉，妳所求我也明白，只要妳答應與我們侯府結親，我就都——」

秦氏開出來的條件實在是太誘人了，喬氏根本無法拒絕，可一想到意晚的身分，她絕不能答應。

喬氏生怕秦氏再說下去自己會動搖，連忙打斷了秦氏的話。「意晚和梁家公子兩情相悅，我這做母親的不好拆散。」

聞言，秦氏的臉色沈了下來。

根據她對喬氏的了解，喬氏就是一個利慾薰心之人，屢次拒絕定北侯府絕不可能是因為她家女兒和那位梁公子感情好，這是擺明了不想和他們侯府結親。

既然是不想和他們結親，她也不用再多說什麼了。

頓了頓，秦氏道：「好吧，今日叨擾夫人了。」

說罷，她站起身離開了包廂。

喬氏長長地嘆了一口氣，而後連忙跟上了秦氏的腳步。

「夫人，還望您莫因此事而生氣，都怪我太疼女兒了，她父親和兄長……」

秦氏停下了腳步，看向喬氏。「妳放心，我們定北侯府做不出那樣的事來，親事不成，也不會與雲家結仇。」

喬氏鬆了一口氣道：「多謝侯夫人。」

過了片刻，茶館二樓的走廊恢復了平靜。

隔壁包廂裡，一位年輕男子臉色陰沈如墨。

後日便要離京，今日是正月十五，顧敬臣本打算在府中陪母親好好過節，畢竟下一次再回京不知是何年何月，可一大早，他就聽李總管說母親出門去了。

母親今年過年連宮裡都沒去，娘家承恩侯府也沒回，一步都不曾踏出府，怎麼今日突然出門了？他怕母親遇到了什麼事，便追隨而來，結果便聽到了剛剛那一番對話。

在他的印象中，母親一直高貴端莊，從來沒低頭求過任何人，即便是面對宮中的貴人，也都是不卑不亢，據理力爭。

幼時他在宮裡和皇子們發生衝突，母親衝進宮護著他，不問緣由地站在他面前為他擋著，如今卻為了他的親事求了雲家。是他不孝，沒能顧及到母親的感受……

晚上，顧敬臣在正院和秦氏一同用飯。

母子倆都不是話多的人，又因今日發生了不愉快的事，席間無人說話。

飯後，母子倆坐在一起喝茶。

顧敬臣道：「母親，兒子如今年紀也不小了，後日便要離京，不知何時才能回。若母親有看中的姑娘，聘回來便是，等兒子回來再完婚。」

秦氏端著茶杯的手微微一頓。

兒子堅持了那麼多年，如今怎地突然不再堅持下去了？

難道——

「你知道我去見了雲夫人？」

顧敬臣答道：「嗯。」

秦氏看著茶杯中的茶水，突然沒了喝茶的慾望，又放下了。

顧敬臣站起身，準備離去。

秦氏看著兒子的背影，說道：「敬臣，你不必這樣，我還是希望你能娶一個自己喜歡的姑娘，若是娶回來的不是你喜歡的，你這一輩子都不會開心的。」

顧敬臣沒說話，離開了正院。

雲府小院裡，雲意晚的臉色也難看得很。

她身子雖然弱，但一個小小的風寒不至於讓她纏綿病榻這麼久，病得越久，她越覺得不對勁，仔細回想起來，剛生病的那幾日自己只是有些咳嗽，頭有些熱，腦子還是清醒的。可自從吃了藥，這半個多月來她腦子總是不太清醒，昏昏沈沈的。

今日黃嬤嬤又要出門去查當年為她看過病的大夫，她心思一動，讓黃嬤嬤順便帶上了自己的藥渣另找大夫看看有沒有問題，結果卻發現藥方被改了，藥效被降低了許多，裡面還多加了一味藥，這味藥不至於要命，卻能讓人昏昏沈沈的。

黃嬤嬤回來告知這事後，紫葉回想道：「對了，那日給姑娘看病的大夫是王嬤嬤帶來的。」

黃嬤嬤臉上的怒意一直沒散。「也是她帶人去抓的藥。」

「竟然連藥方子都敢動手腳，夫人怎麼這麼狠心啊！」紫葉壓低了聲音道：「姑娘怎麼說也是她看著長大的……」說到後面甚至帶了一絲哭腔。

黃嬤嬤道：「她就是個毒婦！若是不狠，怎麼會捨得把親生女兒換掉，還不給姑娘看病？」

雲意晚靜靜地看著藥渣，思緒已經飄到了前世。

前世她在死前一切正常，直到喝了一碗雞湯後，她很快就午歇睡著了，緊接著就是劇烈的腹痛……

今天這藥是母親作主改的嗎？她如今並沒有任何威脅性，母親為何要讓自己纏綿病榻呢？是想要做什麼嗎？

紫葉十分擔心地道：「姑娘以後可怎麼辦啊……」

雲意晚閉了閉眼，試圖冷靜下來。雖然現在不致命，就怕自己重生一回改變了事情的結局，也改變了喬氏的想法和計劃，只有盡快找到證據才能治她了，可惜那位大夫一直沒回京，她也沒有找到其他的線索，不過，倒是還有一個法子……

顧敬臣。

雲意晚嘆了口氣，睜開眼睛，忽然想到了一件事情，看向黃嬤嬤和紫葉。

「今日十幾了？」

黃嬤嬤回道：「今日十五啊，姑娘剛剛不是去正院吃了團圓飯嗎？」

十五？雲意晚臉色微變。

糟了，顧敬臣正月十七就會離京，這一去就是半年，再回來就是他與喬婉瑩成親之時……

她之所以記得顧敬臣離京的日子，是因為前世秦氏在閒聊時提起過，說起此事時秦氏臉色不太好看，後面就沒再提了。現下她若是想透過顧敬臣來調查真相，那就只剩明日的機會了，可她也不能確定究竟會夢到什麼，那到底該不該去見他一面……

黃嬤嬤看到雲意晚用手指數著日子，臉色頓時變了，湊近問道：「姑娘，那藥不會刺激到您的腦子了吧？您記不得事了？」

雲意晚回過神來，對著黃嬤嬤笑了笑。「沒有，我記得的，只是剛剛想到有一件事忘記做了，有些著急。」

黃嬤嬤鬆了一口氣，問道：「什麼事？」

雲意晚抿了抿唇，下定決心道：「我得見定北侯一面。」

不管了，即使不知道會夢到什麼，但為了自己的性命著想，她總要試一試。

十五月圓，正是吃團圓飯的日子，傍晚時分，陳太傅府全家人也聚在一起用飯。

飯後，陳太傅夫婦回了房中，剩下的人也全都散了。

天黑路滑，陳伯鑒送父母回院中，到了院子裡，有個梗在心頭的疑惑終於忍不住說了出來。

「父親，您可還記得年前永昌侯府老夫人壽宴時，兒子在侯府書房看到的畫像？」
陳培之想了想，道：「記得，怎麼了？」
見妻子疑惑，陳培之還為她解釋了一番。「伯鑒在妹夫的書房裡看到了一幅老侯爺親手畫的老夫人畫像，妹夫有個庶妹，那庶妹所出的女兒竟長得和老夫人的畫像有幾分相似。」
崔氏微微有些驚訝，琢磨了一下，問了兒子。「是那日秋闈放榜時見到的那個小姑娘嗎？」
陳伯鑒道：「對，就是她，雲意晚。」
崔氏點點頭，她之所以記得那小姑娘，是因為兒子看向人家小姑娘的眼神不一般。
陳伯鑒把心頭的疑惑說了出來。「父親、母親，意晚和婉瑩是同一日在侯府出生的，你們……就沒懷疑過她們被抱錯了？」
聞言，崔氏和陳培之互看一眼。
陳培之端起茶輕抿一口，崔氏神情也很平靜。
陳伯鑒覺得很奇怪，父親母親的反應也太平淡了吧，就算他們從未懷疑過，他剛剛說的話也很荒唐啊，父親母親怎麼不罵他？
崔氏為兒子解了惑。「你姑母出了那麼大的事，被孫姨娘安排的丫鬟撞倒而早產，當時一團混亂，我們怎麼可能不懷疑呢？」
陳伯鑒說：「就沒查出什麼來嗎？」

崔氏道：「一開始有些懷疑孫姨娘的陰謀不僅於此，而且她被關起來後還不消停，曾有一次偷跑出來加害你姑母和婉瑩，好在下人發現得早，把她抓住了，後續婉瑩病了一個多月才好。若婉瑩和意晚被調包了，她就不需要再下毒手，所以因為此事，後來就沒再查下去了。」

陳伯鑒驚訝，沒想到竟然還有這樣的事情，不過，他還是說出了心中的疑惑。

「可意晚表妹和老夫人長得太像了，雲夫人又在危急關頭選擇救婉瑩表妹，兒子認為這事應該好好查一查……」

崔氏又道：「這世上長得相像的人很多，這些只是你的猜測罷了，並沒有實質性的證據，要謹慎些，咱們和永昌侯府是姻親關係，婉瑩又是你嫡親的表妹，若這種猜測傳到了永昌侯府，只會傷了你表妹的心。」

陳伯鑒無法認同。「母親，心中有了懷疑，難道不應該探求真相嗎？」

崔氏說：「自然可以，我知你對那位雲姑娘有些好感，若她不是你表妹，或許你們還有可能，若她真的是你的親表妹，那就沒可能了，咱們府不時興親上加親。」

聞言，陳培之看了夫人一眼，陳伯鑒也震驚地看向母親。

崔氏試探地道：「即便是這樣，你也要查嗎？」

陳伯鑒似在猶豫什麼，但最終還是堅定地說道：「查！」

崔氏似是鬆了一口氣，陳培之也點了點頭，看向兒子的眼神滿是驕傲。

想到如今的情況，陳培之道：「這是陳年往事，不急在這一時，下個月你就要參加春闈了，現在先不要分心，好好準備考試，等到三月殿試結束，你親自去解開疑惑。」

陳伯鑒道：「好！」

兒子走後，陳培之對夫人說道：「其實那日看到畫像後我也有些懷疑。」

崔氏驚訝地看向丈夫。

陳培之道：「因為正好是年節，外地許多官員進京，府中客人不斷，便把這件事擱置了，但即便伯鑒不說，我也打算查一查。」

崔氏琢磨了一下，道：「所以老爺是想借此事考察伯鑒的能力？」

陳培之笑著點了點頭。「對。等殿試結束，他會授官，正好拿此事來練練手，我也好看看他的本事，將來走上仕途也有個方向。」

當然了，他會從旁協助，畢竟事關妹妹。

崔氏贊同道：「夫君用心良苦。」

正月十六，雲家和梁家結親。

雲文海今日沒去上朝，坐在正院裡喝著茶，看著喬氏準備著訂親要用的東西。

一盞茶過後，他道：「夫人非得去外面訂親，若是在府中的話，就少了這些麻煩了。」

喬氏微怔，隨即臉上又堆起了笑容。「意晚這不是病了嘛，我怕吵到她，也怕梁家人過來看到她的病容，以為她是個病秧子。」

意晚越發不聽話了，甚至上次去圍場的事還能驚動宮裡的貴妃娘娘，可見她在外面認識了不少人，萬一這次訂親的事被她提前知曉了，再找人阻攔，意晴的親事可就完了。

好在她如今還病著，只要瞞過了今日，一切就都成了。

雲文海道：「還是夫人考慮周到，意晚身子可沒什麼問題，就是最近染了風寒，等過些日子估計就會好了，夫人不如為她換個大夫看看，之前那個大夫醫術看來不行吧？」

喬氏笑著說道：「好，今日我就換一位。」

雲文海點頭道：「嗯，夫人有心了。」

另一邊，雲意晚昨夜吃了黃嬤嬤昨日在外面為她抓的藥，早上醒來頭腦就清醒許多。

「姑娘，您非得今日去見侯爺嗎？您身子還沒好，天又冷，萬一病情加重該如何是好？」黃嬤嬤還是很擔心她的身子。

雲意晚輕咳兩聲道：「必須今日。」

黃嬤嬤見雲意晚堅持，沒再勸，這時，紫葉匆匆從外面回來了。

「姑娘，今日府中奇怪得很。」

黃嬤嬤道：「如何奇怪？」

紫葉道：「咱們不是想避開夫人，偷偷從後門走嗎？我去正院打探了一番，結果得知夫人今日並不在府中，不僅她不在，院子裡好幾個嬤嬤和婢女都不在，我問其他人夫人去哪裡、去做什麼了，他們都不曉得，只知道夫人是和老爺一同出去的。」

雲意晚蹙眉。母親和父親一同出門？看來是有什麼要事，不過，如今她眼前最重要的事是見到顧敬臣，母親不在，倒是方便她出門了。

換上婢女的衣裳，戴上帽子，雲意晚跟在紫葉身後出了雲府，接著，她去巷子口租了一輛馬車，僱了車夫朝著京郊駛去。

馬車行了約莫兩刻鐘左右，停在了上次停留的地方，也就是京北大營附近。

雲意晚也不知能不能在這裡遇到顧敬臣，可除了此地，她也不知還能去哪裡找他，前世雖然夫妻一場，她發現對他的了解實在是太少了。

雲意晚身子還沒好索利，此刻感覺腦袋昏昏沈沈的，睡意襲來，她趴在紫葉身上漸漸睡著了。

睡了一會兒，她激靈一下清醒過來。

「有人來了嗎？」雲意晚問道。

紫葉正趴在簾子邊看著，聞言，轉頭看向她道：「姑娘料事如神，不過那二人離咱們還很遠，看不清是何人，您怎麼會知道來人了？」

雲意晚也說不清為何，她只是心裡有事，睡不踏實，她掀開簾子看向外面。

紫葉看不清來人，對方可是看到他們的馬車了。

啟航皺眉道：「那是何人的馬車，竟然還停在這裡，剛剛我過去時他們就在。」

明日就要出發去延城，顧敬臣還有些事沒交代完，和揚風天未亮就在處理公務，啟航剛剛才出京一趟為侯爺傳訊，回府會合後三人駕馬前往軍營繼續未完的事務。

揚風猜測道：「不會是敵國奸細吧？」

顧敬臣瞥到了探出車窗的一個身影，眼睛瞇了瞇。

雲意晚一眼就看清了來人是誰，確切說，她看清的是顧敬臣的馬。

她連忙扶著紫葉下馬車，看向來人。

揚風驚道：「竟然是雲姑娘！」

雲姑娘？啟航也明白了，眼睛瞥向了自家侯爺，然而顧敬臣臉色較之剛剛沒有絲毫變化。

雲意晚眼睛直盯著顧敬臣，找他的意圖非常明顯，就在揚風和啟航以為自家侯爺會停下馬兒時，沒想到他們侯爺眼睛都沒往那邊看一眼，直接駕馬從馬車旁邊越過，揚風和啟航連忙跟了上去。

雲意晚看著顧敬臣離去的背影，眼神黯淡下來。

紫葉看向自家姑娘道：「姑娘，侯爺沒停，咱們怎麼辦？」

她雖然不知自家姑娘為何數次來尋定北侯，但她知道姑娘一定是有事。

雲意晚抿了抿唇道：「算了，這本就是我自己的事情，如何能把希望寄託在別人身上……」

說完，咳嗽了兩聲，轉身準備上馬車。

就在這時，她聽到了由近及遠的馬蹄聲又由遠而近。

顧敬臣去而復返，丟下一句話。「軍營重地不得久留，還望姑娘速速離去。」聲音就像結了冰，跟前幾次相見時的情形完全不同。

雲意晚的希望再次破滅，冷風一灌，再次咳嗽起來，扶著紫葉的胳膊咳了半晌，啞著嗓子道：「嗯，抱歉，我們這就走。」

顧敬臣這才發現雲意晚臉色蠟黃，身形比上次見時更瘦弱了幾分，整個人看起來非常沒有精氣神，像是病了許久的模樣。

雲意晚扶著紫葉的手準備上馬車，顧敬臣手中的韁繩握緊了些，下一瞬，開口問道：「雲姑娘今日在這裡等誰？」

他可不會再一廂情願地認為她是在等他了。

雲意晚動作微頓，抿了抿唇，轉頭看向坐在高頭大馬上的顧敬臣。

「等侯爺。」

顧敬臣一愣，心像是被羽毛拂過一樣，酥酥麻麻的，但隨即疑惑浮上心頭。她不是今日訂親嗎，此刻突然來找他，她究竟想做什麼？

他咬緊了牙關，復又鬆開，從馬上跳了下來，冷聲問道：「妳今日尋我有何事？」

雲意晚上前走了兩步，說道：「是這樣的，侯爺之前幫了我多次，還救過我家兄長，我一直想著該如何謝謝您，本來年前就該送禮的，結果我病了一場，直到這兩日才好了些，所以遲至今日才帶著謝禮來謝謝您。」

顧敬臣看著雲意晚空空的手，問道：「謝禮呢？」

雲意晚從袖中拿出一個荷包。

顧敬臣眼睛微瞇。她竟然要送他荷包，她把他當什麼人了？

雲意晚打開荷包，從裡面拿出一百兩銀票。

「救命之恩，當湧泉相報，可我家世低微，沒有能幫得上侯爺的地方，思來想去，還是送您一些金銀。」

看著面前的銀票，顧敬臣只覺得自己再次自作多情了。

雲意晚道：「我知道這些銀子不多，但卻是我攢了多年才攢下來的，希望侯爺不要嫌棄。」

這是雲意晚的真心話。昨晚她一直在想要送顧敬臣什麼東西，思來想去也沒想到自己有什麼貴重可送人的東西，因時間緊迫，她最後決定把僅有的私房拿出來，總要圓了找他的藉口吧。

見顧敬臣不接，雲意晚又道：「以後定會再補上的。」

顧敬臣冷硬地道：「我說過了，不必謝。幫妳，是我自願的。」

想到面前這個姑娘將要嫁給旁人，顧敬臣就心緒煩亂，話說完了，轉身便欲離開。

雲意晚見他不收，有些著急，她本想趁著顧敬臣接銀票時碰他一下的，這下子失策了。

看著顧敬臣的背影，雲意晚一咬牙，鼓起勇氣做了一個出格的舉動，上前一把拉住了顧敬臣的手腕，把銀票塞到他手中。

那一瞬間，那股熟悉的感覺再次襲來，雲意晚鬆了一口氣。還好，總算成功了。

看著顧敬臣驚異的目光，雲意晚道：「侯爺還是收下吧，不然我不安心。」

顧敬臣皺眉，看向她的目光微冷。

雲意晚知道他不喜旁人碰他，連忙道歉。「對不起，冒犯侯爺了。」

此時顧敬臣的聲音突然在頭頂上響了起來，隱隱含怒。「雲姑娘今日訂親，此刻卻突然跑出來找一個外男，合適嗎？」

雲意晚愣住了。「訂親？」

她今日訂親，她怎麼不知道，跟何人訂親？雲意晚看向紫葉，紫葉也是一臉茫然。

顧敬臣皺眉。「妳不知道？」

雲意晚搖頭。「不知道。」

她記得自己前世是在三月和梁大哥訂親的，如今才正月裡，要跟誰訂親？

話說回來，意晴雖然比她小，但好像早早地就跟安國公府議親了，莫不是意晴今日訂親吧？顧敬臣是不是聽錯了？

「侯爺莫不是聽錯了？」

顧敬臣看看雲意晚，又瞥了一眼她身邊的婢女，見她們兩個人臉上都是茫然的神色，他也疑惑起來了，看向一邊的揚風。

揚風連忙說道：「怎麼會，我查得清清楚楚，雲大姑娘就是今日訂親。」

這位雲姑娘可真壞，一直利用侯爺的感情，同時又跟別人訂親，如今竟然還想騙侯爺。

雲意晚蹙眉，心裡有一種不祥的預感，不會是喬氏又給她安排了別的親事吧？

「敢問這位大人，與我訂親之人是何人？」

揚風看了一眼自家侯爺，見他同意，他便直說了。「一個姓梁的秀才。」

放著他們主子、一個堂堂侯爺不選，非得選一個無官無職的秀才，這位雲姑娘分明是眼睛有問題吧！

雲意晚驚訝，竟然是梁大哥。

這一瞬間，最近發生的事情似乎都有了解釋，喬氏之所以改了她的藥方，目的就是不想讓她出門，不想訂親一事被她發現。

紫葉一聽只是個秀才，急得不行。「姑娘，夫人怎麼又給您——」

話未說完，被雲意晚打斷了。「多謝大人告知。」

看著雲意晚平靜地接受了，顧敬臣覺得自己再次受到了欺騙，轉身上了馬。

銀子是銀子，雲意晚真正想告訴顧敬臣的是另外一件事，見他正要離去，她急忙喊道——

「侯爺！那日在永昌侯府老夫人的壽宴上我見到了顧老夫人，我瞧著老夫人的臉色似是病了，還請侯爺留意。」

母親病了？

顧敬臣濃眉緊緊皺了起來，側頭看向負責府內事務的啟航。

啟航忙道：「初十那日洪大夫剛剛來過府中，夫人身子無礙。」

顧敬臣看向雲意晚，眼底有探究之意。

雲意晚也在思索。昨日她回想起顧老夫人說顧敬臣正月十七就離京的事情時，她突然想起了後來顧老夫人生了一場大病，險些沒熬過去，直到顧敬臣從邊境回京後才好了。

聽檀香姑姑的意思是老夫人病了有一段時日了，一開始沒當回事，後來發現時才延醫診治，差點就來不及了。

具體是什麼病她並不知曉，因為當她細細問起時，顧敬臣恰好來了，打斷了她們的談話。

現在距離顧老夫人發病應該還有幾個月的時間，難道此時還沒生病？

當雲意晚再次抬頭時，看到了顧敬臣探究的眼神，她心頭一跳，連忙解釋道：「是這樣的，我打小身子就不好，因身子不好，便常常看醫書，也就對這些事有些了解。有些病藏得深，可能一時診不出來，得多觀察些時日，當然了，也可能是我看錯了。」

顧敬臣沒說話。

雲意晚也沒再多說，決定如果下次有機會再見著顧老夫人，再多觀察她的神色。

顧敬臣沒再停留，一勒轠繩，騎馬而去，揚風和啟航隨即跟著離開了。

「咳咳。」雲意晚忍不住咳嗽了幾聲。

「姑娘，咱們回去吧？」紫葉心疼地問。

「好。」雲意晚答應了。她已經如願碰到他了，也把想說的事情都跟顧敬臣說完了，聽與不聽就在他自己了。

兩刻鐘後，雲意晚回到了京城，把租來的馬車還了之後，主僕二人朝著雲府後門而去。遠遠地，紫葉看到有一人站在雲府後門處，似是想進去，又有些猶豫，等瞧清那是個陌生的外男，紫葉連忙護在雲意晚身前。

「你是何人，為何在雲家門口？」

那書生模樣的公子轉身看向了二人，連忙後退幾步，躬身道歉。「抱歉，唐突了，我……我這就離去。」

雲意晚這時認出了來人的身分，抬步走到了紫葉面前。「你可是梁家公子？」

眼前這位年輕公子穿著靛藍色衣裳，衣裳雖是粗布製成的，但針腳極為細密，漿洗得乾乾淨淨的。若今日是二人訂親的日子，那麼這應該是他目前能穿得起的最好的衣裳了。

紫葉驚訝地看向面前的男子，這就是姑娘今日訂親之人？

梁行思是特意來見雲意晚的。

今日二人訂親，他沒有見到雲意晚，但他有話想跟她說。來到雲府後，他有些遲疑。若是貿然求見，難免會讓人誤會，給雲姑娘造成不必要的困擾。但若不進去，就見不著人。

此刻被人發現了，他不敢再多停留，正欲離去，卻聽到了一個清脆悅耳的聲音。他直起身子，看向面前的姑娘。

他不知該用什麼樣的詞語來形容這位姑娘的長相，只覺得書上那些描述美麗女子的詩句在這位姑娘面前都要黯然失色。

她的美不單單是皮相的美，更多的是骨子裡散發出來的氣質，是一種難以用言語來形容的美，美得讓人不敢直視，多看一眼都覺得是對她的褻瀆。

梁行思的臉一下子紅了起來，垂眸不敢再看。

「抱歉，抱歉。」

雲意晚忽然想到了前世第一次見到梁大哥的情形。

前世她一直乖巧聽話，對於婚姻一事也沒有太多想法，母親安排她嫁給誰她就嫁給誰，還記得那次訂親宴是在府中辦的，她只露一次面就回房了。

回去後沒多久，紫葉便過來告訴她，梁大哥一直在她小院外面徘徊，她出去見了他，他當時也是這樣的反應。

「我姓雲，名叫意晚，梁公子可是來尋我的？」

梁行思猛然抬起頭來看向面前的姑娘。

雲意晚？不就是今日跟他訂親的雲家姑娘嗎？

他本以為以雲姑娘這般顯赫的家世，卻願意嫁給他這樣一個一貧如洗、無官無職、幼年喪父之人，想必是有些什麼不足為外人道的毛病，而不管雲姑娘是老是醜是病、是脾氣不好抑或嬌縱任性，都不是他能配得上的。

卻沒想到這位雲姑娘美得驚為天人，從她乾淨清澈的眼睛看來，性子也當是好的，這更令他自慚形穢。

二人有著雲泥之別，即便他將來高中，也配不上這麼好的人。幸好他來了，否則可就誤了雲姑娘的一輩子……

梁行思壓抑住內心的躁動，清冷的嗓音響起。「雲姑娘，梁某配不上您。」

和前世一樣的開場。

「我姑祖母是安國公府的夫人，身分高貴，姑祖母提及這門親事時我拒絕了，不是說姑娘不好，而是因為我不配，無奈母親身患重病氣不得，梁某無法做出忤逆之舉，今日訂親已成，這實是梁某之過，因此前來同姑娘表明心志，絕不敢耽誤姑娘的終身。」

頓了頓，梁行思又道：「雲姑娘之所以和我訂親，想必這中間摻雜不少利益交換，雲姑娘是唯一的受害者，梁某想說的是，姑娘若有心儀之人儘管去喜歡，梁某必不會阻攔，至於退親一事，交給我便好，待過幾個月母親病好些了，我就會跟她提此事。」

雲意晚道：「梁公子，這件事不是你的錯，你不必把所有的責任都攬在自己的身上。」

對於梁行思的突然出現，她有些意外，沒想到事情提前發生了，幸好梁大哥還跟前世一樣，如此正直又為他人著想，令她很感動。

其實不管是前世還是今生，她都覺得梁大哥是一個極好的選擇，他家世雖然不好，但人品卻是極好的。

梁行思看著面前這位善解人意的好姑娘，更覺愧疚。

這位姑娘本可以嫁入公侯之家，卻因為一些利益關係不得不嫁給自己，這一輩子都要毀了，她應該朝他發火，應該打他或者罵他的，可她卻非常平靜，甚至試著理解他，這世上為何會有這麼好的姑娘？

雲意晚笑著說道：「隨緣吧！梁公子若是另有喜歡的人也可以大膽去追求，不必受雲家的婚約束縛。」

這一笑，世間所有美好的東西都黯然失色，在見識過這麼好的姑娘之後，他如何能再喜歡上旁人？

梁行思望著她，好一會兒才道：「好。」

回到府中後，黃嬤嬤連忙讓雲意晚去床上躺著，自己又親自去熬藥。

發生了藥方被改的事情後，黃嬤嬤現在可不敢讓旁人碰雲意晚的藥，她親自去外面抓藥、親自熬，不假手於他人。

熬好藥後，黃嬤嬤送到床邊服侍雲意晚喝下，然後問起了今日的事情。

雲意晚喝完藥，拿起帕子擦了擦嘴，而後一五一十地把前去感謝顧敬臣以及自己和梁家訂親的事情跟黃嬤嬤說了。

黃嬤嬤一聽夫人背著姑娘訂了那麼一門親事，氣極了，張口大罵，罵著罵著又哭了起來，姑娘的命怎麼這麼苦啊！

「姑娘，咱們去永昌侯府吧，把所有的事情都跟老夫人說，她最恨孫姨娘，一定會查清事情始末，不會白白養著孫姨娘的血脈。」

雲意晚無奈地嘆了口氣，說道：「如何說？僅憑著一張嘴嗎？我很懷疑，近日咱們調查的事情侯府的人當真沒查過嗎？當年孫姨娘就不安分，大舅母生產之日又發生了那麼多事，有任何可疑之處，老夫人一定會百般確認才是，可從今天的結果來看，當時應該沒有查到任何破綻，嬤嬤覺得原因是什麼呢？」

黃嬤嬤頓時語塞。

雲意晚道：「事情恐怕沒有我們想的那麼簡單，老夫人有多疼瑩表姊，嬤嬤應該是知道的，如果我們沒有證據，直接去告訴老夫人我是她的孫女，她是不會相信的，而若是最終證實不了此事，妳想想旁人會如何想我？」

黃嬤嬤喃喃道：「定會覺得姑娘貪圖侯府的榮華富貴……」

雲意晚說：「對，若旁人認定我心機叵測，覬覦侯府的權勢富貴，就算以後真的找到了證據也不會有人相信。所以，在沒有一刀斃命的證據前，我們不能跟侯府的人說此事。」

經過雲意晚這一番冷靜的分析，黃嬤嬤心裡更加難受了，眼淚流得更凶。「但總不能就這樣任夫人欺負您吧？」

紫葉連忙上前給黃嬤嬤遞了方帕子，順口和緩地說：「其實，那位梁家公子還不錯，長相英俊，人品也挺好……」

黃嬤嬤道：「那也不行，家世太差了！」

雲意晚安慰道：「嬤嬤不用太過煩憂，我剛剛只是說咱們不能明著去說，但沒說不能委婉地說。」

黃嬤嬤疑惑道：「姑娘的意思是？」

雲意晚又道：「一邊調查，一邊引起別人的懷疑，讓別人也一起調查。」

比如，她之前就刻意把自己的懷疑透露給琰寧表哥、婉琪表妹，還有陳培之、伯鑒表哥、大舅舅……這些人之中只要有人起疑了，就一定會去查。

顧敬臣雖然對雲意晚態度冷淡，也不信她的話，但離開軍營後還是為母親請了太醫前來診治。

太醫細細把脈許久，終於下了結論。

「夫人身子沒什麼大礙，只是最近多思憂慮，沒睡好，目前暫且不用吃藥，只要放寬心過幾日就好了，若這幾日還是睡不好，再按照方子上寫的去抓藥。」

太醫走後，秦氏問了兒子。「你今日怎麼怪怪的，為何無緣無故把太醫請過來為我看診？」

顧敬臣隱去了見過雲意晚的事，解釋道：「兒子明日就要離京了，不放心母親的身體。」

秦氏笑著說道：「有什麼不放心的？我就在城裡，也幾乎不出門，甚少生病，倒是你，遠在邊關，天寒地凍，環境惡劣，才應該注意身體。」

顧敬臣道：「勞母親掛心，兒子知道了。」

接著，秦氏順勢說道：「你去了邊關做首將，數萬將士的性命都握在你的手中，他們的命也是命，千里之外也有父母妻兒在等著他們平安回去，你要時刻謹記這一點，行事定要更加小心謹慎。」

顧敬臣神色微凜。「是，兒子記住了。」

其實，秦氏更想說的是，她也是其中一個擔心兒子的母親，希望兒子保重自己。可多年來，兩人不似尋常母子那般親近，這種話她說不出口。

「嗯，記住便好，我昨晚沒睡好，一會兒便要睡下了，你今晚不必過來了，明早直接離去便是。」

「是，母親。」

顧敬臣此次離京得數月才能回來，他晚上一直在跟府中的管事交代事情，就寢時已經子時。

一閉上眼，白日裡發生的事情又浮現在眼前，他猛然睜開眼，試圖把腦海中的人忘記，可越是想忘記，越是面目清晰。

他索性閉上眼開始背誦兵法，背了足足三遍，終於冷靜下來，漸漸入眠，但可惜，又在夢中再次看到了令他心煩意亂之人。

這一次他夢到自己身著鎧甲，即將上前線去打仗——

他多次上戰場，母親從未送過他，然而這回後面卻突然傳來了腳步聲，他轉身一看，一名女子由遠及近走來，他震驚不已。

不是母親，竟然是她。

「侯爺留步。」

「妳有了身孕，怎麼不多睡會兒？」

「嗯，昨晚睡得早，這會兒睡不著了。」說著，雲意晚拿出一個繡著竹子、寓意平安的荷包給他。「侯爺，戰場上刀劍無眼，盼您早日平安歸來。」

他深深看著她，忍不住一把將人緊緊攬入了懷中，輕聲說道：「夫人照顧好自己。」

「好。」

顧敬臣睜開了眼睛，此時窗外天色還是暗的。

昨晚他沒再作那種令人難以啟齒的夢，可相較於那樣的夢境，剛剛的夢境更讓人覺得悵然若失。

在夢裡，她竟然嫁給了他，還有了他的孩子，難道他內心深處還沒死心嗎？

想到如今的情形，他覺得自己像是一個笑話……

「侯爺，時辰到了。」

「知道了。」

顧敬臣快速起床，收拾好之後去了正院，雖然母親說不必再來，但離去之前他還是想跟母親道別。

顧敬臣沒進屋，只在正房門口磕了三個頭，而後起身離去。

他走後，屋裡傳來一聲輕嘆，秦氏看著漆黑的夜色，滿心都是對兒子的擔憂，毫無睡意。

出了侯府門，上馬之前，顧敬臣看向身後的李總管道：「李叔，我不放心母親的身體，你記著，每隔半月就拿著侯府的牌子去太醫院請太醫回來為母親把個脈，確認母親身體無恙。」

李總管應道：「是，侯爺。」

第十五章

雲意晚此刻正坐在床上，額頭上全都是汗，回想剛剛夢中的情形，心情久久不能平復。

昨晚入睡之後，她再次作夢，這一次她夢到了永昌侯府——

夢中的侯府跟她平日裡看到的不太一樣，沒那麼熱鬧，特別冷清。她有些害怕，不知所措，也不知自己該往哪裡去，突然，前面出現了人影，她連忙走過去，正好看到一個行為鬼祟的丫鬟把身著華服的孕婦撞倒在地。

待離得近了，她發現躺在地上的孕婦有些眼熟，赫然便是陳氏，只是樣貌更年輕一些。

「大舅母，大舅母……」雲意晚忍不住喚道，但卻一點聲音都沒能發出來。

隨後，一個身姿妖嬈的婦人披著桃粉色的斗篷走來，那桃粉色若是穿在一般人身上有些豔俗，但穿在她身上剛剛好，和她身上的氣質無違和地融合在一起。

是孫姨娘。

只見她吩咐人把臉色慘白的陳氏抬到房裡去，不一會兒，大夫、穩婆全都來了。

屋裡傳出了婦人痛苦的嘶吼聲，再後來，漸漸沒了聲音，在屋裡角落等待的孫姨娘對大夫和穩婆說道：「不管是死是活，把孩子從她肚子裡弄出來。」

不知過了多久時間，畫面一轉，天色暗了下來。

「姨娘，這樣做不好吧？」年輕的喬氏進房了，手裡緊緊抱著懷中的孩子。雖然事情早已說好，但到了緊要關頭，她還是有些猶豫，畢竟懷中的孩子是她十月懷胎生下來的。

孫姨娘低聲罵道：「妳個蠢東西，這孩子跟著妳注定沒前途，若是生在侯府，說不定將來能登上后位，光宗耀祖。」

這時，床邊傳來了嬰兒的啼哭聲，孫姨娘一個眼神示意，一個丫鬟把孩子抱了起來，交給孫姨娘，正在照顧昏迷產婦的大夫和穩婆都親眼見到這一幕。

孫姨娘持續勸著喬氏。「妳可想清楚了，機會只有一次，以後妳的孩子在侯府長大，過著錦衣玉食的好日子，妳想什麼時候看她都行，而那個老毒婦的血脈到了妳手裡，隨妳想怎麼對待她就怎麼對待她，別忘了這些年來我們母女經歷的苦日子啊！」

剛生產完的喬氏一臉蒼白，想到這些年嫡母對自己的苛待、兄長和長嫂對自己的無視，為了孩子的前程，一狠心，閉眼將懷裡的孩子交了出去……

「來人，點燈！」

屋外一片漆黑，屋裡燭光搖曳，雲意晚拿起筆在紙上畫了起來，畫完輪廓，又補了些許細節。

看到紙上的兩個人與自己夢中人十分相像，她終於放心了，隨後又換新紙畫了起來，這一次用上彩色的顏料。

被雲意晚喊來的紫葉看著姑娘用彩筆畫的畫跟剛剛那一幅畫上的人一模一樣，有些詫異。既然是同樣的人，為何要畫兩遍？

太陽漸漸升起，屋裡也變得亮堂，雲意晚終於畫完了，看著畫中的人，長長舒了一口氣。

她之所以畫兩遍，是因為這兩個人實在是太重要了，她生怕自己會忘記，所以匆匆用筆記錄了下來，只可惜那大夫來去匆匆，沒有露出正臉，好在她將穩婆看得清清楚楚。

黃嬤嬤也早就起來了，剛剛看姑娘一直在忙，沒敢上前打擾，此刻畫完了才上前問道：「姑娘，您這畫的是何人？」

雲意晚道：「嬤嬤，您看看這兩個人是否有印象？」

黃嬤嬤仔仔細細盯著畫上的二人看了許久，搖了搖頭。「這婆子我沒見過，這男子看不清楚臉，我也不知有沒有見過。」

雲意晚明白了。「嗯。」

這也在意料之中。

「嬤嬤、紫葉，妳們把這位穩婆的樣子看清楚了，只要找到她，事情就能解決了。」

黃嬤嬤和紫葉對視了一眼，道：「好。」

用早膳時，雲意晚想到了一事，對紫葉道：「紫葉，妳去打聽一下府中可有關於二妹妹親事的傳聞。」

前世二妹妹是在正月裡訂親，這時候估計應該商量得差不多了。

紫葉應道：「是，姑娘，我這就去。」

很快的，雲意晚飯還沒吃完，紫葉就回來了。

看著紫葉一臉疑惑的神色，黃嬤嬤問道：「怎麼了？」

紫葉看了一眼雲意晚，道：「正院裡正忙著喜事，說是一會兒國公府的人要來給二姑娘提親。」

雲意晚琢磨了一下，這一點倒是跟前世一樣的，二妹妹是在正月裡訂親，所以不同的只有自己，自己的親事不知為何提前在正月定下？

黃嬤嬤又問道：「哪個國公府？」

紫葉道：「安國公府，二房的一位公子，好像是位伯爺。」

黃嬤嬤忍不住罵了幾句，開始陰謀論道：「怎麼這麼巧，姑娘定下來的梁公子是安國公老夫人的姪孫，二姑娘定的是安國公府二房的小伯爺，咱們府跟安國公府關係何時這麼深厚了？這其中不會有什麼陰謀吧？」

雲意晚頓時怔住了。

前世二妹妹先訂親，她後訂親，所以她沒有想太多，只以為是因為二妹妹跟國公府的小伯爺訂了親事，所以才因緣際會談定了自己的親事。但如今自己和二妹妹訂親的日子是緊挨著的兩日，這就明顯有問題了。

跟冉家訂親是因為冉家是知府夫人的親戚，為了巴結知府夫人，喬氏定了這門親事，父親也同意了。那麼跟梁家訂親，喬氏用的是什麼藉口呢？正如梁大哥所言，這中間究竟交換了什麼利益？

她嫁給梁大哥顯然是低嫁，所以，定是他們雲家從國公府那裡得到了利益，喬氏再進一步以此說服父親同意。

究竟是什麼利益這麼吸引人？

想了想，雲意晚腦中閃過一個可能性，突然站了起來。

她想錯了一件事！她從前以為意晴之所以能嫁入國公府，是因為她在永昌侯府受了傷，國公府世子夫人常常來探望她，喬氏又想從國公府獲取一些好處，所以才有了意晴的親事。

如今想來，可能並非只有這個原因，是喬氏拿她的親事和安老夫人做了交易！她低嫁給梁公子，好讓意晴高嫁給小伯爺……

這喬氏……當真是用心險惡！

看著雲意晚越來越冷的神色，黃嬤嬤有些擔憂，輕聲問道：「姑娘，您怎麼了？」

雲意晚沒說話。

黃嬤嬤試著抬手碰了碰她。「姑娘，您別嚇我啊！」

雲意晚眼眸微動，終於回過神來看向黃嬤嬤，握了握嬤嬤的手，柔聲道：「嬤嬤，您莫要擔心，我沒事。」

黃嬤嬤這才鬆了一口氣。「您嚇死我了。」

雲意晚笑了笑，沒有把換親一事的推論跟嬤嬤和紫葉說，若說了，這二人怕是要氣倒了，尤其是嬤嬤，最近常為了她的事著急上火。

前世喬氏機關算盡卻沒能得到自己想要的，一個女兒難產死了，一個女兒在國公府受盡委屈，隔三差五回娘家哭訴。如今事情看似已成定局，但她相信仍有辦法改變，自怨自艾不是辦法。

「許是世子夫人年前常常來府中探望意晴，看中意晴了，所以才有了如今的親事吧，不過那小伯爺既然一直不成親，想必其中有緣由，嬤嬤不妨去打探打探。」這樣或許嬤嬤的心情能好一些。

黃嬤嬤眼睛一亮，應道：「好！」

雲意晚今日醒得早，吃過早膳後又躺回床補眠了，然而一個時辰後，她被外面的聲響吵醒了。

紫葉嘆氣道：「哎，還是吵醒姑娘了。」

雲意晚揉了揉痠痛的眉心，啞聲問道：「外面發生了何事？」

紫葉抿了抿唇，小聲道：「還不是二姑娘訂親的事，國公府抬了不少聘禮過來。」

雲意晚道：「哦，怪不得那麼吵。」

紫葉忍不住抱怨。「夫人可真會糟踐人，昨日給您訂親悄無聲息，如今已經訂了親還不跟您說一聲，而二姑娘跟國公府的小伯爺訂了親，又恨不得全京城都知道。」

對此，雲意晚沒說什麼。

過了片刻，黃嬤嬤從外面回來了。

這兩日發生的事情實在是過於鬧心，雲意晚睡下後，黃嬤嬤親自去外面打探了一番，她都沒怎麼費心，在外面隨便跟人一聊就知道了不少關於國公府小伯爺的事情，越聽越開心，在外頭待了足足一個時辰才回來。

紫葉看著黃嬤嬤臉上的笑容，問道：「嬤嬤這是打聽到什麼喜事不成？」

黃嬤嬤灌了兩口茶，這才笑著說：「可不是喜事嘛，還是大喜事！」

紫葉一臉好奇。「什麼喜事？」

黃嬤嬤看了一眼雲意晚，笑著說道：「我在街上跟人聊起來才知道，原來今日跟二姑娘訂親的小伯爺除了有個爵位外，什麼都不是，日日眠花宿柳，還常常不回國公府。因為他老子的緣故，小伯爺也得了個蒙蔭的官職，結果辦砸了，還是國公爺出面保住他，如今只掛著個空名，偶爾去點卯，其餘什麼事都不做。」

紫葉震驚極了。「天哪，夫人為何要為二姑娘說這樣一門親事？」說完，又道：「難道夫人不知道小伯爺是這樣的人？」

黃嬤嬤道：「怎麼可能，我都能打聽得到，夫人還打聽不出來？」

雲意晚看著窗外冒了嫩芽的柳條，喃喃道：「是啊，不僅夫人知道，父親身在官場，也應該知道呢。」

黃嬤嬤和紫葉剛剛沒想到這一點，此刻聽了這話，心情頓時變得複雜。

老爺和夫人都知道未來姑爺的性情，但卻為女兒定下了這樣的親事，難道高門大戶的誘惑比自己女兒的終身幸福還要重要嗎？

黃嬤嬤又道：「那位梁公子倒是個好的，很孝順，也不愛去國公府打秋風，自己一邊讀書一邊在學堂教書，聽說他學問極好，說不定下一次能中。」

雲意晚道：「嗯。」

外面的熱鬧來得快去得也快，午飯過後，一切恢復平靜。

梁家——

子時，王氏起夜，發現兒子屋裡的燈還亮著，她過去敲了敲門。

梁行思連忙打開門，把母親迎進屋。

「兒啊，這麼晚了你怎麼還在看書？」

不僅是今晚，從訂親那日起到現在已經三天了，兒子每晚都讀書讀到很晚，比從前更努力。

梁行思道：「今年朝廷恐會加恩科，兒子想好好準備。」

王氏道：「如今你已跟禮部大人的女兒訂了親，聽說她外公家還是侯府，將來你的前程定沒有問題，你何必再這樣用功？」

梁行思臉色微變。

王氏見兒子臉色變了，連忙道：「好了好了，你別生氣，母親不說了、不說了。我知道你因為我私自給你訂了親事心中不悅，只是，你姑祖母說的這樁親事太好了，我身子差，怕是活不了多久，若不能看你定下一門好親事，心中著實難安，我是一個自私的母親，你要怪就怪我吧。」

梁行思說：「兒子不敢。」

王氏嘆氣道：「哎，你可是覺得自己配不上她，所以才這麼用功讀書？」

梁行思沈默不語，半晌，點了點頭。

王氏又嘆了口氣，沒再勸兒子，離開了。

梁行思扶著母親回了房中，出來時，看著天上的缺月，心中悵然已久。

雲姑娘就像是十五的明月，和他訂了親之後就如同此刻一般有了缺口，他加倍用功讀書，只希望將來二人退親之後，雲姑娘不會因為曾和他這樣卑賤的人訂過親而被人詬病。

和一個兩榜進士訂過親，總比和一個秀才訂過親要好聽得多，這是他唯一能彌補她的方式。

和國公府的親事定下來之後，雲意晴的病立刻就好了。
喬氏把雲意晚和雲意晴訂親時男方給的聘禮各自規整了一下，不得不說，還是安老夫人厚道，給的聘禮足足的，小伯爺的聘禮顯得遜色許多。
雲意晴看著差距甚大的兩份聘禮，臉上的神情微微有些不悅。
「母親，國公府給的聘禮也太差了吧。」
那梁家是個破落戶，都給長姊這麼多聘禮，國公府竟還不如梁家。
喬氏笑著說道：「何必計較這些，梁家是拿不出來這麼多聘禮的，這些都是安國公老夫人貼補的，說到家底，梁家一貧如洗，自然是無法與小伯爺相比的。」
雲意晴臉上的不悅漸漸消散了一些。
喬氏道：「妳姊姊嫁的人窮一些，用不了那麼多嫁妝，這些還不都是妳的？」
雲意晴眼裡露出驚喜，抱著喬氏的胳膊道：「母親，還是您對女兒好。」
喬氏拍了拍雲意晴的手道：「傻孩子，娘不對妳好還能對誰好？」
雲意晴想到姊姊嫁得不好，看著聘禮中的一個首飾箱，大方地道：「娘，這些首飾就留給姊姊吧，布料這麼貴重，姊姊嫁的不過是個秀才，穿不到的。」
喬氏笑道：「還是妳識大體。」
整理完聘禮，喬氏終於想起來自己還有一個女兒，從外面請了大夫過來為雲意晚看診。
「我這女兒打小身子就弱，年前又任性出去登山，吹冷風凍著了，這一病就是一個月，煩勞大夫為我女兒診治一下。」

大夫點了點頭，開始為雲意晚診治，看完診道：「姑娘身子已經大好，沒什麼大礙，只需再吃上幾服藥，靜養三日就能好。」

雲意晚道：「多謝大夫。」

大夫走後，喬氏笑著道：「意晚，妳父親和我為妳定了一門親事，對方長得十分俊秀，才華出眾，他母親如今病了，等過幾個月病好了，就為你們二人辦喜事。」

看著喬氏臉上的笑，雲意晚想起了那晚換子的夢，此刻再看喬氏，只覺得其面目猙獰。她平靜地道：「多謝父親母親，只不知對方是哪位大人家的公子，女兒說不定也見過的。」

喬氏臉上的笑微微一滯。

「倒也不是哪家大人的公子……」

雲意晚問道：「哦？難道如同冉家一般是商戶，但家財萬貫？」

喬氏頓時語塞，看著女兒疑惑又認真求問的眼神，臉上有些掛不住。「意晚，我平日裡怎麼教妳的？妳怎麼有如此攀龍附鳳的心思？對方只要人品好，才學出眾，即便不是官宦子弟，即便家中沒有太多錢財，妳也不該瞧不起，莫忘了，當初妳父親也是個窮書生，娘不是一樣嫁給他了？」

雲意晚一直看著喬氏的眼睛，聽到最後一句，眼眸微動。

父親和梁大哥還是不同的。父親和梁大哥同出身世家，但父親是族裡的嫡系，親戚中大多為官，梁大哥卻是偏支，五服內無人做官。而且當年母親嫁給父親時，父親已經是兩榜進士，在朝為官。梁大哥如今只是個秀才，秀才和進士之間的距離，對於大多數人而言是天塹、不可逾越的鴻溝。

雲意晚淡淡道：「哦，所以母親是看中了父親的品貌嗎？只可惜我連對方都沒見過，也不知他長相如何、才華如何。」

喬氏有些時候真的看不懂這個女兒的心思，從剛才得知被訂親，反應就頗為平淡，就連剛剛她發火斥責她，她依舊平靜，讓人猜不透她心中在想什麼。

「有什麼好見的？父母之命，媒妁之言，自古以來皆是如此，我在訂親前也從未見過妳父親，做爹娘的還能害妳不成？」

不會害她……雲意晚盯著喬氏的眼睛，她在想，母親是如何能把這句話說出口的？

「母親說得是。」

喬氏總算鬆了一口氣，但緊接著，就聽雲意晚又說了一句。「想必國公府的公子也定然是一位人品好、才學出眾的公子哥兒，母親才會為意晴定下這樣一門親事吧。」

聞言，喬氏有些不耐煩了。

「妳妹妹嫁得如何跟妳無關，妳管好自己就行！既然訂了親，這些日子就少出門，沒事多在家裡繡繡花，準備出嫁之事。」

雲意晚問道：「母親的意思是不許女兒去別的府上做客嗎？」

喬氏道：「自然是的，妳已經訂了親，不好再拋頭露面。」

雲意晚又道：「那若是針線不夠了，女兒想出門買針線呢？」

喬氏說：「那也不用妳親自出門，吩咐婢女去就好。」

雲意晚乖順道：「嗯，知道了。」

喬氏最終肅著臉離開了小院。

雖然長女接受了她的安排，可不知為何她心中就是有些不得勁，尤其是長女的那一雙眼睛，總覺得像是看透了什麼。

過了幾日，黃嬤嬤去打聽那大夫是否回京的消息時，帶回了另外一個消息。

「姑娘，兩個月後皇上和貴妃要為太子選妃，外面已經出了十位候選姑娘的名單，賭坊都在下注呢，名單裡還有瑩姑娘。」

說起此事她就來氣，若不是喬氏那個毒婦，競爭太子妃之位的人就是他們家姑娘了。

紫葉也很生氣。「瑩姑娘這不是搶了咱們姑娘的位置嗎？」

黃嬤嬤道：「可不是嘛。」

紫葉問道：「瑩姑娘中選的可能性大嗎？」要是大，那就更氣人了。

黃嬤嬤瞥了一眼雲意晚的神色，道：「還挺大的，聽說瑩姑娘刺繡表現極好，其他方面也很突出，外面很看好她，除了她，還有禮部尚書家的李姑娘……」

皇上欲為太子選妃一事，雲意晚在圍獵時就知道了，至於喬婉瑩會入選，她也知道，前世喬婉瑩入了備選名單，而且她入選的原因是刺繡，喬婉瑩繡技一流，京城人人皆知。

刺繡……雲意晚突然想到了一事，想證實一下。

「姑娘，您覺得哪一位小姐最有可能中選？」

雲意晚回過神來，答道：「遼東馮氏之女，馮樂柔。」

黃嬤嬤道：「啊？那位姑娘嗎？她騎射不行，排在後面。」

雲意晚還沒回答，紫葉先說了起來。「那是因為馮姑娘沒參加比賽，那日在圍場時她表現得可好了，三箭全都中了。」

黃嬤嬤很訝異。「竟然這麼厲害。」

雲意晚道：「嗯，馮姑娘不僅騎射功夫好，我瞧著太子也對她有意，中選的可能性最大。」

聞言，黃嬤嬤突然若有所思，雲意晚沒注意到黃嬤嬤的神情，逕自看向紫葉道：「紫葉，妳一會兒幫我送一封信去永昌侯府給婉琪表妹。」

紫葉應道：「好。」

雲意晚很快就把信寫好了，遞給了紫葉。

黃嬤嬤這時從裡間出來，懷裡不知拿了什麼東西，見紫葉要出門，連忙攔了下來。「我去我去。」

雲意晚有些詫異。「嬤嬤上午剛出去過，好好歇著便是，讓紫葉去跑一趟吧。」

「我不累，還是我去吧。」

說著，黃嬤嬤拿著信離開了。

她先去侯府送信，恰好婉琪姑娘在府中，看了信後當下便回了信。

黃嬤嬤揣好信件，回府的路上先去了賭坊。

姑娘的私房一共就一百多兩銀子，其中一百兩給了定北侯，只剩下二十多兩了，之後若是想調查事情，難免會用到銀子，剛剛聽到姑娘的判斷，她想乘機好好賺上一筆。

黃嬤嬤一咬牙把二十兩銀子投給馮樂柔，拿好賭坊給的單子回了府中。

雲意晚看完婉琪表妹的回信，想了想，去小廚房做了些點心。

等到了晚上，雲意晚提著點心去了前院書房。

說到底，這個家還是父親作主，喬氏不想讓她出門，父親可未必會同意。

雲文海見長女過來了，臉上露出笑容。「意晚，妳身子還沒好，怎麼這麼晚過來了？」

雲意晚放下食盒，笑著說道：「女兒好久沒見爹爹，想您了。」

聞言，雲文海臉上的笑容加深了。

「為父也好久沒見到妳了，妳這幾日身子如何？」

雲意晚道：「勞爹爹掛心，女兒身子已經無礙。」

雲文海想到給長女定的親事，心中難免有些心虛。那梁家的哥兒雖然好，也著實配不上這麼好的女兒，他很滿意梁家哥兒，但若是沒有意晴嫁入國公府這個條件在先，他也未必會同意這門親事。

說到底，身為父親，他為了雲家的榮譽犧牲了女兒一部分的利益。

「對了，妳可見過梁家的哥兒？」

雲意晚頓了頓，搖頭道：「不曾。」

雲文海道：「這門親事確實有些委屈妳了，不過妳放心，為父是見過那位梁家哥兒才同意這門親事的。」

雲意晚看向父親。

雲文海又道：「我考校過行思的學問，他的學問極好，跟太傅府上的那位公子比也毫不遜色，陳家公子生來金尊玉貴，能有這樣的成就不稀奇，行思生來日子過得困頓，能有這樣好的學問，著實不易，且他人品好又孝順踏實，堪為良配。」

雲意晚垂眸道：「多謝父親。」

父親的確疼她，這一點不可否認，但在利益面前，這種疼愛就不知還剩多少了。

雲意晚道：「父親，女兒自從生病後一直在府中待著，已經一個多月沒出過門了，心裡難免有些不舒暢，不知女兒可否出去買些針線透透氣？」

雲文海詫異道：「妳自然是可以出去的，跟妳母親說一聲便是。」

雲意晚輕聲道：「母親說女兒訂了親，最好待在府中不要出門。」

雲文海皺了皺眉。

夫人糊塗啊，為何要拘著女兒？女兒得出去社交才好，梁家哥兒家世差，女兒再閉門不出，如何能打點好各方的關係？

雖心中如此想，但嘴上還是維護了喬氏。「妳母親也是為了妳著想，想著妳要準備出嫁一事，不好再拋頭露面，不過妳日日憋在府中也不好，妳想出去的話直接出去便是，妳母親那邊若是發現了，推給為父，為父替妳解釋。」

雲意晚福身道：「多謝父親。」

目的達到，雲意晚又跟雲文海說了幾句話，離開了書房。

第二日一早，雲意晚便出門了，來到巷子口等了一會兒，喬婉琪的馬車抵達。

「表姊！」看到雲意晚，喬婉琪熱情地跟她打著招呼。

雲意晚笑了笑，回應喬婉琪，隨後上了馬車。

喬婉琪道：「表姊，一個多月不見，我怎麼瞧著妳又瘦了？」

雲意晚笑道：「嗯，病了一場，這幾日剛好。」

喬婉琪又道：「我說呢，過年的時候都沒見到表姊。」說著，她抱住了雲意晚的胳膊。

「哎，還好表姊昨日給我來了信，我正煩著呢。」

雲意晚問道：「怎麼了？」

喬婉琪撇嘴道：「還不是大堂姊，如今大堂姊要選太子妃了，全家人都圍著她轉，什麼好的東西都給她，我舅舅家的表哥本來一直中意她，她也沒直接拒絕，如今出了太子妃候選名單，舅母知道被耍了很生氣，朝著我母親發火，母親一不高興，我們那院子裡就像是埋了炸藥一般，今日炸這裡，明日炸那裡，那個家我是快待不下去了。」

雲意晚拍了拍喬婉琪的手道：「沒事，等太子妃人選確定下來，事情就能平息了。」

喬婉琪道：「還有兩個月呢，如今爆出傳聞，她最大的競爭對手尚書府的李姊姊難以孕育子嗣，她的對手就只剩下聶將軍家的姑娘了，我聽說聶姑娘好像已有了意中人，這樣一一淘汰後，萬一大堂姊被選上，那可就麻煩了，全家人以後不都得巴結她？」

雲意晚琢磨了一下，問道：「我聽說瑩表姊是因為繡技出眾被選上的？」

喬婉琪撇了撇嘴道：「可不是嗎？」

雲意晚問完後就一直盯著喬婉琪的表情看，自然看到了她臉上的不屑。

喬婉琪像是終於找到了發洩口一樣不客氣地說道：「就她那種繡技，也不知是如何選上的，宮裡的人眼睛都瞎了不成？」

她沒有多想就把心裡話說出來了，突然發現雲意晚審視的目光，她心頭一慌，連忙低聲補救。「我隨口說說的，表姊別當真。」

雲意晚道：「表妹放心，我什麼都沒聽到。」

喬婉琪垂眸道：「其實也是真心話。」

她知道意晚表姊的性子，對她非常信任，所以剛剛才會毫無防備地說出心聲。

雲意晚看向喬婉琪，聽她道：「我從小跟大堂姊一起跟繡娘學刺繡，也不知是那繡娘教得不好，還是我們姊妹倆天賦太差，總之都學得不怎麼樣，我倆半斤八兩，可大堂姊會說啊，她跟祖母說刺繡一事不重要，女子最重要的是讀書習字、琴棋書畫，刺繡自有繡娘去做……就這樣，大家就只記得我女紅不行，而大堂姊是個才女。」

雲意晚頗為不解。喬婉瑩女紅很差嗎？可前世一直聽說她繡技極佳，顧敬臣還把她的刺繡珍藏起來，後來聽說她傷了手，所以才不再刺繡了。

喬婉琪想起往事越說越氣，低聲道：「我猜想著一定是祖母和大伯父不知給選拔的人送了什麼好處，所以那些人才會睜眼說瞎話，讓大堂姊入選。」

雲意晚道：「或許瑩表姊上交的繡品恰好是她擅長的？有些人繡字極好，繡花就不成，不知瑩表姊上交的是什麼繡品？」

喬婉琪道：「誰知道呢，好像是一幅牡丹圖吧。」

雲意晚一愣。

喬婉琪又道：「後來康王妃舉辦了賞梅宴，宴席上她又給王妃獻了一幅江雪圖。」

江雪圖……雲意晚心頭一動，她記得從前自己送過意晴一幅江雪圖。

「那幅繡品是什麼樣子，妳可有看到？」雲意晚問道。

喬婉琪說道：「大堂姊神秘得很，根本不讓人看，自己私下送的。不過啊，我趁她不在時偷偷去看了，繡的好像是江南的景色，那湖像臨安的西湖，湖邊還有柳樹，漫漫大雪中，有幾條船在江面上行駛，岸邊上有孩童在嬉戲玩耍，旁邊還配了一首關於江雪的詩，那首詩我倒是記不得了……」

雲意晚心頭微微一沈。她的確繡過這樣的圖，送給了意晴。

想來是意晴向她要臘梅圖不成，便把她從前繡的江雪圖給了喬婉瑩，那幅失蹤的國色天香怕不就是喬婉瑩上交的作品？

可她心中仍有一絲疑惑，選拔之時應該需要當場繡花吧，她一路玩欺騙的伎倆，難道就不怕到時被拆穿？

除非這過程中一直有人在幫她，而這個人能力還不小，能左右太子妃的人選……

她感覺自己好像觸碰到了什麼秘密，而此時喬婉琪仍在說著。「那詩應該是大堂姊自己做的，酸不啦嘰的，特別像她的風格，繡品倒是看起來極為高雅，不過配上那麼一首詩，頓時失了意境。」

雲意晚回了一句。「表姊真有才華。」

心中的疑惑雖解，但這件事怕不是她們可以左右的，反正喬婉瑩機關算盡最終也不會選上，雲意晚便轉了話題。

「對了，我來京城這麼久了都沒怎麼逛過京城，不如表妹帶我去逛逛？」

喬婉琪臉上露出笑容。「好啊，今日就讓我帶表姊好好逛一逛京城。」

喬婉琪實在是一個極好的嚮導，帶著雲意晚幾乎逛遍了京城的大街小巷，兩個人一直坐著馬車，倒是沒累著。

另一邊，馮樂柔收到了父親傳來的消息。

「除夕夜鎮北將軍從城樓摔下來的原因是飲酒過度……」唸著信上的一字一句，馮樂柔臉上露出一絲安心的笑容。

入選太子妃名單的一共有十位候選人，但真正對她有威脅的只有三位，一位是禮部尚書府的李二姑娘，一位是鎮北將軍聶將軍府的長女聶扶搖，一位是永昌侯府的大姑娘喬婉瑩。

禮部尚書府的李二姑娘天生體弱，大夫曾診斷她子嗣困難，本來此事沒有傳出來，再加上這幾年李大姑娘一直吃藥調養，身體也漸漸好了，不過，近日一位為她看過診的大夫不知為何來了京城，還四處宣揚此事，此事傳出去之後李二姑娘基本是沒戲了。

如今聶將軍又有了飲酒過度的污點，這表示聶扶搖也沒戲了；至於那位永昌侯府的喬大姑娘……

一旁的婢女初雪說道：「還是姑娘聰明，未雨綢繆，提前打聽到了李姑娘的身體狀況，把那位大夫接來京城，還有從聶將軍受傷一事敏銳地察覺不對勁，寫信告知老爺，老爺才得以打探到聶將軍的秘密，將來這兩位姑娘已不足為懼了。」

馮樂柔端起茶抿了一口。

「我與李姑娘本無仇怨，只可惜大家是競爭關係，不得已必須這麼做，我看等太子妃人選塵埃落定，再安排人宣傳一下吧，她如今身子已無大礙，可正常孕育子嗣。」

初雪道：「是，姑娘。那鎮北將軍府的聶姑娘呢？」

馮樂柔道：「聶將軍這幾年本就不行了，日日貪杯，沒能守好邊境，這才讓敵國有了可乘之機，他這是咎由自取。此次他失了將軍之位，對邊境的百姓而言也是件幸事。」

至於聶扶搖……眾人皆知她本就心繫定北侯，無意選太子妃，她這麼做也算是幫她。

初雪又道：「那位永昌侯府的喬大姑娘您打算怎麼辦？她不太好對付啊，背後應該有貴人幫忙，不然不會這麼順利。」

聽到喬婉瑩的名字，馮樂柔勾了勾唇。

她與李姑娘無仇，與聶姑娘也無怨，自然不會費心對付她們，但這位喬大姑娘……上次圍獵的事情她可沒忘，若是不給她點教訓，自己怕是會被以為是個軟柿子。

馮樂柔輕聲道：「她既然勾結了貴人，那麼在最終選拔時，她的繡品一定不會出問題，既如此，咱們就讓她在選拔前露出破綻！」

三日後，英華長公主給雲家下了一個帖子。

二月十五花朝節，長公主邀請京城貴女們去郊外的別苑賞花。

英華長公主在京郊的別苑非常有名，裡面種滿了各色鮮花，一到百花盛開時節，別苑中花團錦簇，吸引無數蝴蝶共舞，每年的二月十五長公主都會在此舉辦宴會，邀請友人參加。

京城中的貴女人人都為收到這張帖子而倍感榮耀，喬氏上次參加還是未出閣的時候，後來長公主便不再邀請她了。

今日的帖子上言明讓喬氏攜長女出席，喬氏冷哼一聲，昨晚老爺才提醒過她不要拘著意晚，若她故意不讓意晚出門，意晚去老爺那裡告上一狀……也是麻煩。

若是從前，她定會想辦法不讓意晚出席，可如今情況大不相同，意晚已經訂親，聽說定北侯又去了前線，讓意晚偶爾出去露個臉應該是沒關係。

至於意晴，雖然帖子上沒提到，她當然也會帶著了，大不了去永昌侯府弄一張帖子。如今意晴已經跟國公府訂親，永昌侯府的人也不敢輕看她，再說了，還有那件事……

二月初一，全家人一起吃飯時，喬氏提起了此事。

「意晚，自從訂親後妳就極少出門了，十五那日是花朝節，英華長公主府下了帖子來，到時候妳跟意晴和我一同去吧。」

雲意晚道：「多謝母親。」

花朝節她知道。前世她未出嫁前從未去過花朝節，直到嫁給顧敬臣後，才收到英華長公主的帖子。

而這次之所以有帖子，她知道絕不可能是喬氏為她求來的，必是長公主的帖子直接寫了她的名字。

思及上次去長公主府做客的情形，她心中猜測，難道又是因為梅公子？

但又覺得有些不對勁，她上次在燕山所為說大不大，說小不小，既然長公主已經宴請過她，給過她謝禮，應該不至於一再致謝，邀請意晴還能理解，畢竟意晴將要嫁入國公府，但為何還特意邀請她一個從五品的小官之女？

雲文海則對夫人的做法非常滿意，主動為她挾了一筷子魚肉，喬氏也笑了笑，一家人看來甚是和諧。

第二日一早，雲意晚正在放置雜物的小院裡教意安繡花時，黃嬤嬤從外面回來了。

「姑娘，那個當年為您治病的大夫從鄉下返京了。」

雲意晚挑了挑眉。

「意安，今日長姊教妳的內容妳好好練一練，過幾日長姊要檢查功課。」

雲意安點頭。

雲意晚又看向雲意平。「意平，你好好讀書，只有學到腦子裡的東西才是你自己的，你從書中獲得的知識總有一日能夠用上。」

若有一日她的身世之謎被揭露，說不定意平和意安還能有出頭之日。

「我記住了，長姊。」

雲意晚笑了笑，離開了雜物間。

回到小院後，黃嬤嬤道：「也不知我帶來的是好消息還是壞消息。」

雲意晚道：「哦？嬤嬤細細說來。」

黃嬤嬤道：「好消息是那大夫竟然把多年來看診的記錄都留存著，壞消息是那時正逢冬日，生病的嬰兒特別多，那一個月就有上百例，我也記不清究竟是哪一日去的那家醫館，事情過去那麼多年了，他也未必能記得當時的人。」

雲意晚琢磨了一下，回到屋中，提筆在紙上畫出一個人。

這人不是別人，正是她在夢中見到的喬氏年輕時的模樣。

畫完之後，她本想把畫像給黃嬤嬤，但想了想，還是決定親自去一趟醫館找人。

不多時，雲意晚和黃嬤嬤到了醫館中。

她們二人等在一旁的屋內，直到醫館中沒了病人，大夫才進來見她們。

大夫一看見黃嬤嬤便道：「這位妹妹，妳剛剛不是來過了嗎？我也告訴妳了，我如今已經是半截入土的人了，哪裡還記得這麼多事情，妳許諾給的銀子那麼多，我若是記得，肯定早就告訴妳了。」

此時雲意晚拿出一幅畫像，放在大夫面前。

「請問您當年見過這個人嗎？」

大夫瞥了一眼頭戴帷帽的姑娘，又看了一眼黃嬤嬤，心中明白這位年輕姑娘才是主子。

大夫看了喬氏的畫像，神情突然有了變化。他盯著喬氏的畫像看了許久，喃喃道：「好像有點印象……」

雲意晚一直在觀察大夫的反應，看著他眼神的變化，心中頓時激動不已。

「您確定？」

大夫濃眉皺了起來，摸著鬍鬚道：「也不是很確定。當年好像有個婦人抱著一個不足月的嬰兒來看過病，我之所以記得她，是因為她身為母親，卻對孩子的病漠不關心，所以我有點印象……後來她好像又來過一次，我問她孩子是不是不足月生的，所以才會這樣虛弱，她非得說孩子是足月生的……像她又好像不是她，是不是她我還真不記得了……這孩子挺可憐的，胳膊肘那裡還被燙傷了，我想著那母親怎麼這麼不會照顧孩子啊……孩子病得挺重，但她後來也沒再來過了。」

黃嬤嬤頓時怔住了，看向雲意晚。

雲意晚的心怦怦跳了起來，她沒想到大夫竟然記得，而她胳膊上也的確被燙傷過，現在還留有一個疤。

大夫看著雲意晚和黃嬤嬤的穿戴，怕惹麻煩。「哎，算了，那銀子我還是不賺了，我是真記不太清了，也不敢跟妳們胡說八道。」

雲意晚順勢說道：「好，多謝，今日叨擾您了，雖然沒能得到答案，但也感謝您的幫忙。嬤嬤，給大夫一兩銀子。」

大夫愣了愣。

雲意晚道：「算是您的辛苦費。」
大夫笑了。「多謝姑娘，多謝，這幾日老朽再好好想想，若是再想起什麼的話，不知該去哪裡告訴姑娘？」
雲意晚又道：「過幾日我讓嬤嬤過來一趟。」
大夫道：「好。」
回到府中自己的小院裡後，黃嬤嬤關上門，忍不住問：「姑娘，剛剛那個大夫想起來了，您怎麼不繼續問下去？」
雲意晚說：「不用問了，有這幾句就夠了。」
黃嬤嬤不解。「啊？」
雲意晚反問道：「妳若是陳氏，聽到這樣的話會不會懷疑？」
黃嬤嬤也是有孩子的人，換位思考了一下，立即道：「當然會！」
雲意晚笑道：「所以，夠了。」
黃嬤嬤不放心。「那咱們去告訴陳氏？」
雲意晚搖頭道：「不，還有個更好的人選。」
黃嬤嬤道：「誰啊？」
雲意晚笑著說道：「太傅府的大公子。」
後來她細細回想過老夫人壽辰那日發生的事情，陳伯鑒的反應有些不一樣，像是也起疑了。

「陳大公子知道我與老夫人畫像相似的事情，也知道母親在危急關頭去救了喬婉瑩，他非常聰明，或許我們稍微點一點他就會有動作。」

她一個人能力有限，自然需要找人幫忙，之前病了一個月一直沒有辦法行動，現在可以了，陳家勢大，說不定還能查到別的線索和證據。

黃嬤嬤笑著說道：「太好了。」

過了片刻，她又問道：「對了，姑娘，您原本不是打算給大夫十兩銀子嗎？剛剛為何只給了一兩？」

雲意晚道：「這位大夫的底細不明，若是貿然給他太多銀子，萬一他就此開始敲詐勒索，抑或者為了銀子亂說一通就麻煩了，等摸清他的底細，看他還有沒有想起更多事，剩下的銀子再給也不遲。」

「哦，這樣我明白。」黃嬤嬤心下鬆了口氣，她剛剛著實緊張，姑娘的錢都讓她拿去下注了，十兩銀子她可拿不出來。

「畫像中的大夫和穩婆還要繼續查。」雲意晚道。

這兩個人才是關鍵的證人，剛剛見的那位大夫只能算是輔證，不是直接證據。看診記錄別人可以說是偽造的，即便記錄是真的，也不足以證明當年那個不足月的嬰孩是自己。

黃嬤嬤道：「其實這也算是證據吧？老夫人那麼討厭孫姨娘，得知瑩姑娘其實是夫人的女兒，肯定很憤怒，只要有證據八成就信了。」

雲意晚說：「這件事不能這麼草率處理，從喬婉瑩被送去選太子妃來看，老夫人和侯爺十分注重權勢，一個是他們從小養到大的姑娘，一個是我，他們會選擇誰，我不敢賭，一定要找到更明確的證據，眼下絕不能說出來。」

這也是她不告訴侯府而選擇太傅府的原因。

黃嬤嬤心急地問：「但要是一直找不到確鑿的證據怎麼辦？」

這個問題雲意晚也想過，畢竟事情過去這麼多年，很有可能當年的人都不在了。

「如果真的找不著，那就等喬婉瑩落選之後再揭露這件事吧。」這樣勝率會高一些。

黃嬤嬤琢磨了一下，恍然大悟。

對啊，如果瑩姑娘沒有成為太子妃，老夫人和侯爺就不會那般重視她了。

當雲意晚想約陳伯鑒出來時，雲意亭突然回府了。

是了，馬上要會試了，雲意晚這才想到這事，最近一直在忙，竟然把這麼重要的事情給忘了。

而陳大公子今年也要參加會試，會試是大事，耽誤不得，她的事只能暫時擱置了。

沒過多久，春闈開始了，轉眼間花朝節也到了。

雲意晚如今已經沒心思去應付喬氏和雲意晴，在面對這二人時，她選擇沈默寡言，沒人問起時，一個字也不多說。

因為雲意亭去參加春闈，喬氏興致也不太高，唯獨雲意晴對於即將參加的宴會非常興奮。

到了長公主的別苑，雲意晴和雲意晚先隨喬氏去給長公主見禮，之後雲意晴便去找喬婉瑩了，喬氏也去尋各家的貴婦，雲意晚自己尋了個小亭子坐下。

長公主別苑的風景格外好，如今是二月，天氣還有些冷，但這裡卻是百花盛開，看起來更像是夏日，花香、景美，倒是別有一番趣味。

雲意晚以為花朝節只有姑娘們會來，沒想到年輕男子亦有不少，她正跟紫葉介紹著眼前各色花的品種，一主一僕來到了亭子裡。

雲意晚站起身來，雙方互相見禮。

「馮姑娘。」

「雲姑娘。」

馮樂柔今日穿了粉色的短襖，下身的裙子十分亮眼，在陰暗處看起來像淡粉色的，而在陽光的照耀下卻變得五顏六色，甚為搶眼。

不過，更吸引雲意晚的卻是她上身的短襖。

注意到雲意晚的視線，馮樂柔詫異道：「旁人都盯著我的裙子看，雲姑娘為何看我的襖子？這襖子有何特別之處嗎？」

雲意晚收回目光，解釋道：「抱歉，袖口和領邊的刺繡極好，忍不住多看了兩眼。」

馮樂柔眼眸微動。這是一位擅長蘇繡且繡工極好的繡娘繡的，一般人並不會注意到，除非繡技極佳的人，難道在背後幫助喬婉瑩的貴人是她？

「哦？是嗎？好在哪裡？」馮樂柔試探地問。

雲意晚看了一眼馮樂柔的神色，不確定她這般問自己的緣由為何，只簡單應了一句。

「色彩淡雅，構思精巧。」

馮樂柔也是懂刺繡的，她越發覺得那個幫助喬婉瑩的人是面前這位雲姑娘了。

那可真是太好了，幸虧她特意把雲姑娘請了過來，她知道這位姑娘似乎跟喬婉瑩有過節，想看喬婉瑩的笑話，如今說不定是歪打正著了。

馮樂柔問：「雲姑娘擅長刺繡？」

雲意晚道：「只是閒來無事喜歡隨便繡繡，當不得擅長二字。」

馮樂柔說了一句意味深長的話。「聽說一會兒要刺繡，雲姑娘可要好好表現一下。」

說完，對著雲意晚笑了笑，離開了亭子。

刺繡？雲意晚有些聽不明白，今日不是來賞花的嗎？

馮樂柔走遠後，對身邊的婢女初雪道：「盯緊這位雲姑娘。」

「是，姑娘。」

雲意晚哪裡也沒去，就坐在亭子裡，期間喬婉琪來過一趟，過了一會兒她又和忠順伯爵府的溫姑娘去玩了。

雲意晚沒發現這裡的人越來越少了，又過了片刻，紫葉察覺到這一點，提醒道：「姑娘，怎麼人變少了，大家不知道都去做什麼了，不如咱們回到前面看看吧？」

「好吧。」雲意晚想了想，也準備起身。

就在這時，紫葉眼尖的看到前方有兩人走來。「咦，永昌侯府的二姑娘和忠順伯爵府的溫姑娘過來了。」

不一會兒，兩人來到了亭子裡，喬婉琪喊道：「還是表姊會享受，坐在這裡多好啊，喝喝茶、吃吃點心，還能欣賞一下長公主府的好風景，比去前面有意思多了。」

雲意晚問道：「嗯？前面在做什麼？」

溫熙然道：「做一些無聊的事情。」

雲意晚笑了。西寧表哥這位未來的夫人特別有意思，說話往往能一針見血。

喬婉琪道：「熙然姊姊說得對，可不就是無聊的事情嗎？作詩、作畫、彈琴、刺繡。」

這是雲意晚第二次聽到刺繡了，剛剛馮樂柔也說過，而且對方的眼神似乎別有深意。

「刺繡？」

喬婉琪說：「對，前面的人正打算刺繡呢，不知是誰提出來，讓大家現場繡一朵花，我和熙然姊姊刺繡功夫太差了，趕緊提前溜了出來。」

雲意晚想，她們二人可以偷溜，但喬婉瑩肯定溜不成，這樣的話，她不擅刺繡的事情不就露餡了嗎？

她忽然想到了馮樂柔剛剛的那個眼神，難不成她知道了什麼？

喬婉琪嘀咕了一句。「也不知是何人想出來折磨人的法子，在自己府中繡花沒繡夠，來這裡還要繡，又不是繡娘。」

溫熙然道：「折磨人的只有刺繡嗎？難道妳擅長寫詩作畫？」

喬婉琪微微一怔，又笑了起來。「對，這兩項同樣折磨人。」

幾人說了會兒刺繡的事，接著又說起了太子妃最終人選。

喬婉琪道：「我原以為李姊姊無望之後，最有可能的人是聶姊姊，沒想到聶姊姊如今也不成了。」

雲意晚一愣，看向喬婉琪問道：「哦？為何？」

鎮北將軍的女兒聶扶搖，也是太子妃熱門人選之一，她知道聶姑娘不會順利被選上，卻不知為何沒能選上。

喬婉琪四處看了看，見沒有人，這才小聲地說：「表姊沒聽說嗎？前些日子鎮北將軍守城時從城樓上摔下來，據說不是因為天冷結冰，而是因為他日日吃酒，頭暈眼花沒站穩。」

雲意晚的確不知此事。

喬婉琪最後說道：「我猜他肯定是被人算計了，還不是為了太子妃之位嘛。」

對於此事，溫熙然有不同的看法。「皇上讓定北侯查此事，定北侯已經確認了傳聞為真，縱然這件事是有心人刻意揭露的，但鎮北將軍這麼做也不對。」

喬婉琪琢磨了一下，點了點頭。「熙然姊姊這話也有道理，就是可惜了聶姑娘，無緣太子妃之位了。」

三個人正說著話，王嬤嬤和一位雲意晚沒見過的嬤嬤突然匆匆過來了。

「姑娘，夫人請您過去一趟。」

雲意晚皺了皺眉。「何事？」

王嬤嬤面上著急得很，道：「您別問是何事了，趕緊跟我過去吧。」

雲意晚沒回話，結合剛剛喬婉琪和溫姑娘說的話，她心頭有了個猜測。

刺繡展示在即，喬婉瑩繡技不佳，定是刺不出像樣的繡品，想來是想讓她過去幫忙吧。

雲意晚端起桌上的茶慢慢飲了一口，久久沒說話，喬婉琪和溫熙然看著面前的情形也沒說話。

那位眼生的嬤嬤道：「表姑娘，您別拿喬了，不光您母親在，老夫人也在，您趕緊的，別讓長輩們等。」

原來老夫人也知曉此事。雲意晚眼神瞬間冷了下來，看向這位嬤嬤。

喬婉琪臉色也很不好看。「張嬤嬤，妳這是什麼態度！意晚表姊是侯府的親戚，是主子，妳一個奴才竟敢這般跟主子說話，誰給妳的膽子？莫不是在大堂姊身邊待久了忘記自己的身分不成！」

被喬婉琪一訓斥，張嬤嬤臉色很不好看，但她又何曾把喬婉琪放在眼裡？「二姑娘，我勸您別攔，這事可是老夫人安排的，若是您耽擱了正事，因此吃了苦頭，可別怪我沒提醒您。」

喬婉琪正欲繼續發火，雲意晚抬手按住了她。

「好，我跟妳們過去。」

雲意晚向喬婉琪和溫姑娘福了福身後，與紫葉一起跟著兩位嬤嬤走了。

走了一段路，雲意晚低聲跟紫葉道：「去找大舅母和西寧表哥來。」

她心下已有推斷，再過一個多月就是太子妃選拔，如今李姑娘、聶姑娘相繼出事，最熱門的人選就是喬婉瑩，今日的刺繡定是針對喬婉瑩設計的，既然最後中選者是馮樂柔，所以，今日這一齣多半是馮樂柔搞出來的，想來自己之所以被邀請也是因為她。

她記得前世喬婉瑩因為手腕受傷不能刺繡，提前落選了，估計就是這一次了。

想讓她幫助喬婉瑩成為太子妃？癡人說夢！

既然喬婉瑩馬上就要落選，也是時候跟侯府透露一些事情了。

第十六章

兩位嬤嬤帶著雲意晚去了一個小院中，院門口守著兩位嬤嬤。

雲意晚進去後，看到了坐在上位的外祖母、垂頭站在一旁的喬氏、正抹著淚臉色難看的雲意晴，以及站在另一側一臉著急的喬婉瑩。

「見過外祖母、母親、瑩表姊。」

紫葉很快便找到了喬西寧，喬西寧趕來時，正好看到雲意晚的背影，他正想進去，被守在門口的嬤嬤們攔住了。

「大少爺，這是老夫人吩咐的，還請您別為難我們。」

喬西寧冷著臉道：「出了事我自會跟祖母解釋，讓開！」

嬤嬤們沒敢再攔著，喬西寧走到了院子裡，循著聲音來到門口，他剛想推門進去，就聽到妹妹問了一句話。

「那幅國色天香圖和江雪圖都是妳繡的？」

喬西寧的手收了回來，靜靜地聽著。

屋裡頭，雲意晚抬眸看向喬婉瑩。

「我不懂表姊的話是何意。」

喬老夫人臉上多了一絲不耐煩。「妳別管是什麼意思了，針線在這裡，妳趕緊繡一朵牡丹花。」

說完，她又瞪了一眼庶女。

這女人竟然敢騙她！

原來先前喬氏得知刺繡是選太子妃的項目之一，便拿了一幅繡好的牡丹圖來，謊稱是她家次女繡的，可以讓婉瑩拿去參選。

她本來不想用的，只是找了許多幅繡品都不如這幅，為了讓孫女入選，最後便用上了，宮裡的人還給了極高的分數。本以為過了這關，誰知今天賞花還有這刺繡的環節，她找來雲意晴為孫女代繡，才發現這繡品根本也不是她繡的。

雲意晚一動未動，喬婉瑩急得不行。在刺繡展示開始前，她藉口要去淨房，此刻已經離開一刻鐘左右，再耽擱下去就要惹人懷疑了。

「意晚表妹，算是表姊求妳了，妳趕緊繡一朵花吧，好嗎？」

雲意晚深深地看了喬婉瑩一眼，又看向老夫人道：「外祖母、母親、表姊，妳們為何突然要我繡牡丹花？」

喬氏上前一步，斥道：「讓妳繡妳就繡，怎麼那麼多廢話，就繡件像那國色天香圖還是江雪圖的都可以，趕緊的！」

雲意晚發現喬氏的臉上竟然有個巴掌印，會打喬氏巴掌的，在場的除了喬老夫人不會有其他人。

她依舊一動不動，靜靜說道：「說起國色天香圖，我從前的確繡過一幅，只是去年突然找不到了，不知被何人偷走了。至於江雪圖……」一說到這裡，雲意晚故意頓了頓，看向雲意晴。「我倒是送過妹妹一幅，表姊可是在妹妹那裡見過？」

和雲意晚的平靜不同，屋內的幾個人顯得非常急切。

喬西寧在屋外正聽得入神，發現母親不知何時過來了，他正欲行禮，被母親阻止了。

喬婉瑩心裡快要急死了，抓著雲意晚的胳膊催促道：「意晚表妹，妳別問了，當務之急是繡一朵牡丹花。從前的事都是我不好，妳對我有怨言，我都可以理解，我向妳道歉好不好？妳就原諒我吧！只要妳今日繡一朵牡丹花，妳想要什麼我都答應妳。」

蹲在後窗外偷聽的喬婉琪聽到這些話都快吐出來了，轉頭想跟溫熙然吐槽兩句，不過，她不能，因為後窗這裡除了她和溫熙然外，還有兩個人。

雲意晚從喬婉瑩手中抽回胳膊，往旁邊退了一步。

喬老夫人浸淫後宅多年，自詡對後宅人事把控精準，她瞧出雲意晚的不願意，輕咳一聲，說道：「我聽說妳母親為妳定了一門親事，那孩子只是個秀才，還沒了爹，若妳今日幫了婉瑩，我便作主為妳解除這一門婚約。」

一個未出閣的姑娘最重視的無非是自己的婚姻大事，尤其是這種小門小戶出身的姑娘，定是希望自己嫁入高門大戶，很好拿捏。

喬老夫人話音還未落地，喬氏和雲意晴的聲音就同時響了起來。

「不行！」

喬老夫人看向這母女二人，瞧見這二人面上的神色，略一思索，似乎明白了什麼。

「我之前一直沒想明白妳這不成器的女兒怎地跟國公府的小伯爺訂了親，此刻方才明白，原來妳是拿長女的親事換的！我從前只覺得妳壞，是個上不得檯面的東西，沒想到妳對自己的女兒都這麼狠，比妳那個賤婢姨娘還要毒！」

不得不說，喬老夫人對後宅之中的事還是很了解的。

拿一個女兒的親事換取另一個女兒的親事……這是一個母親做得出來的事情嗎？心也太偏了！

屋內屋外的人全都被老夫人這番話驚住了，只有一人例外，那就是雲意晚，她臉色沒有任何變化。

喬氏被嫡母罵得臉色一陣青一陣白。「母親，不是這樣的，真的不是……」

心中的謀劃被這麼當面說出來，她也不知該說什麼，看著一旁的喬婉瑩，喬氏連忙轉移話題。

「母親，當務之急是讓意晚繡一朵牡丹，其他的事咱們先不提了。」

喬老夫人也懶得理會庶女家的破事，她冷哼一聲，看向雲意晚，只見雲意晚背挺直站在原地，似乎大家說的話與她無關一樣，心中讚了一聲，這姑娘真夠冷靜的，也是倒楣，攤上這麼一個母親。

「我剛剛說的話算數，只要妳今日幫了婉瑩，我就作主為妳解除婚約，還能再為妳定一門家世相當的親事。」

喬氏看了一眼喬婉瑩，這次沒再說什麼，垂著眸，顯然在權衡利弊。

雲意晴慌了，忍不住開口。「不行——」

若長姊不嫁給那個秀才，她怎麼嫁入國公府？

喬老夫人瞪了她一眼。「妳閉嘴！」

雲意晴委屈極了，看向母親，可惜母親這次沒再出言幫她。

雲意晚看看喬婉瑩，又看看雲意晴，再看看為難的喬氏，突然笑了。

這就是她從小孝順的好母親，這就是她自小疼愛的好妹妹……在和自己切身相關的利益面前，親情不值得一提。

喬氏現在定是很為難吧，畢竟兩邊都是她的親生女兒，而有件事她還挺好奇的，上次老夫人壽辰時喬氏選了喬婉瑩，那麼這一次她又會選誰呢？

「母親，女兒聽您的，您說女兒到底該怎麼做。」雲意晚道。

喬氏抬起頭來看向雲意晚。

屋內所有人的目光都看向喬氏。

雲意晴想到那次母親奮不顧身衝向表姊的身影，更慌了，她抬手扯了扯母親的衣袖道：

「母親……」

喬氏看了次女一眼。

「姑母……」喬婉瑩的聲音響起。

喬氏又看向喬婉瑩。

喬婉瑩上前握住喬氏的手，淚眼婆娑，看起來甚是可憐。

「姑母，您最疼婉瑩了，婉瑩如今有難，還望您再次相救。將來若是婉瑩成了太子妃，一定會提攜表妹的。」

喬氏似乎有了答案。

喬婉瑩又看向雲意晴道：「表妹，表姊最喜歡妳了，還送了妳那麼多好東西，妳可還記得？若妳被國公府退了親，我發誓等我成了太子妃，一定會為表妹尋一門比小伯爺更好的親事。」

雲意晴也有些猶豫了。

喬氏拍板定案道：「好，意晚，妳為妳表姊繡一朵牡丹花，回去我就替妳和梁公子解除婚約。」

結果在雲意晚意料之中，她毫不意外母親的選擇。

雲意晚道：「看來母親為了瑩表姊再次捨棄了妹妹。」

雲意晴鬆開了母親的衣袖，垂眸不語。

喬氏看了一眼次女，又看向雲意晚道：「妳在說什麼？有妳這麼做姊姊的嗎？趕緊繡一朵牡丹花。」

喬氏越說越氣，說起來她此刻之所以如此為難，不就是因為這長女嗎？

「妳若老老實實為妳表姊繡一朵牡丹花，事情就都解決了，妳表姊會成為太子妃，妳妹妹也可以嫁入國公府，說起來此事都是妳的錯！」

喬氏這話難聽至極，屋外的人聽了，臉上浮現出憤怒的神色，但雲意晚倒是很平靜。

「所以，事情都是我做的，罪都由我來受，但是好處都給瑩表姊和妹妹？母親，妳平日裡可不是這樣教我的。」

喬氏皺了皺眉。

雲意晚看了看喬氏，又看向喬老夫人，最後看向喬婉瑩。

「說了這麼久，我還是一頭霧水，到底要幫瑩表姊什麼？這跟太子妃又有什麼關係？」

喬氏道：「妳繡花便是了，管這麼多做什麼？」

雲意晚沒說話，就這麼看著喬氏。

喬婉瑩已急得不行。「表妹，姑母都說要妳繡花了，祖母也答應了妳的要求，妳怎麼還不繡？難不成妳想忤逆長輩？」

她的邏輯果然跟正常人不太一樣，雲意晚看向喬婉瑩道：「表姊，雖然我不知道到底發生了什麼事，但如果我沒判斷錯的話，應該是妳要求我吧？這就是妳求人的樣子？我看表姊不是求人，而是在命令我，用長輩之名壓我、逼我。」

喬婉瑩頓時語塞。

說著，雲意晚的臉色冷了下來。「麻煩表姊告訴我，我究竟做錯了何事，要被妳扣上一頂忤逆的帽子？」

喬氏立即道：「妳不聽我和妳外祖母的話，不是忤逆，又是什麼？」

雲意晚心頭升起了一團火，儘管理智告訴她，此刻她不宜跟這些人撕破臉，但有時候情感不受控。

雲意晚閉了閉眼，再次睜開時，語氣恢復平靜。

「妳們真以為我沒看明白嗎？」

聞言，所有人都看向雲意晚。

屋外，陳氏臉色難看極了。她究竟生了一個什麼樣的女兒，竟然能做出這種事情？威脅人，倒打一耙，把錯全都推到別人身上！沒能教育好女兒，是她的失敗。

見母親欲上前，喬西寧抬手攔住了她。

他如今只聽明白了屋裡的人都在逼意晚表妹，但卻不知前因後果，他想再聽一聽，確認祖母和妹妹到底想做什麼。

屋裡，雲意晚看向喬氏道：「我那一幅丟失的繡品國色天香圖是被母親偷走了吧？至於繡品去了哪裡，從妳們剛剛的話中可以推測出來，應該是給了瑩表姊。」接著，她看向喬婉瑩。「聽說康王妃設宴賞梅那日，瑩表姊送了一幅繡品江雪圖，深得王妃的心。」

最後，雲意晚順勢看向雲意晴，說道：「妳曾求我為妳繡一幅梅花圖，想來是瑩表姊給妳的任務，我沒同意，所以妳把我送妳的江雪圖給了表姊，沒錯吧？」

雲意晚目光巡視了在場所有人一圈。「母親臉上的巴掌是外祖母打的吧？從年前瑩表姊對妹妹的熱情款待來看，當時母親一定告訴外祖母，那一幅國色天香圖是妹妹繡的，我猜得對不對？」

喬氏和雲意晴眼神閃躲，不敢直視雲意晚。

雲意晚續道：「今日宴上突然安排世家小姐們展現刺繡功夫，瑩表姊想故技重施，讓妹妹代繡，結果妹妹繡不出來，接著在外祖母的逼迫下，母親終於吐實，承認了兩幅繡品都是我繡的，所以妳們這才把我叫過來，威逼利誘，想讓我代替表姊繡花，好讓表姊過了今日這一關，而這一切的一切都是為了助表姊成為太子妃！」

說到最後，雲意晚的目光定格在喬老夫人身上。「我猜得對嗎，外祖母？」

喬老夫人沒想到這個小門小戶出身的姑娘這般聰明，竟把所有的事情都猜到了。她就喜歡跟聰明人說話。

「妳猜得沒錯，的確如妳所言。」

陳氏臉色更難看了，險些沒站穩，還好兒子扶住了她。

她怎麼養出這樣一個女兒！

喬老夫人道：「妳既然這麼聰明，肯定也知道太子妃人選有十人，這十人裡和妳有關係的只有妳表姊，如今李家、聶家的姑娘都沒了希望，妳表姊希望最大。如果妳這次幫了妳表姊，妳表姊很可能成為太子妃，既是得了妳的幫助，婉瑩將來定會一輩子感激妳，有個太子妃表姊，對妳的婚事也大有助益。」

和蠢人說話要威逼利誘，和聰明人說話只需要分析形勢就好了，聰明人自會做出對自己最有利的選擇。

雲意晚垂眸，似是在思索。

喬婉瑩鬆了一口氣，看向祖母。還是祖母厲害，幾句話就把表妹搞定了。

雲意晚一副拿不定主意的樣子，她再次看向喬氏道：「母親，您覺得呢？」

喬氏立即道：「妳外祖母說的很對啊！這可是妳舅舅家的嫡親表姊，妳幫她就等於幫妳自己，妳要是不幫妳表姊，這太子妃多半會落到別的府上，與其落到別的府上，不如成全妳表姊，妳表姊成了太子妃就能幫到妳了，這還不止，還能幫到最疼妳的父親、寵著妳的兄長，妳想想妳父親和意亭。」

喬氏開始打親情牌，看著喬氏激動的神情，雲意晚臉上露出迷惑的神情。

「母親，其實女兒有一事不理解，還望您為我解答。」

喬氏道：「妳說，妳快說。」

雲意晚道：「既然成為太子妃能給家裡帶來這麼多的好處，那您當初為何不直接讓我參選，何故要偷我的繡品給表姊，讓表姊去參選呢？說到底我才是您的親生女兒，若我當上了太子妃，您不是能得到更多的好處嗎？」

頓時，屋內屋外所有人都怔住了。

是啊，從五品的官員之女也有資格參選，既然喬氏那麼期待家族中有人成為太子妃，為家人帶來好處，為什麼不直接讓親生女兒參選？

喬氏整個人都僵住了，雲意晚看向她的眼神格外深沈，有那麼一瞬間她以為自己當初做的事情被人知曉了。

她剛要開口反駁，正迎上了老夫人看向她的目光，喬氏感覺後背有些涼，慌忙轉移目光，怒視雲意晚道：「我沒想到妳的野心竟然這麼大，還敢覬覦太子妃之位？妳是什麼身分，婉瑩是什麼身分！我讓妳參加妳就一定能選上嗎？」

面對指責，雲意晚非常平靜，冷靜地分析道：「瑩表姊就一定能選上嗎？據我所知，參選的人中有一半家世高過瑩表姊，但還有一半不如侯府。而入選的十人中，比她家世好的也只有兩、三個，這其中有一人跟咱們家家世相當，其餘那些家世好的都被汰除了，可見此次選妃並非唯家世論，別人家都是鼓勵支持女兒參選，到了咱們家，母親不僅把參選一事瞞著，甚至還偷我的東西給人增加籌碼，您就這麼不想讓女兒參選嗎？您不是最會分析優劣利弊的嗎？」

喬氏心裡更加慌亂了，聲音也更大了。「妳表姊琴棋書畫樣樣精通，妳會什麼？去了只會丟人！」

雲意晚道：「母親，您怎麼總是長他人志氣滅自己威風呢？女兒哪裡不如表姊，我也懂琴棋書畫，射箭功夫更在表姊之上，太子殿下當場也看到的，刺繡更不必說了，本是我所擅長。您若是當初告訴了我，如今被選上太子妃的機會不就落在咱們家了嗎？」說著，她又故意提到喬老夫人壽辰那日的事情。「您為何這麼疼瑩表姊呢？那日戲棚子倒塌時，您也是捨棄了我和意晴，拚了命把表姊救出來，有時候我都不禁懷疑，究竟誰才是您的女兒！」

既然臉皮已經撕破，喬氏接下來定不會再讓她出門了，既如此，還有什麼可怕的，自然要把所有的懷疑都說出來，讓老夫人和門外的陳氏與喬西寧都知道。

喬氏臉色變得蒼白，指著雲意晚，哆哆嗦嗦說不出話。

這一瞬間，老夫人腦海中也閃過無數個念頭，最後，她想到了今日的重點。

「好了，不管妳母親從前是何想法，如今事情已成定局，妳也不可能參選了。妳是個聰明的孩子，當知曉權衡利弊，怎麼選擇才是對妳最好的。」

喬婉瑩也回過神來道：「是啊，意晚表妹，妳可想好了，我若是當上太子妃，絕對會提攜妳。」

該說的話已經說完，雲意晚不想再費心應對任何人，直截了當地拒絕。「我不願意。」

喬老夫人臉色冷了下來，喬婉瑩也怒了。「妳不願意？妳可知得罪侯府是什麼下場？」

雲意晚瞥了她一眼，沒說話。

喬婉瑩放了狠話。「以後妳父親、妳兄長的仕途就靠自己吧！別想再依賴我們侯府的庇蔭，我定要讓父親把你們一家全都趕出京城。」

雲意晚依舊沒說話，甚至沒有看喬婉瑩。

看來喬婉瑩還是不夠了解她那位父親，大舅舅重利，父親又勢頭正旺，朝堂上多一個親戚就能多些助力，大舅舅絕對不會輕易捨棄父親的，若照老夫人的意思行事，她父親怕是回不來京城，只能說大舅舅有自己的想法。

雲意晚轉頭看向喬氏，瞧著喬氏看向喬婉瑩的複雜目光，覺得諷刺極了。

親生女兒決定對付自己，不知喬氏心裡是何想法？

這時，門從外面推開了，陳氏和喬西寧走了進來。

看到母親的那一瞬間，喬婉瑩心裡有些慌亂。

對於自己參選太子妃一事，母親一直不太贊成，之所以沒反對，是因為母親以為自己和太子情投意合。

母親出身太傅府，最重規矩和禮儀，也最公正，若是母親聽到了剛剛的那些話，不知會作何感想。

「母親，您聽女兒解釋……」

「啪！」

陳氏到了女兒面前，抬手給了她一巴掌。

這是母親第一次打她，喬婉瑩捂著臉，看著母親，一副不可置信的模樣。

陳氏沈著臉說道：「我怎麼會生出妳這樣虛偽又心思歹毒的女兒！」

喬婉瑩看著母親，眼淚流了出來。

喬老夫人冷了臉，站起身來道：「妳這是做什麼，打我的臉嗎？如今是什麼情況妳難道不知道嗎？」

陳氏肅著一張臉道：「母親說得對，如今情況的確緊急。」

女兒被教養成這個樣子，若是不趕緊糾正，將來恐會釀成大禍。

「是兒媳以前疏忽，沒能教養好女兒，才把女兒養成這樣的性子。一會兒我就去跟長公主說明一切，明日便進宮向貴妃娘娘稟明實情。」

喬老夫人看著兒媳，氣得說不出話來。她這個兒媳樣樣都好，就是不知變通，遇事死腦筋，過於剛正。

喬氏慌了。「大嫂，妳這是打算害死婉瑩嗎？婉瑩可是妳親生女兒啊，妳怎麼能這樣做！」

陳氏瞥了喬氏一眼，眼底泛著冷意道：「我如何教養女兒還輪不到三妹妹插手。」

喬氏一噎。「妳……」

喬西寧看了一眼形單影隻的雲意晚，對喬老夫人說道：「祖母，我瞧著表妹面有倦色，我先送她回府了。」

說著，喬西寧牽起雲意晚的手，準備離去。

「西寧！」

「大哥！」

屋裡人慌亂起來。

喬老夫人道：「西寧，你若是帶走她，你妹妹會有什麼樣的後果你不清楚嗎？你這是想害死你妹妹嗎？」

若雲意晚走了，婉瑩刺繡造假的事情就可能暴露，她不可能再成為太子妃。

喬西寧閉了閉眼，又睜開，眼裡多了幾分堅定。「祖母、母親，這件事我會一力承擔，就告訴太子殿下說是我做的吧，妹妹毫不知情。」

喬老夫人臉色頓時變了。

喬西寧道：「祖母，意晚表妹何其無辜，我既已知曉此事，定不會任由妳們如此。」

說到底祖母和妹妹是為了永昌侯府的榮譽，她們不該把無辜的人牽扯進來。

說罷，喬西寧牽著雲意晚的手離開了。

喬氏看著在場人的神色，有些站不穩。她知道，婉瑩徹底與太子妃之位無緣了。

雲意晚和喬西寧一走，後面窗戶外偷聽的幾人也離開了。

走遠之後，周景禕笑著說道：「真有趣，不是嗎？」

馮樂柔也笑了。「殿下覺得有趣就好。」

不枉她設了幾日的局來揭露喬婉瑩的真面目。

周景禕想到剛剛那一場鬧劇有些唏噓，表哥喜歡的女子使盡渾身解數也要嫁給自己，當真是讓人為難啊。

馮樂柔道：「刺繡展示應該已經開始了，殿下要去看看嗎？」

周景禕看著面前的女子，抬手握住了她的蔥白玉手，輕聲道：「柔兒又沒去參加，孤去做甚？」

馮樂柔又道：「殿下喜歡什麼花樣？樂柔為您繡一個。」

周景禕笑了。「只要是妳繡的，孤都喜歡。」

馮樂柔也笑了，一切盡在不言中。

雲意晚被喬西寧帶去了停馬車的地方。

「表哥，今日多謝你。」

喬西寧道：「表妹客氣了，今日妳受了委屈，又何必謝我，是婉瑩對不起妳。」

雲意晚抿了抿唇，看著喬西寧，說道：「表哥千萬不要把這件事攬在自己身上。」

喬西寧看了看雲意晚，道：「我知表妹是不希望我因此被牽連，只是婉瑩是我妹妹，我如何能置身事外？」

雲意晚四處看了看，低聲道：「表哥，你不覺得最近的事情很奇怪嗎？太子妃之位有力的競爭者接連出事，先是尚書府的李姑娘，再是將軍府的聶姑娘，如今還有三日就要參選，刺繡的安排又讓瑩表姊過不了關。」

喬西寧眼眸微動。

雲意晚問他。「花朝節何時比過刺繡？」

喬西寧臉色沈了下來，細細思索片刻，道：「的確是頭一次，以前都是琴棋書畫為主。」

雲意晚繼續道：「可見此次是有針對性的，也就是說，對方已經知曉瑩表姊在刺繡上造假，故意設了今日的局讓表姊往裡面鑽，說不定剛剛的談話也被人聽了去……」

喬西寧臉色驟變。

雲意晚見好就收。「表哥趕緊回去處理事情吧，也攔住大舅母，好好商議一下如何處理今日的事。」

喬西寧抿了抿唇，猶豫片刻，最終說道：「好，表妹路上小心。」

雲意晚笑了笑。

喬西寧剛回去，就被喬婉琪告知方才太子和馮樂柔就在窗外偷聽。

既然太子已經知曉，那麼此事就不是永昌侯府可以決定的了。

喬西寧去找了太子，太子並未對永昌侯府下狠手，甚至網開一面，最終的結果是，喬婉瑩對外宣稱遇到意外手受傷，以後再也不能刺繡了，所以她刺繡造假一事並未被爆出來，沒過多久，永昌侯府的人就先行離開了別苑。

如此，永昌侯府就欠了太子一個天大的人情，而馮府也握有永昌侯府一個把柄。

回到府中之後，喬老夫人臉上的怒意絲毫未減，想到今日發生的事，心中既有對太子的不滿，還有對喬氏的噁心。

「祖母，孫女不甘心啊！」喬婉瑩看著自己受傷的手哭哭啼啼道。

為了讓眾人相信她的說詞，她的手是真的劃傷了。

「都怪三姑母，若不是她出了這樣的主意，我也不至於會如此，還有那個意晚，也太不把咱們侯府放在眼裡了。」

遭逢大事，喬婉瑩往日的寬和大度全然沒了，喬老夫人皺了皺眉，看向孫女。「婉瑩，妳到現在還沒看清楚形勢嗎？」

若說她最氣恨誰，非馮家人莫屬，今日的事情定跟馮家有關，若不是馮家搞了今日這麼一齣，這太子妃之位多半會落到孫女身上，枉她和柳氏這麼多年的交情，他們竟然做出這等事！

喬婉瑩微怔。

喬老夫人道：「太子為何會和馮家姑娘一同出現，妳可有想過？李家、聶家接連出事，如今又輪到了妳，妳覺得這是何人所為？」

喬婉瑩終於想明白了。「祖母的意思是……馮家？」

喬老夫人點了點頭，見孫女終於懂了，她抬了抬手，道：「妳先回去好好養傷吧，最近不要出府了。」

喬婉瑩心裡一涼，頹喪地道：「是，祖母。」

前些日子祖母對自己特別好，如今眼見著太子妃之位沒了，祖母也開始冷落她了。

等喬婉瑩離開後，喬老夫人躺在榻上休憩，一閉上眼，今日的事情就浮現在眼前。

今日的事情得好好想一想如何還回去！不過，此事要等兒子回府之後再商議了，除此之外，還有三丫頭那個蠢貨也要教訓！

想到庶女，喬老夫人猛然張開眼，看向站在一側為她揉著額頭的嬤嬤。

「阿枝，妳可還記得今日雲家那丫頭說的話？」

方嬤嬤和喬老夫人相伴多年，非常了解老夫人的心思。「老夫人指的可是三姑娘屢次護著瑩姑娘的事？」

喬老夫人點頭道：「對，就是這件事。妳不覺得奇怪嗎？三丫頭是個什麼性子，咱們清楚得很，她就跟她姨娘一副德行，最重名利、自私自利，怕是作夢都想讓自己女兒成為太子妃，即便成不了正妃，成為側妃她也是願意的，但是她卻給長女定了那麼一門不像樣的親事，豈不是作踐人？妳說會不會……」

喬老夫人握了握方嬤嬤的手，方嬤嬤聽懂了喬老夫人言外之意。

此事干係重大，方嬤嬤既沒有肯定也沒有否定，她琢磨了一下，道：「您這麼一說，我也有些懷疑了，只是您忘了嗎？孫姨娘當年還曾偷跑出來伺機給瑩姑娘下毒，若瑩姑娘是三姑娘的孩子，她肯定會護著的，沒道理要害死她。」

喬老夫人顯然也沒有忘記此事，嘆了口氣，沒再說什麼，只是內心依舊不平靜。

過了片刻，喬老夫人再次睜開眼。「我記得柳氏之前說三丫頭的女兒長得很像我年輕的時候？」

方嬤嬤道：「確有此事。」

喬老夫人道：「當時琰寧是不是還說他祖父房裡有一幅我年輕時的畫像，跟三丫頭的女兒也十分相像？」

方嬤嬤點了點頭。

喬老夫人頓了頓，道：「妳讓人去把那幅畫拿來給我看看。」

方嬤嬤應道：「是。」

每月初一、十五是定北侯府的李總管給顧敬臣寫信的日子。

侯爺離京之前一共交代了兩件事情，一是時刻關注老夫人的身體狀況，二是注意京城中的形勢。

他在信中先報告了老夫人的身體情況，後面又說起了近日京中發生的事情。

……太子妃熱門人選相繼出事，經查係馮家女所為。

後面李總管簡單寫了李姑娘、聶姑娘和喬婉瑩出了何事，寫完正欲封緘，他又忽然想到了侯爺曾有意於雲家姑娘，於是猶豫了一下，又把信紙拿了出來，在喬婉瑩一事後面補充了幾句——

永昌侯府嫡長女上交繡品係禮部員外郎長女雲姑娘所繡，今日雲姑娘亦在別苑出現，被永昌侯老夫人和其母喚去為喬姑娘造假，雲姑娘不願，多受刁難，被禁足府中。

喬婉瑩從正院離開後回了自己的小院，一入小院就被陳氏關了起來。

雲意晚的情形和喬婉瑩相似，喬氏從長公主府回來後就勒令雲意晚不許再出門。

黃嬤嬤得知了今日的事情，想到之前雲意晚病了一個月的事情，有些擔憂。

「姑娘，您不是說不可操之過急嗎，今日怎麼那麼衝動？萬一夫人想要害您可如何是好？」

雲意晚道：「嬤嬤不必擔心，她不會的。」

黃嬤嬤納悶。「為何？」

雲意晚又道：「嬤嬤想想看，意晴之所以能嫁入國公府是因為什麼？」

黃嬤嬤琢磨了一下，眼睛一亮道：「二姑娘是因為您才能嫁入國公府，如果夫人害死您，二姑娘也別想嫁入國公府了。」

雲意晚點了點頭，喃喃道：「是的，所以在妹妹出嫁之前我不會死的，但是妹妹出嫁後……」就不一定了，她的利用價值就沒了。

雲意晚道：「接下來吃食方面多加小心。」

黃嬤嬤應道：「好！」

雲意晚打起精神又問道：「嬤嬤，穩婆的事還是沒有消息嗎？」

黃嬤嬤搖頭道：「沒有。我和紫葉拿著她的畫像去城西那邊問遍了，沒有任何消息。」

雲意晚又道：「嗯，如今母親肯定不會再讓我出門了，只能靠妳們繼續去查了，一定要小心。」

黃嬤嬤道：「姑娘放心！」

正院裡，喬氏想到白日裡發生的事情，氣得胸口疼，她總覺得意晚像是知道了什麼。可仔細想想，意晚能知道什麼呢？當年姨娘把這件事處理得很妥帖，一些經手的人都死了，沒有證人，也沒有證據。

一旁的王嬤嬤說道：「夫人，大姑娘最近脾氣似乎大了些，也不知是不是因為婚事問題……」

喬氏眉頭皺了起來。「別管她！意晴是她妹妹，她照拂妹妹是應該的，妳讓人看好她，別讓她出門就是了。」

只要意晴能安安穩穩嫁到國公府，再把意晚順利嫁給那個窮酸秀才就成了，以後意晚過得如何，她就不管了。

王嬤嬤道：「是。」

喬氏雖然禁了雲意晚的足，但看管的人其實是睜一隻眼、閉一隻眼的態度，畢竟雲意晚是嫡長女，又得雲文海的疼愛，所以除了雲意晚絕對不能放行之外，院子裡的其他人還能自由出入，因此隔日黃嬤嬤和紫葉照計劃順利出門去調查穩婆的事情。

而雲意晚則像是被放逐了一樣，喬氏對她不聞不問，就當府中沒她這個人，但雲意晚也不在意，樂得如此。

另一邊，喬婉瑩可就沒這麼好的待遇了。

陳氏一大早就套了車回娘家太傅府。

「母親，女兒想請您身邊的嚴嬤嬤去府中住一個月。」

陳老夫人看向女兒，問道：「為了婉瑩？」

昨日她雖沒去花朝節，但也知曉發生了何事。

陳氏點頭。「正是。」

陳老夫人道：「妳父親本就不同意婉瑩去選太子妃，無奈妳婆母執意如此，哎，這孩子被妳婆母養廢了啊。」

陳氏沒說話。

陳老夫人又道：「當初也是因為妳生婉瑩時傷了身子，無力照顧婉瑩，這才把她放在妳婆母身邊，沒想到她被妳婆母養成了這樣的性子。」

陳氏不好說婆母之過，轉了話題，說出自己今日回娘家的目的。「女兒想趁著她還未出閣，好好教養她一番。」

陳老夫人點頭道：「也好，教總比不教好，不過，妳也別抱太大希望，如今她性子已經長成，又有妳婆母在背後撐腰，未必能改得過來。」

陳氏道：「嗯，女兒知曉。」

一旁的大嫂崔氏看了陳氏一眼，沒說話，直到這邊事情說定了，崔氏起身去送陳氏。走向大門口的路上，崔氏試探道：「那喬氏可真是利慾薰心之人，跟當年的孫姨娘真像。」

陳氏附和。「的確很像。」

崔氏停下腳步。「妳不覺得奇怪嗎？如此利慾薰心的人竟然一心為婉瑩著想，不惜犧牲自己親生女兒的利益。」

陳氏看向崔氏，明白了她的意思。

「的確很奇怪，不符合常理，那日她去救婉瑩時我便覺得奇怪了，但那時只當她是想得到更多利益才會救婉瑩，不過發生昨日的事情，就不得不讓人懷疑了。若是一心為了利益，為何不送自己女兒去參選？」

崔氏鬆了一口氣，知道陳氏還是理性的，便放心說出自己這兩天的疑惑。

「雲家那個長女被她許配給沒了爹的秀才，聽說之前還曾跟商賈訂過親……之前還沒覺得有什麼，畢竟那秀才跟國公府有些關係，而那商賈如今也是伯爵了，可一想到若她可能真是跟婉瑩調換了，這裡面的問題可就大了。」

「嗯，多謝大嫂提醒，我會好好查一查的。」

提及此事，陳氏臉色不太好看。婉瑩雖然做錯了事，也跟她不親，但私心裡她還是希望這事只是她的猜測，畢竟是自己的女兒，這麼多年相處下來是有感情的。

只是，真相也很重要。

喬琰寧前幾日去了舅舅家小住，今日一回來便聽說堂妹婉瑩被關起來了。

他馬上找去，只見那小院關著門，他繞到了小院的後面拿石頭丟窗戶，喬婉瑩打開了窗戶。

喬琰寧不解地問道：「什麼情況啊？我在舅舅家聽說妳受傷了，立即就趕回來了，妳怎麼會被大伯母關起來了？」

受傷了不應該好好養著嗎，怎麼會被關起來？

喬婉瑩確定喬琰寧不知內情，晃了晃手道：「母親想讓我好好養傷。」

喬琰寧道：「養傷也不至於把妳關起來吧！」

大伯母處事向來公正，婉瑩雖然跟大伯母關係不似一般母女那般親密，但大伯母還是疼她的。

喬婉瑩抿了抿唇。「母親的意思是不讓我選太子妃了。」

喬琰寧驚訝不已，這事祖母和大伯父特別重視，一開始就是他們一心想送婉瑩進宮的，大伯母也沒有反對，怎麼會突然變卦？

「為什麼啊？」

喬婉瑩楚楚可憐地道：「其實母親一直都不想讓我進宮。」

「怎麼會這樣呢……」喬琰寧不禁同情起大堂妹，可這樣的事也不是他能插手的，他琢磨了片刻，說道：「那妳有沒有想吃什麼？我去買給妳。」

「多謝三哥哥。」

兩人正說著話，喬琰寧身邊的小廝福寶來了。

「三少爺，方嬤嬤正在尋您呢。」

喬琰寧道：「嗯？方嬤嬤？她找我做什麼？」

福寶道：「好像是想找您要一幅畫，就是老侯爺的畫，管事的說原先放在書房裡，後來您拿走了。」

喬琰寧恍然大悟。「哦，那幅畫啊，你跟嬤嬤說，我一會兒去祖母那裡時會給她送過去。」

那日跟陳家表哥等人一同看過畫之後，他順手就把畫收起來了。

福寶道：「是，三少爺。」

吩咐完事情，喬琰寧看向喬婉瑩道：「妳想好了沒，想吃什麼，我一會兒去祖母那裡一趟，回頭就去買給妳。」

喬婉瑩臉上神色有些凝重，沒有回答他的話，逕自問道：「剛剛方嬤嬤說的是什麼畫啊？」

喬琰寧不疑有他，隨口回答道：「就是祖父畫的祖母年輕時的畫像。祖母定是想念祖父了，才會突然想看那幅畫。」

喬婉瑩若有所思，想起那日圍獵時喬琰寧說過的話，抿了抿唇，問道：「是不是那一幅你說我跟意晚表妹很像的畫像？」

喬琰寧點頭。「對啊，就是那一幅，真的很像。」

當初喬琰寧說的時候喬婉瑩並未在意，在昨日之前她也不曾多想，可她想到了昨日雲意晚當眾說的話，此刻心裡就有些不平靜了。

祖母為何突然要找那幅畫，難不成祖母在懷疑自己不是母親親生的？

喬婉瑩臉色瞬間變得難看。

喬琰寧見她神色不對勁，問道：「婉瑩……婉瑩？妳在想什麼？」

喬婉瑩猛然回神，故作鎮定地道：「既然那麼像，三哥哥可否拿來讓我看看？」

喬琰寧點頭道：「可以啊，沒問題，我這就去拿給妳，妳看完我再交給祖母。」

兩刻鐘後，看著被喬婉瑩「不小心」弄濕的畫像，喬琰寧有些苦惱。

喬婉瑩淚眼汪汪地道：「三哥哥，都怪我，我去跟祖母認錯好了，反正我昨日就犯了錯，如今也不能選太子妃了，也不多差這一樁罪。」

喬琰寧頓時心疼上了。「這怎麼能怪妳呢？要怪就怪我自己剛剛沒拿好。」

喬婉瑩哭道：「跟三哥哥無關，都是我的錯……」

喬琰寧安撫道：「妳別爭了，都怪我……」

喬婉瑩破涕為笑。「三哥哥，你對我真好，整個侯府就只有你對我最好了。」

喬琰寧一臉認真。「妳這說的是什麼話，妳待我好，我自然也待妳好。」

喬琰寧離開後，喬婉瑩的臉沈了下來。

不得不說，單從那一幅畫像來看，雲意晚和祖母長得太像了，平日裡本還不覺得，可看到那一幅畫上的人穿著騎裝，不得不承認，跟秋圍那日意晚表妹的樣子確實很相似。

難不成自己真的不是母親所生，而是三姑母所生？

喬婉瑩心裡慌亂起來，想到三姑母的家世，她難以接受這樣的現實。

此時的瑞福堂裡，喬老夫人得知畫像被小孫子弄壞了並未生氣。

「沒事，不就是一幅畫嘛，壞就壞了。對了，你這幾日在你舅舅家過得如何？」

喬琰寧邊吃著點心，邊說道：「還可以吧，舅舅家再好也沒咱們家好啊，也沒有祖母這裡好。」

這番話哄得喬老夫人笑得合不攏嘴。

「那你多吃些，吃完了祖母再讓人去做。」

「好，多謝祖母！」

喬琰寧待了一個時辰後離開了。

方嬤嬤這時才低聲道：「聽說三少爺是先把畫拿給大姑娘看了，大姑娘端茶水不小心弄倒了，畫像這才壞了。」

聞言，喬老夫人怔了怔。

婉瑩，唉……

想到自己一手帶大的孫女如今無法成為太子妃，手還受了傷，老夫人頓時心疼上了，若婉瑩知道有人在懷疑她的身世，怕是會更加難過了。

「哎，罷了，說不定是我多心了。」喬老夫人道。

當年陳氏出事之後，她把孫姨娘身邊的人調查了個徹底，可疑的人全被她鏟除了，孫女是跟兒子長得像，她可不能被外人挑唆了。

延城——

看著手中的家書，顧敬臣眉頭緊緊皺了起來。

喬氏……喬婉瑩……

他記得永昌侯府老夫人壽辰那日，喬氏也是率先去救喬婉瑩，雖可用情急之下顧不得其他而交代過去，可他就不明白了，若喬氏其實是心疼長女的，為何要逼迫長女代喬婉瑩刺繡？又為何見事不成，反而把女兒禁足在家？

喬氏是否真心心疼女兒，此事存疑。

顧敬臣提筆回了一封信——

母親的身體還要多加關注，另，需查明花朝節刺繡一事的具體細節……

寫到這裡顧敬臣頓了頓，那日他提起訂親一事時，雲意晚顯然是不知情的，這說明她並不知自己訂親了，若喬氏並不心疼自己的女兒，那麼梁家和雲家訂親會不會是一場見不得人的交易？喬氏所謂的兩情相悅也是假的？

仔細想來，雲意晚那日特意等在軍營附近的行為本就很奇怪，若是如此的話……

見筆墨快滴到信紙上了，顧敬臣方回神，又提筆補了一句——

及雲姑娘和梁家訂親一事之詳情。

京城的李總管收到回信後，很快就查清楚了主子在信上交代的事情，他寫了一封回信，把事情交代得仔仔細細。

……喬大姑娘參選太子妃上交的繡品乃為雲大姑娘所代繡，喬氏從頭到尾隱瞞此事，對永昌侯老夫人謊稱是雲二姑娘所繡，喬大姑娘方得以入選，誰知花朝節當日有刺繡環節，喬氏隱瞞之事敗露，喬大姑娘也因找不到人代繡，最後以手傷之名退場。另外，雲大姑娘和梁家訂親一事也有貓膩，據說喬氏是為了把雲二姑娘嫁入安國公府，因此答應安老夫人要求，把雲大姑娘許配給梁公子。

然後，李總管又轉述了花朝節上雲意晚說的話，最後寫道——

雲姑娘似乎一直在調查自己出生當日發生的事情，她身邊的嬤嬤和婢女正在追查一個穩婆和大夫的下落。

顧敬臣收到信件時剛剛與梁國打了一仗，雖勝了，但因被梁國偷襲，傷亡慘重。

顧敬臣本就心情欠佳，看著來信，臉色越發陰沈。

他心中大概有了一個猜測，提筆寫了一封回信，寫完信後，想到如今的形勢，召集了手下幾位副將，做出一個速戰速決的決定——

「最近一個月梁國頻頻侵犯我青龍國，是時候反擊了。」

第十七章

隨著禁足時間的拉長，喬婉瑩心裡越發恐慌起來，尤其是從喬琰寧口中得知祖母身邊的人提了幾句和孫姨娘有關的事情後。

她琢磨許久，提筆給喬氏寫了一封信，打算請喬琰寧送到雲府。

「三哥哥，你知我與意晴表妹素來關係好，如今我和她多日未見，有些想念她，麻煩你幫我把信送去雲家可好？」

這不是什麼大事，喬琰寧一口應了下來。「好！」

喬婉瑩的信雖然是給雲意晴的，但其實內容是給喬氏看的，她想給喬氏提個醒——

祖母近來多次提起孫姨娘的事情，言語中多有謾罵，孫姨娘是姑母的親生母親，我知姑母待我好，所以想給姑母提個醒，最近千萬不要來侯府觸霉頭。

喬氏看到信的時候先是破口大罵，但很快又冷靜下來。

那日雲意晚當著眾人的面說出心中的懷疑時，她確實有些害怕，不過仔細想想也沒太當回事，畢竟事情已經過去多年，證據都處理掉了，侯府若是能查到什麼，早就把孩子換回來了。

何況此事本就沒什麼人知道，姨娘身邊的人當年就被嫡母趕走了，外人只有負責接生的大夫和穩婆，但這二人並不知實情，只負責接生而已，事後姨娘也把這二人都處置乾淨了。

喬氏在府中忐忑不安地等了幾日，還是忍不住讓意晴給婉瑩寫了一封回信詢問最新消息，結果得知陳氏竟然也在調查孫姨娘，她心下真的慌了。

一個永昌侯府，一個太傅府，若這兩者聯合起來去查當年的事情，難保不會查出什麼來。

想想不妥，她決定親自出門去確定一件事。

喬氏一出門，小薈就過來小院跟雲意晚打小報告了。

「姑娘，夫人出門了，穿的是婆子的衣裳，小心翼翼的，生怕被人發現似的。」

雲意晚一愣。刻意換上婆子的衣裳出門，可見不是什麼見得了光的事情。

她抬眸看向紫葉道：「跟去看看。」

紫葉道：「是，姑娘。」

「離遠一些。」

「是。」

過了約莫一個時辰左右，喬氏回來了，又過了半個時辰左右，紫葉回來了。

看著紫葉頹喪的臉，雲意晚心微沈，關切地問道：「怎麼了，可是被發現了？」

紫葉搖了搖頭道：「都不是，是……您要找的穩婆早就死了。」

雲意晚怔了一下。

紫葉細細說起今日的事情。「我遠遠跟著夫人，見夫人到了城南，去了一個小胡同裡，她跟那裡的住戶聊了一會兒，好像是在打聽什麼人，等她走後我也過去了，但沒從住戶口中問出什麼，後來我想到還沒在那一區問過那穩婆的消息，便拿出畫像讓人認了認，才發現原來剛剛夫人打聽的人就是這個穩婆！穩婆當年從侯府回家後就死了，據說是因為家裡太窮，晚上太冷凍死的，屍體被抬走葬了。」

雲意晚沈吟不語，她早就想到過這種可能了，以孫姨娘陰狠的個性，又怎會讓參與的人活下來？

那穩婆不可能凍死的，而是被孫姨娘害死的。

紫葉道：「後來夫人又去隔了兩條街的金水巷轉了轉，似乎在找什麼，但是走了許久也沒停下來，最後便回府了。」

雲意晚皺眉。

金水巷？喬氏先去找了穩婆的住處，那麼接下來去的地方定也是跟當年的事情有關。她要找誰？又或許，她是為了掩蓋自己去找穩婆的行蹤，故意去了金水巷？

紫葉又道：「姑娘，那接下來咱們怎麼辦？」

穩婆死了，她們的線索就斷了，雲意晚坐在榻上細細思索手中掌握的消息。

現在她手中最有用的人證就是那位曾為自己診過脈的王大夫。可若是要出面作證的話，這人證還不夠有力，成功的可能性似乎不大。

除非喬氏自己承認，否則誰也無法確認真相，最終的結果就要看永昌侯府是選擇她，還是選擇喬婉瑩了。

這般把命運交在別人的手中實在是過於被動，得再想想法子才行！

過了幾日，雲意亭從書院回來了。

他並不知道雲意晚被禁足在府中，過幾日就要放榜了，他一心只想著這件事。

放榜當日，喬氏親自套了車去看榜，然而，這一次雲意亭落榜了。

喬氏嘴上安慰著兒子，回了正院後，卻氣得大發雷霆。

最近實在太不順利了，先是婉瑩無緣太子妃之位，接著又得知喬老夫人和陳氏在調查當年生產之事，然後便是兒子春闈落榜。

想到這些事多半與雲意晚有關，她心中煩透了，恨不得立刻把這個麻煩嫁出去！

「備禮，明日去一趟安國公府。」喬氏對王嬤嬤道。

最近她心中總有一種不祥的預感，感覺像要出什麼大事了，她決定趕緊把意晴嫁到國公府去，免得這期間再出什麼岔子。

王嬤嬤道：「是，夫人。」

雲意晚也知曉兄長落榜的消息了，因此去小廚房做了些吃食。

不多時，小薈來了，通報道：「姑娘，夫人明日要去安國公府，王嬤嬤準備了好些禮，好像說是要去提一提姑娘和二姑娘的親事。」

雲意晚沈思片刻，點了點頭。「我知道了。」

跟最近發生的事情串連一下，她大概知曉喬氏要去做什麼了。

做完點心後，雲意晚帶著點心來到了前院。

此時天色已經暗了下來，屋裡更黑一些，雲意亭正坐在桌前，閉著眼睛不知在想什麼。

「兄長怎麼不點燈？」雲意晚問。

聽到妹妹的聲音，雲意亭睜開眼看向她。

「嗯，沒在看書就沒點燈。」

雖然屋裡沒點燈，但雲意亭的桌子正好在窗邊，倒是有些微光，雲意晚把食盒放在桌上，逕自坐在一旁的椅子上，拿起火摺子準備點燃蠟燭。

雲意亭突然出聲問了一句。「妹妹會不會覺得兄長不中用？」

聞言，雲意晚看向雲意亭，屋內昏暗，她只能看到一張模糊的側臉。雖看不清正臉，她也能猜到此刻雲意亭的神情定不好看。

兄長定然不想她看到他失意的模樣，雲意晚又放下了火摺子。

「怎麼會呢？兄長在我心中一直是個非常厲害的人，幼時會護著我，還會趁著母親沒看到，偷偷拿好吃的給我。」

想起往事，雲意亭笑了。

雲意晚又細細說起二人的童年往事。

人陷在回憶中，倒是對現實中的失意淡忘了幾分，不過，說著說著，雲意亭的臉色又沈了下來。

察覺到兄長的變化，雲意晚說道：「五十多個童生中大概只有一人能中秀才，而五十多個秀才中也只有一人考中舉人。兄長，你已經是讀書人中的佼佼者了，不管你將來是否能中進士，我永遠為你驕傲。」

和前世傷了腿消沈度日相比，雲意晚覺得如今兄長能平安健康就是最好的。

雲意亭看向雲意晚道：「多謝妹妹寬慰。」

雲意晚道：「今年是皇太后六十壽辰，想必會加恩科，明年春闈定也會加試，塞翁失馬，焉知非福。兄長多讀一年書再去應試，說不定名次會更好，殿試上也能取得更好的成績。」

「夫子也是這樣說的。」雲意亭語氣輕鬆了幾分。

瞧著兄長的神色比剛剛好了些，雲意晚起身準備離開，在走到門口時，她回頭看了一眼雲意亭的方向，黑暗中，朦朧一片，她看不清兄長的表情。

「兄長，若有一日你發現我和你想的不一樣，你會如何？」

若她的身世之謎揭開，永昌侯府一定不會放過喬氏，他們兄妹二人的關係也定不會如從前一般了。

雲意亭抬眸看向妹妹。

屋裡已經徹底暗了下來，只有門口處有些光亮，從他這個角度看，只能看到光亮處有個人，卻又看不清身影。

他不解妹妹為何會問這樣的問題，琢磨了一下，說道：「那又如何，妳永遠都是我妹妹。」

雲意晚抿了抿唇，垂眸，不敢看雲意亭的眼睛。

回小院的路上，雲意晚心上如壓了一塊大石一般，但心中的那個念想也更堅定了一些。

回到小院後，雲意晚又問起紫葉今日白天的事。「那穩婆可有家人朋友？」

紫葉點頭。「有一個兒子。」

雲意晚坐在榻上，抬眼看向窗外的桃樹，如今已經是三月，桃花開得正盛。

從她重生回來到現在已經一年了，這一年來她一直在尋找當年的真相，但是事情過去了這麼多年，當年動過手腳的痕跡幾乎都沒有了。

喬老夫人壽辰上，陳家表哥已經有所懷疑，而一個月前她在花朝節上的所作所為相信也已經引起了永昌侯府的重視，這兩邊這麼久都沒什麼動靜，想來是沒查到什麼。

喬氏明日要去國公府，以她對喬氏的了解，在接連受挫之後，此去怕是要推進意晴和國公府的親事，若親事一成，她對喬氏也就沒什麼用處了。

前世她就死得莫名其妙的，今生……她想好好活著。

喬氏已經有所警惕，她再查下去怕是也查不到什麼了，好在如今兄長已經考完試，她也就沒什麼好顧慮的了，而且太傅府和永昌侯府都已經有了懷疑，她也不是毫無勝算。

心下主意已定，雲意晚開口道：「好，我決定了，找仵作開棺驗屍！」

紫葉震驚道：「開棺驗屍？」

雲意晚收回目光，看向紫葉和黃嬤嬤。「對！找仵作去驗穩婆的屍體，若查出來是被人害死的，就讓她兒子去告永昌侯府！」

這樣一來，官府就會去調查當年的事情，永昌侯府也會跟著查，與她身世有關的問題就能找到解答了。

黃嬤嬤和紫葉都愣住了，過了一會兒黃嬤嬤才反應過來。

「告……永昌侯府？姑娘，不可以啊！」

紫葉也道：「是啊，姑娘，您是不是說錯了？做錯事的人是孫姨娘和夫人，咱們怎麼能告永昌侯府？」

雲意晚道：「我沒說錯，就是要告永昌侯府！」

說這句話時，雲意晚神情多了幾分堅定。

「因為穩婆當年是去給大舅母，也就是如今的永昌侯府夫人接生，回家後發生不測，他們去告侯府合情合理，只有他們去告了，這件事才能引起重視，官府才會去查，這一連串關於我身世的事就可以靠著官府的手去掀開。」

黃嬤嬤在後宅多年，經歷的事情多，率先反應過來。「這主意好啊！一旦他告了，永昌侯府必定會知曉此事。事關侯府大夫人和孫姨娘，不僅官府會調查，侯府也會一起查下去。」

雲意晚點了點頭，她就是這個意思。

「咱們手中還有多少銀子？」

聞言，黃嬤嬤眼神閃躲，心虛地說：「沒、沒剩多少了，還有不到二兩。」

雲意晚沒多想，她從榻上下來，起身去看了看自己的首飾盒。喬氏甚少買首飾給她，因此她沒多少值錢的首飾，而那幾個值錢的，都是來京城之後各個府中的長輩賞的，不能隨意賣掉。

看了一眼自己的首飾盒，雲意晚合上了，朝著自己放置繡品的箱子走去，示意紫葉打開。

雲意晚平日裡沒事就喜歡繡東西，這些年她很少出門，一直在府中做繡活，她選了一幅桃花圖，拿起來細細檢查一遍，見上面沒有標明自己身分的地方，放心了。

紫葉道：「我記得這幅桃夭是姑娘剛剛學蜀繡的時候繡的。」

雲意晚點頭。「對，這是我跟著冉家的那位繡娘學蜀繡時繡的第一幅繡品，本打算送給冉家姊姊，作為她出嫁的賀禮，沒想到她後來入了宮，這幅繡品也就用不到了。」

黃嬤嬤想到剛剛雲意晚的那個問題，問道：「姑娘是打算當了它？」

這是她一針一線繡出來的，繡了一個月才繡完，雲意晚滿眼的不捨，可如今手中無錢，什麼都做不了。

「不，拿去賣了吧。」

當的錢少，賣的錢多，縱然再不捨，也只能賣了。

黃嬤嬤和紫葉也很不捨，黃嬤嬤道：「要不您換一幅？」

雲意晚道：「就這幅吧，這幅值錢。大家都知道我擅長蘇繡，所以蘇繡不能賣，知道我會蜀繡的天底下沒幾個人，安全一點。」

黃嬤嬤愧疚極了，終於跟雲意晚說了實話。「姑娘，都怪我，其實本來還有二十兩銀子，只是我前些日子知道太子妃人選，一時鬼迷心竅，想著您用錢的地方多，想幫您賺更多錢，就把銀子投到賭坊下注了。」

雲意晚和紫葉都詫異地看向了黃嬤嬤。

黃嬤嬤急道：「我明日就去要回來！」

雲意晚搖頭。「銀子既進了賭坊，不到結果出來是要不回來的。」

聞言，黃嬤嬤更愧疚了。

雲意晚說：「嬤嬤不必放在心上，我要辦的事即便有那二十兩銀子也不夠，不過，賭畢竟不是好事，嬤嬤以後還是別做了。」

黃嬤嬤點頭道：「好，我記住了。」
雲意晚又道：「對了，嬤嬤下注投了何人？」
黃嬤嬤回道：「馮姑娘。」
雲意晚問：「何時投的？」
黃嬤嬤回話。「就那日紫葉說外面出了人選，我問您說誰會成為太子妃的時候。」
見嬤嬤面露愧色，雲意晚緩和了一下氣氛，笑著說道：「嬤嬤，妳這次可要大賺一筆了。」
看著雲意晚的神色，黃嬤嬤鬆了一口氣。「多謝姑娘寬宥。」
雲意晚笑了笑，把繡品遞到了紫葉手中。「去賣了吧！這幅最少應該能賣二百兩左右，少了就換一家。」
紫葉應道：「是，姑娘。」
紫葉多逛了幾家鋪子，最終在出價最高的二百四十兩的那一家把繡品賣了出去。
她不知道的是，她一離開繡品鋪子，就有人花了三百兩銀子把繡品買走了。
紫葉拿著銀票回了府中，雲意晚交代了一些事。
第二日一早，紫葉便雇了一個名叫秋娘的婦人去了穩婆家。
秋娘謊稱是穩婆的遠房姪女，跟著丈夫走商，從外地來此要拜訪姑母，在穩婆兒子的說明下，她得知姑母已去世多年，死因如此蹊蹺，當下便發火，聲稱懷疑自己的姑母是被人害死的，要求開棺驗屍。

等秋娘做完此事，在外觀察的紫葉這才回了府中。

「姑娘，此事為何不讓我親自去做？那秋娘未必不會露出破綻，也未必盡心。」

雲意晚道：「母親已經起疑了，若被她發現此事是咱們安排的，妳覺得她會如何做？」不怕一萬，就怕萬一。

想到之前夫人對姑娘的所作所為，紫葉頓時不敢再說什麼。

喬婉瑩雖然寫信提醒了喬氏，心中卻仍舊慌亂。

如今祖母和母親已經開始著手調查了，萬一事情是真的怎麼辦？到了那個時候，她就一無所有了……

這樣下去不行，她一定要繼續參加太子妃的選拔，有宮裡那位的幫忙，她未必會落選，說不定真能選上太子妃，為了自己的前途，她決定賭一把！

太子妃選拔當日，一大早，喬琰寧就來到了關著喬婉瑩的小院中。

「婉瑩，妳可得快些回來，別在外面待太久，否則我也瞞不住。」

喬琰寧並不知喬婉瑩要去哪裡、要做什麼，只是一早就從福寶那收到堂妹寫的紙條，要他來此一趟掩護她，她要出去一趟。

喬婉瑩道：「三哥哥放心，我很快便回來。」

隨後，周景禕看著前來參選的喬婉瑩，嘴角勾起一抹冷笑。

表哥喜歡的人竟然這麼喜歡自己，這可真是讓人難辦啊！他畢竟只能從中選一人作為太子妃，恐怕要讓美人兒失望了，不過，也許還有可以兩全其美的法子……

最後，喬婉瑩雖去參選了，但卻沒有選上，太子親自跟皇上說沒瞧上她，讓她落選了。

永昌侯得知女兒竟然私自出門，還巴巴的進宮參選，非常生氣，侯府的臉都要丟盡了！陳氏因此對女兒的看管更加嚴格，連同喬琰寧也被狠罵了一頓。

永昌侯發了很大一頓脾氣，眾人都低頭聽訓，不敢多說話，唯獨喬婉瑩像是不關己事的若有所思，神色有些怪異，從頭到尾都沒有表現出落選的悲傷或被責備的悔悟，不知在想些什麼。

另一邊，因為太子妃人選已定，一早，黃嬤嬤就喜孜孜地拿著二百兩銀票從外面回來。

「姑娘，沒想到真的是馮姑娘中選了，賭坊給了我十倍的銀子，咱們快去把您那幅蜀繡買回來吧！」

雲意晚想了想，確實用不了那麼多銀子，點頭應了。

結果紫葉空手回來了。「店家說早就被人買走了。」

雲意晚也無所謂。「那就算了吧。」

她現在只關心秋娘那邊的事。

十日後，仵作的驗屍結果出來了，穩婆的確死於非命，是中毒身亡。

這下不僅是秋娘這個假姪女憤怒，穩婆的兒子也徹底怒了！這些年他一直對當年母親的死非常內疚，因為當天夜裡母親把厚一些的被褥給了自己，而她自己蓋著陳年舊被，卻沒想到隔日一早就發生憾事，令他非常自責，這件事也成了梗在他心頭的一個疙瘩。

如今得知母親其實是被人害死的，心情自與之前不同。

他想不通，母親不過是個穩婆，平日為人也很和善，究竟會與何人結仇？

雲意晚看著結果，鬆了一口氣。

萬事俱備，只等穩婆的兒子去官府告永昌侯府了。

紫葉今日去跟秋娘溝通了一些狀告永昌侯府的細節，等她回府時，天色已暗，剛走到後門胡同裡，她就看到了一個人影在門口徘徊。

離得近了，終於看清了那人是何人，恰好那年輕男子也看了過來。

「陳公子。」

陳伯鑒看到紫葉，臉上露出喜色。「我記得妳，妳是意晚表妹身邊的婢女？」

紫葉點頭。「對，不知陳公子有何事？」

陳伯鑒道：「剛剛我想見意晚表妹，聽門房說表妹病了，不便見客，不知表妹現在如何了？」

紫葉沒回答這個問題，姑娘還被夫人禁足中，自然是不能見外客的，門房會直接回絕，但想到姑娘一直想把真相告訴陳大公子，也許……

她頓了頓，道：「煩勞陳公子稍等片刻，我進去問問。」

陳伯鑒面露詫異，但還是沒多問。

雲意晚沒料到陳大公子竟然來了，此時距離殿試還有幾日的時間，她琢磨了一下，安排黃嬤嬤引開後門值守婆子的視線，換上紫葉的衣裳，趁著天黑去了後門。

陳伯鑒聽到後門再次打開，轉身看了過去，見來人是雲意晚，剛想要張口，被雲意晚阻止了。

雲意晚四處看了看，帶著陳伯鑒去了一旁方便說話的僻靜之處。

陳伯鑒問：「意晚表妹，妳身子可還好？」

雲意晚道：「多謝陳公子掛心，我身子無礙。」

陳伯鑒今日方從妹妹口中得知了那日花朝節發生的事情，聯想到剛剛看守婆子的話，以及此刻意晚表妹必須偷偷摸摸來見他，如今的情形他大概是明白了。

「表妹可是查到了什麼事情？」

雲意晚怕影響陳伯鑒考試，本不欲多提此事，聽到這話愣了一下。

陳伯鑒道：「其實那日喬老夫人壽宴我就開始懷疑了，而且年初我把此事告知父親母親，他們答應我，殿試之後就讓我去查，所以，表妹不必擔心，我定會為妳找到真相，妳若是信得過我，可以把妳查到的事情都告訴我，我幫妳查。」

是。」

雲意晚的眼眶漸漸濕潤了。

她之前想讓陳伯鑒去為她查身世之事，說白了是想利用他，可他卻一心為她著想。

「多謝表哥，事情我已經查得差不多了，表哥無須為我的事情煩憂，你好好準備殿試便是。」

陳伯鑒道：「若是不知道此事便罷了，如今既然已經知曉表妹的處境，我又怎麼可能袖手旁觀？表妹被惡意換親，受了許多委屈，我都看在眼裡，中狀元又如何，不中又如何？人生在世，仁義二字，若因我的退縮不前，表妹處境更加糟糕，我一輩子都會愧疚的。」

雲意晚怔怔地看向陳伯鑒，忽然想起了前世表哥因燕山一事放棄科考，從此消沈度日，幸好，這一世表哥沒有如此。

接下來，她把自己查到的事情以及接下來的打算告訴了陳伯鑒，不過，她隱去了自己作夢夢到孫姨娘換孩子及大夫和穩婆在場的細節，把發現穩婆下落的根源放在喬氏身上。

陳伯鑒聽後，立即反駁道：「不可！」

雲意晚道：「我知道這不是一個好主意，可這是能引起侯府重視的最好辦法。」

陳伯鑒又道：「妳有沒有想過，當真相大白的那一日，若姑父知曉是妳讓那穩婆的兒子去告侯府，會如何想？」

雲意晚垂眸不語。

她當然想過，永昌侯好面子，此舉定會令他不喜，可如今喬氏正想快些把雲意晴嫁入國公府，這是她能想到最快中止此事的法子了。

陳伯鑒繼續道：「世家大族最重名聲，妳身為侯府的姑娘卻找人狀告侯府，這是置家族利益於不顧，不僅是姑父，怕是老夫人也會對此事頗有微辭。」

雲意晚抿了抿唇。這些她都明白，只是事情緊急，她沒有更好的辦法了。

陳伯鑒直接道：「我幫妳。」

雲意晚看向陳伯鑒。

陳伯鑒說：「永昌侯夫人出自太傅府，此事由我們陳家揭露真相合情合理，不管結果如何，沒有人會指責陳府。而且，我父母已經答應讓我調查此事，正好可以由我來替妳將此事公諸於眾。」

雲意晚眼底的感激更盛。

陳伯鑒笑道：「表妹這麼聰明，當知曉由別人狀告侯府和由太傅府拿出證據哪一種方法更有力。」

雲意晚當然明白此事由陳家提出來最合適，穩婆兒子狀告侯府是一種迂迴的策略，先告侯府害其母，然後再由其母的死因查到當年換女一事，時間會耗得久一些。

若是陳家站出來，那就是拿著證據直接揭露當年換女一事，太傅府在朝堂上地位舉足輕重，由他們提出證據更能讓人信服。

她什麼都沒說，他竟然就已經懂了。

心頭有千言萬語，雲意晚最後只說了四個字。「多謝表哥。」

微風吹過，兩人的衣裳都被吹起層層褶皺，陳伯鑒看著雲意晚的笑容，怔了怔。面前姑娘的笑容如同暗夜裡綻放的蘭花，清新淡雅，格外吸引人。若事情真的真相大白，也代表他一絲機會都沒有了，但即使如此，內心的正義感仍驅使他這麼做。

「謝什麼，咱們大概很快就能成為一家人了。」

沒過幾日，朝廷舉行了殿試，結果毫無懸念，陳伯鑒成了狀元。

三月二十六日，陳太傅府設宴邀請一些相熟的親朋好友來府中做客，雲府也在受邀之列。

看著手中來自太傅府的帖子，雲文海很開心，他抬手摸了摸短鬚，笑著說道：「沒想到來京總共才一年有餘，咱們府竟然就能收到太傅府的帖子了，這在以往想都不敢想。」

喬氏最近心情也不錯，雖然梁家執意不肯成親，但國公府那邊似乎有些鬆動。

「等以後意晴和小伯爺成了親，莫說是太傅府的帖子了，各個國公府、侯府的帖子，老爺怕是會收到手軟。」

想到那樣的情形，雲文海捋著短鬚笑了起來，夫婦倆又暢想了一下美好的未來。

過了一會兒，喬氏跟意晴說起今日去太傅府要穿什麼衣裳、戴什麼首飾，一家人其樂融融的。

想到尚在病中的長女，雲文海問了一句。「夫人，意晚不去嗎？」

喬氏正笑著，聽到夫婿問起長女，臉上的笑容消失了。

「老爺，您忘了嗎，意晚早已訂親，不方便出門。」

雲文海覺得自家夫人說得有理，不過在看到次女時，心中難免有些奇怪，明明兩個女兒都訂了親，怎麼就長女不能出門？

沒等他再問，喬氏就解釋了一句。「雖說意晚和意晴都訂了親，可意晴畢竟是跟國公府訂的親，以後少不得要跟這些夫人們打交道，得多出去見識見識，意晚的未來夫婿只是個秀才，就不用了。」

雲文海微微皺眉，沒再說什麼。

不多時，雲文海和喬氏帶著雲意晴一起出門了。

在他們離開後沒多久，一輛馬車駛近停在後門處，像是在等誰。

一會兒後，雲意晚從府中出來，上了馬車。坐上馬車後，她挑起車簾子再次看了一眼雲府，而後合上了簾子。

陳伯鑒高中狀元，對陳家而言是一件大喜事。

陳太傅門生遍布朝野，威望甚高，如今自家孫子又成了新科狀元，太傅府的招牌又更亮了些。

雖說太傅府向來低調行事，但這等大喜事不慶祝才奇怪，所以他們還是在府中擺了幾桌宴席，也沒請太多人，只請了一些相熟人家小小熱鬧一下。

雲文海來到了太傅府，看著那些平日裡他搭不上話的大人們，兩眼發光，連忙走過去套近乎。

喬氏則帶著女兒去了內宅之中，準備先去給陳老夫人請安，但尚未走到正院，喬氏就看到了本應該待在府中的長女。

她還以為自己看錯了，直到雲意晴叫了她，這才確定自己沒有看錯。

她快步走了過去，壓低聲音問道：「妳怎麼來了？」

雲意晚朝喬氏福了福身，道：「女兒本來沒打算來的，但表哥下了帖子，不好不來。」

喬氏皺了皺眉，但既然人已經到了太傅府，也不好再趕走，只能接受了，但思及上次在花朝節長女的表現，她低聲警告道：「妳今日莫要亂說話，否則妳一文錢嫁妝都別想要了！」

雲意晚看著喬氏憤怒的樣子，笑了，最後一次答應喬氏。「好。」

看著長女臉上的神情，喬氏覺得說不出來的怪，但不好在外面罵女兒，只說道：「妳記住就好。」

雲意晚沒再回應喬氏，喬氏逕自朝前走去，雲意晴和雲意晚走在同一排。

雲意晴瞥了一眼雲意晚。自從上次花朝節，她對長姊的情感就開始有些複雜。她沒想到向來與世無爭的長姊竟然也覬覦太子妃之位，更沒想到長姊竟然已經知道了國公府親事的真相。

從那以後，她就沒再去找過長姊，如今看著近在咫尺的長姊，心情說不出的複雜。

她明明馬上就要嫁給一個家徒四壁的窮秀才，為何反應依舊平靜？會不會……她還有別的後招？一想到這一點，雲意晴心情也不淡定了。

「剛剛母親說過了，讓妳老實點，妳可莫要亂說話！」

上次長姊那一番話導致瑩表姊失去了太子妃之位，今日她最好別再搞一些么蛾子讓自己嫁不成國公府。

雲意晚終於正眼看向了雲意晴。

她們前後兩世這麼多年的姊妹情分，在換親時走到了盡頭。雲意晴向來是個直性子，可在換親一事上，前後兩世她都不曾向她透露過半分。

「意晴，利用自己的親姊姊換來的高門貴婿，妳嫁得可心安？」

看著雲意晚恍若洞悉一切的眼神，雲意晴心裡咯噔一下。

「妳……妳……妳胡扯什麼？誰讓人家國公府沒看上妳！」

雲意晚不在意雲意晴究竟說了什麼，又道：「以後沒了長姊給妳當墊腳石，後面的日子妳可要自己去過了。」

雲意晴皺著眉看向雲意晚，雲意晚瞧著正在前面跟人寒暄的喬氏，停下了腳步，低聲道：「哦，對了，我其實還挺好奇的，母親兩次選擇了瑩表姊，而沒有選妳，妳心裡難道不會難過嗎？」

雲意晴藏不住事，臉色變了變。

喬氏這時回頭道：「意晴，妳在那裡做什麼，趕緊過來見見李夫人。」

雲意晚沒再跟雲意晴說話，抬步朝前走去。

雲意晴看了一眼雲意晚的背影，也向前走去。

和李夫人寒暄結束，喬氏帶著兩個女兒去了正院裡見陳老夫人。

崔氏看著站在喬氏身後的姑娘，神色有些複雜。

兒子在殿試前得知了花朝節那日發生的事情，不顧府中阻攔去了雲府，不知那雲家姑娘與他說了什麼，回來之後他便安靜下來讀書，直到殿試結束，他才告知家裡人，他要在眾人面前解開婉瑩和意晚的身世之謎。

好在最終沒有耽誤殿試，而且她之前就告訴過兒子不同意親上加親，否則，若是把雲意晚娶回家，怕是兒子一門心思都在這姑娘身上了。

她不是覺得這位姑娘不好，相反，她很喜歡這個小姑娘，長得好看，氣度好，又懂禮儀和規矩，做事不急不躁。只是作為母親，她不希望兒子被一個女子牽絆住。

孫子所為陳老夫人自然也知曉，加上此事涉及到女兒，她也十分重視。

如今看著朝向自己走來的雲意晚，陳老夫人終於明白了孫子為何如此堅持，這小姑娘她雖然是第一次見，卻像是見過很多次一樣有種熟悉的感覺。

待與喬氏見過禮，陳老夫人朝著雲意晚招了招手。「妳過來讓我瞧一瞧。」

雲意晚看向陳老夫人，一步一步朝著她走去。

等離得近了，陳老夫人仔細打量著她，伸手握住她的手。

喬氏看著陳老夫人的舉動，心裡咯噔一下。糟了，她忘了一件事，這太傅府可是陳氏的娘家，陳老夫人不會發現了什麼吧？

陳老夫人的手格外柔軟溫暖，雲意晚第一次握上這樣的手，忍不住抬眸看向眼前的陳老夫人。

陳老夫人有著一雙睿智彷彿能看透人心的眼睛，面上在打量她，卻不讓人難受。

「好，好，是個好姑娘。」說完，陳老夫人抽回了手。

雲意晚朝著她福了福身，默默退回了喬氏身後，喬氏提著的心落下去了。

在內堂略坐片刻，永昌侯府的人來了。

喬氏看了看來人，沒看到喬婉瑩，心裡微微有些失望和著急。

等到兩個府上的人見完禮，喬氏去了陳氏身邊。

「大嫂，婉瑩怎麼沒過來？」

聞言，陳氏頓了頓，側頭看向喬氏。「三妹妹怎麼這般關心婉瑩？」

喬氏心裡那種不舒服的感覺再次襲來。大嫂雖然一直對她淡淡的，但面子還是會給她的，今日怎麼說話這般尖銳？

「我也沒問什麼，大嫂是不是想太多了？」

陳氏眼眸微動。

這些日子她一直在調查當年的事情，當年院子裡服侍的人幾乎都沒了，但知曉此事的人應該還有為她接生的一個穩婆和一個大夫。那穩婆如今已經死了，當年為她看診的大夫則離開了京城，時隔多年，下落不明。

有人說大夫死在了路上，有人說他隱姓埋名去了江南，她前些日子已經派人去往江南調查了，只不過暫時還沒得到消息。

陳氏瞥了一眼不遠處正跟喬婉琪說話的雲意晚，把堵在胸口的悶氣嚥了回去。

如今事情尚未調查清楚，若意晚當真是自己的女兒，此刻她激怒喬氏，意晚的日子也得不了什麼好。

她緩下口氣。「我沒有多想什麼，我剛剛只是好奇三妹妹怎麼問起婉瑩來了，婉瑩身子不適，在府中養病呢。」

「大嫂，婉瑩只是沒能成為太子妃，又不是做了什麼天大的錯事，妳又何必為難她？」喬氏忍不住不滿地說了幾句，她知道婉瑩明明是被禁足了。

陳氏瞥了一眼喬氏。

太子妃？跟是否成為太子妃有什麼關係？錯是錯在女兒不該拿著別人的作品參選，事後還無悔過之心。

不過，這些話她也沒必要跟喬氏說，如今她已經懶得應付喬氏了。

陳氏一個字沒再多說，轉身離開了。

喬氏看著陳氏高傲的態度，氣不打一處來。

喬婉琪見屋內全是長輩，拉著雲意晚去尋陳文素，沒想到陳文素尚未見著，先看到了陳伯鑒。

一見陳伯鑒，喬婉琪立刻變得正經起來，不再大聲說話，走路的步子也邁得小了些。

待陳伯鑒走近，喬婉琪細聲細氣地打招呼。「見過陳家表哥。」

陳伯鑒朝著她回禮，隨後看向雲意晚。

雲意晚朝著陳伯鑒福了福身。

陳伯鑒是特地來尋她的，見喬婉琪也在，他沒有明說什麼，只是朝著雲意晚點了點頭，給了她一個放心的眼神。

最近他們二人通過信，雲意晚也知曉今日他要做什麼，同樣回以點頭，陳伯鑒便離開了。

「我怎麼覺得表哥今日怪怪的？」喬婉琪嘟囔了一句。

雲意晚道：「哪裡怪？」

喬婉琪想了一下。「就是覺得他好像比從前正經多了。」

說完，看著雲意晚的眼神，她立刻補充道：「我不是說表哥從前不正經，表哥一直都很正經，只是今日的他有些……嗯……」

「嚴肅！」一個清脆的女聲在身後響了起來。

喬婉琪道：「對對對，就是這個詞，嚴肅。」

雲意晚和喬婉琪看向來人，是陳文素，太傅府的大姑娘。

陳文素道：「我哥最近不知怎麼回事，每天都板著一張臉，來去匆匆的，好像在忙著什麼大事。」

喬婉琪好奇地問道：「到底什麼大事？」

陳文素說：「我若是知道就告訴妳了。我哥那個人看似跟誰的關係都好，實則遠近親疏在心裡分得清清楚楚的。」

喬婉琪贊同地點了點頭。

陳文素突然看向一旁安靜的雲意晚道：「雲姑娘可知我哥在忙什麼？」

雲意晚眼眸微動，搖了搖頭，笑著說道：「不知。」

陳文素眼神中流露出一絲深思。她哥就是從殿試的前幾日開始變的，那日她從喬婉琪那裡得知婉瑩表姊的事，一時口快告訴了兄長，結果兄長臉色特別難看，隨即出府一趟，回來之後兄長就變了。

突然，喬婉琪生氣地說：「哼！祖母竟然把長姊帶來了！她做了那樣的錯事，給侯府抹黑，祖母竟然還護著她。」

陳文素微微皺眉，雖然喬婉瑩是自己姑母家的親表姊，但她的所作所為實在是令人不齒。

雲意晚順著喬婉琪的目光看了過去，只見喬老夫人正熱情地跟人打著招呼，在她身邊的人赫然便是喬婉瑩。

挺好的，所有的主角都到齊了，戲可以開場了。

今日來的人雖然不多，但宴席辦得著實熱鬧。

末了，宴席散了，陳家人開始送各個府上的客人離開，雲文海正欲離開，陳培之喚住了他。

「文海兄留步。」

「陳大人。」

「請文海兄移步花廳，一會兒有事相商。」

雲文海一愣，實在想不通陳培之要跟他商量什麼事，只是一想到能跟太傅府搭上關係，他便覺得開心，便欣然同意了。

雲文海來到花廳時發現自己的妻女竟然都在。

喬氏剛剛被崔氏請到這邊，看到自己的夫君，詫異地問道：「老爺怎麼也過來了？」

雲文海道：「剛剛陳大人說有要事相商，請我過來的。」

真是奇怪。

不過，感到奇怪的可不只他們一家。

沒一會兒，陳氏和崔氏一同來了，喬西寧、喬婉瑩來了，永昌侯和陳培之來了，喬老夫人和陳老夫人來了，連陳太傅也來了。

雲文海看著這些人，心裡激動不已。沒想到他有朝一日竟然能跟當朝太傅、永昌侯、侍郎大人聚在一起議事。

和雲文海的激動不同，喬氏意識到一絲不對勁。

「老爺，我身子不舒服，不如咱們先回去吧……」

雲文海正高興著，怎麼可能同意。

「夫人，這種機會千載難逢，妳再等等吧。」

喬氏心裡的不安越發強烈，最後陳伯鑒進來了。

「見過祖父祖母、喬老夫人、姑父姑母、父親母親、雲大人雲夫人以及諸位表兄表妹們，今日邀請各位前來，實是伯鑒有一事想說。」

永昌侯看了一眼陳培之，又看向陳太傅臉上的神情，猜測這二位應是知曉實情的，再看坐在一旁的妻子，臉上略帶詫異，顯然不知。

他還一頭霧水，不知今日岳父把他們召來究竟為何事？若是關乎兩家親戚的事，不該讓三妹妹一家參與進來，若是正事，則不該讓孩子參與。

只見陳伯鑒繼續說道：「去年我偶然得知一事，由此引發了懷疑，經過這半年多的調查，終於證實了自己的猜測——」

說著，陳伯鑒看向雲意晚，又看向喬婉瑩。

喬氏的心一下子提到了嗓子眼上。

「婉瑩表妹和意晚表妹在出生時被人調包了。」

此話一出，除了陳家人和雲意晚，在場的所有人都看向了站在場中的陳伯鑒，滿臉震驚。

第十八章

永昌侯已經忘了自己在前一刻思考了什麼，此刻他滿腦子都是陳伯鑒說的話。調包？自己的女兒和姪女被人調包了？伯鑒雖然中了狀元，但畢竟是個孩子，岳父怎會縱容他說出這樣的話！

永昌侯臉色一沈，看向陳太傅和陳培之，卻發現這二人格外淡定，難道真的查到了什麼證據？

當年夫人生產時府裡只有孫姨娘和三妹妹在，若真發生了這樣的事情，那麼做出這件事的就是她們二人。

「不可能！表哥，你在胡扯什麼！」喬婉瑩第一個張口否認，聲音略帶一絲顫音，還有些尖銳。

雲文海被剛剛那句話震得一時沒回過神來，直到喬婉瑩開口說話，他才清醒過來。

他看看自己最疼愛的長女，又看看喬婉瑩，笑著說道：「這怎麼可能呢？伯鑒姪兒，你可別亂說啊。我家長女身分低，被你這麼說沒什麼，喬姑娘是侯府的嫡長女，唐突了她可就不好了。」

雲意晚是他最聽話懂事的女兒，怎可能是別人家的孩子？

衣袖下，喬氏死死握住顫抖的手，強迫自己冷靜下來。「是啊，這是不可能的事，意晚是從我肚子裡生出來的，從她生下來就沒有離開過我身邊，絕不可能弄錯的。」

喬老夫人眉頭緊緊皺了起來。她看了一眼坐在自己對面的親家，陳太傅和陳老夫人神色如常。

她正欲開口，一旁的一道聲音打斷了她。

陳氏問道：「伯鑒，你可是查到了什麼證據？」

陳氏的話甚為平靜，所有人的目光都落到了陳氏身上，也不禁想到若是婉瑩和意晚真的被調換了，在座的人中要說誰最難過，非陳氏莫屬，她怎地如此平靜？難不成……

陳伯鑒道：「是的，姑母，敢問姑母當年生婉瑩時懷胎幾個月？」

喬婉瑩慌亂到不行，緊緊抓著自己的手。

陳氏道：「七個月。」

陳伯鑒又看向喬氏道：「敢問雲夫人，您生意晚表妹時懷胎幾個月？」

喬氏死死掐住了自己的手，她沒有回答這個問題，而是看向雲意晚說道：「意晚是我的孩子，這一點毋庸置疑。我不知道陳公子從哪裡聽來的謠言，竟然有了這麼荒謬的懷疑……」

陳伯鑒平靜地道：「我倒是沒聽到什麼謠言，雲夫人不必顧左右而言他，您只需告訴我意晚表妹是您懷胎幾月生的。」

喬氏怒視陳伯鑒，閉嘴不語。

見喬氏如此，陳伯鑒看向雲文海。「雲大人，您可知貴夫人生意晚表妹時是懷胎幾月？」

雲文海看了一眼夫人，雖然他也覺得陳大公子說的話過於荒謬，但還是如實回答。「已滿十個月，當時已經到了夫人的預產期。」

陳伯鑒道：「多謝雲大人告知。」

說完，他又看向陳氏。「姑母，婉瑩若是七個月的早產兒，那麼她出生後身子定然虛弱，太醫和大夫可有吩咐要對其特殊照顧？」

陳氏道：「婉瑩剛生下來第二日，母親曾為我請過太醫，太醫說婉瑩身子極好，像是足月出生的，跟一般的早產兒不同，不過……」

陳氏頓了頓，看向喬老夫人。

「婉瑩出生後沒多久曾遭惡人下藥謀害，傷了身子，所以也不好判斷她是先天身子不好還是後天有損。」

陳伯鑒看向喬氏問道：「雲夫人，意晚表妹呢？」

喬氏穩住心態，勉強鎮定回答。「意晚身子的確不好，但跟不足月可沒關係，而是因為我生下她的當日就因為跟母親有爭執，被母親攆出侯府了。當時正下著大雪，剛出生的孩子身子又弱，受了涼，這才傷了身子。」

後面這番話多少有些陰陽怪氣，喬老夫人冷哼一聲。

陳伯鑒道：「意晚表妹當真是因為受了凍身子才不好的嗎？」

喬氏揚聲道：「自然是的！我家女兒可是足月出生的，若不是被人攆出侯府受了凍怎會生病？」聲音裡多了幾分自信和肯定。

陳伯鑒點點頭。「嗯，好。我找到了一位當年曾為表妹看過診的大夫，不如我們聽一聽他是如何說的。」

什麼？喬氏放了一半的心再次提了起來。

什麼大夫？陳伯鑒是怎麼找到的？她當年每次帶意晚出門看病都非常小心，沒有留下一絲證據，而且事情過去多年，怎麼可能找到人？

不多時，曾為雲意晚看診過的王大夫出現在花廳中。

陳伯鑒問道：「王大夫，你可曾見過這位雲夫人？」

王大夫看向喬氏的方向。

雲意晚就站在喬氏身後。她曾找過王大夫，但當時戴了帷帽，王大夫並未看清她的面貌，此刻王大夫也沒注意到她。

喬氏早就對這位大夫沒什麼印象了，但怕大夫認出她來，故意側了側臉。

陳伯鑒說：「雲夫人為何不敢正視大夫？難道是心虛害怕嗎？」

喬氏動作一頓，極力忍住緊張，看向大夫道：「我怕什麼，我又沒做虧心事，我就怕這位大夫是假的，一會兒在那邊胡說八道！」

王大夫本就膽子小，看著面前這些貴人，有些後悔自己當日多話了，為了一百兩銀子，萬一搭上自己的性命多不值啊！可如今已經答應了，再臨時反悔，那就更倒楣了。罷了，他就實話實說吧，兩不相幫。

王大夫道：「我對這位夫人有些印象，但我不能確定是不是她。」

喬氏鬆了一口氣。既如此，那就好辦了。

王大夫把那日跟雲意晚說過的話又說了一遍。「……孩子病得很重，天寒地凍，那位夫人對孩子不管不顧的……一共來了兩次，我說孩子是不足月生的，所以才會這麼虛弱，那位夫人還非說不是……對了，孩子胳膊上有一塊燙傷的地方，這些我都有記在當年看診的本子裡。」

說著，王大夫把陳舊的看診記錄遞給了陳伯鑒。

喬氏此時不屑地輕笑一聲。「陳大公子，你隨便找個大夫來就想胡說八道嗎？這位大夫連我都認不出來了，如何能確定他口中的話是真的？傷疤？意晚胳膊上的確有塊傷疤，不過這種事想必有心人想調查也能查得出來，你該不會是跟大夫串通好的吧？」

說著，喬氏又看向陳氏。「我算是看出來了，今日這一齣是大嫂授意的吧？大嫂莫不是覺得婉瑩成不了太子妃，令人失望，所以才設了這麼一個局讓我們往裡面鑽，這是瞧著我養的女兒好，想用妳的女兒換我的女兒？」

陳氏不理會她的話，她從前就聽三妹妹提過意晚胳膊上有個燙傷，所以並不以為意，何況今日的事情與她無關，她並不知姪子的計劃。

聽到喬氏的話，王大夫想死的心都有了。

這事牽扯到太子妃、侯府、換女兒……眼下還是在太傅府上，看來他不僅攤上了麻煩，還攤上大麻煩了，可他說的都是實話啊！

喬老夫人琢磨了一下，道：「好了，今日的鬧劇就到此為止吧。」

她之前也曾有過短暫的懷疑，只是沒查到什麼可疑之處，如今連確鑿的證據都拿不出來，還有什麼聽下去的必要？若這大夫隨口誣陷還成功了，那以後旁人都能有樣學樣了，永昌侯府的名聲還要不要了？

說著，她站起身來。

王大夫愣了一下，心沈入谷底。這就結束了？還是在他拿出證據之後？難道他剛剛說錯了話，決定了最終的結局？自己該不會小命不保吧？

人在危急時刻往往會想起一些平時想不起來的細碎事情，既然左右都是死，不如把所有想到的事都說了，管它有用沒用，死馬當活馬醫吧！

王大夫砰一聲跪在地上，大聲道：「其實當年那嬰孩胳膊上的不是傷疤，更像是一塊胎記！」

這動靜著實大，大家的眼睛下意識看向王大夫，其中唯獨二人，臉色驟變。

陳氏站起身朝著王大夫走去，沈聲問道：「什麼樣的胎記？哪一隻胳膊？」

王大夫緊張得心都快跳出來了。「右邊的胳膊，紅……紅色的胎記，圓圓的，銅錢大小。」

陳氏神情一震，想起了自己生產那日的情形——

她拖著七個月大的肚子遭人狠狠撞了一下，痛到不行，隨後緊急生產，請來了穩婆和大夫幫忙，其間她暈厥數次，最後撐到孩子脫離身體的那一瞬間，她不知哪裡來的力氣，睜開了眼睛，恍惚中看到孩子奄奄一息地躺在一個婦人懷中，而那孩子的右胳膊上正有一枚紅色的胎記！

後來再次醒來，穩婆將孩子抱來給她看，她看到那嬰孩的胳膊上沒胎記，當時還一直以為是自己先前眼花看錯了，也沒跟任何人說起過此事。

沒想到竟然是真的！原來她沒看錯，她的孩子胳膊上是有塊胎記！

陳氏有些站不穩，永昌侯察覺到這一點，連忙快步上前扶住了她。

「夫人，妳怎麼了？」

所有人都看到了陳氏的異常，眾人心中各有想法。

陳氏看向雲意晚，眼淚從眼眶裡滑落出來。

「生產那日，我曾醒過來一次，看到了孩子胳膊上的紅色胎記。」

喬氏臉色驟變。「大嫂，妳不能因為不想要婉瑩就亂說！妳當時明明一直處在昏迷之中，哪會看到孩子！」

陳氏猛然看向喬氏，態度丕變，厲聲問道：「妳怎麼知道我一直在昏迷？難道妳當時也在場？對了，孩子肯定是妳親手換的！」

面對陳氏的指控，喬氏意識到自己說錯了話。「我……我是事後聽侯府的人說的。」

喬老夫人看了兒媳一眼，沒再提離開的事，重新坐下，臉上神色凝重，讓人猜不透她的心思。

陳伯鑒沒想到姑母竟然會記得這樣的事情，他瞥了一眼雲意晚，心裡安定了幾分。有了這個證據，他們今日所謀之事成功的可能性又大了幾分。

「雲夫人剛剛不是說意晚表妹胳膊上的是燙傷嗎？怎麼現在大夫又說是胎記了？意晚表妹的胳膊上究竟有什麼？」

喬氏心裡咯噔一下。

糟了，她剛剛竟然沒注意到這一點。

環顧一圈，眾人都以懷疑的眼神看她，不行，她得穩住，不能自亂陣腳，他們沒有證據的，沒有人能證明兩個孩子曾被換過。

「是燙傷的傷疤沒錯。」喬氏道。「胎記是這個不知從哪裡來的江湖大夫胡說的，你們要問就問他呀。」

王大夫連忙解釋道：「確切地說，那個女嬰胳膊上是被燙傷過，留下了一個疤，但那個疤痕很新，當下我看時應該是剛被燙到的，還沒結痂，那疤的位置下另有一塊銅錢大小的紅色胎記。」

喬氏淡定地道：「嗯，或許大夫真診治過一個胳膊上既有疤痕又有胎記的嬰孩吧，只是我生的女兒胳膊上只有燙傷，並沒有紅色胎記，不信你們看看。」說著，她看向雲意晚道：「意晚，露出胳膊讓大家看看。」

雲意晚一動也沒動。

陳氏冷了臉道：「妳這是說的什麼話？姑娘家的胳膊怎能輕易讓人看！妳口口聲聲說自己是意晚的母親，做的事卻並非一個母親所為。」

喬氏知曉自己又說錯了話，臉色訕訕的，狡辯了一句。「這不是大嫂非得冤枉我嗎，不然我也不會說這樣的話。」

陳氏對其怒目而視。

喬氏道：「要不大嫂和意晚去裡面看清楚？」

陳氏看了一眼雲意晚，深呼吸了幾次，緩聲道：「不用了。」

王大夫皺了皺眉。喬氏這副模樣，反倒是讓他心裡確認了幾分，她這樣跟當年那個不疼孩子的母親何其相似。

雲意晚下意識地摸了摸自己的胳膊，今日才明白，原來自己胳膊上的疤痕是喬氏為了遮掩胎記而故意燙的，她的心可真夠狠的！

陳氏瞪著喬氏，喬老夫人看了看兒媳，又看了看喬氏，再次開口了。「伯鑒，你可還有其他證據？」

聽到祖母的話，喬婉瑩心裡一涼。

她從小跟在祖母身邊長大，祖母了解她，她也了解祖母。祖母剛剛明明是不信的，已經準備離開了，可如今竟然主動向表哥要證據，這說明祖母也開始懷疑了……

喬婉瑩抬手握住了喬老夫人的胳膊，一副可憐巴巴的模樣。「祖母，我……」

喬老夫人看了孫女一眼，沈聲道：「先聽妳表哥說完。」

祖母從未用這樣陌生的眼神看過自己，喬婉瑩心沈了沈。

陳伯鑒請王大夫出去，隨後他說道：「前些日子我打聽到當年為姑母接生的穩婆的住處，結果發現那一日穩婆從永昌侯府離開後就死了，當時大夫診斷是凍死的，但前些日子我請仵作重新驗過，發現穩婆是被毒死的。」

說著，陳伯鑒把證據呈遞給永昌侯。

看著手中的證據，喬彥成臉色沈重，看完之後把仵作的報告交給陳氏。

陳伯鑒道：「穩婆的兒子得知自己母親死於非命，正打算要去官府告侯府，目前已被我攔了下來。」

狀告侯府？喬彥成眉頭皺了起來。

「這穩婆不過是來侯府接生的，為何回去當晚就死了呢？又是被誰毒死的？侯府有必要給穩婆一家一個交代。」一邊說著話，陳伯鑒的目光看向了喬氏。

喬氏沒料到陳伯鑒查到了這事，臉色又白了幾分。

「看我做甚，不是我做的！穩婆是侯府的人請的，當日專為大嫂接生的，大嫂從那日生產以後身子就不好，再也不能生養，要說誰會對穩婆含怨報復，也是大嫂！大嫂才是最有可能害死穩婆的人！」

陳氏看完手裡的證據，盯著喬氏看了片刻，直把喬氏看得後背發涼。

面對喬氏的指控，她一個字都沒回，逕自轉頭看向姪兒，說道：「伯鑒，就讓穩婆的兒子去報官吧，不必告侯府，告我一個人便是，我怕他找不著府衙大門，你親自帶他去，告訴他，只要他敢去告，我給他一千兩銀子做報酬。」

付錢讓人去告自己？喬氏震驚得說不出話，不只她，在場的眾人都看向陳氏。

唯獨陳伯鑒看向雲意晚的方向，表妹跟姑母還真是像，不愧是母女。

陳伯鑒收回目光，再次看向喬氏。「雲夫人，我最後再問您一遍，當年您有沒有調換意晚表妹和婉瑩？」

喬氏一口否定。「沒有！」

那穩婆的確是被毒死的，但姨娘做事向來穩妥，定不會讓事情牽連到自己身上，而且事情已過去那麼多年，官府未必能查得出下毒之人，她絕不能認！

陳伯鑒道：「或者，是孫姨娘做的？」

喬氏立馬站了起來。「當然也不是！」

不僅不能認，她還得主動出擊。

她憤怒地看向眾人，最後視線落在陳伯鑒身上。「好啊，我知道了，原來你們是想誣衊我姨娘，一心把這些根本就不存在的罪名安插在她的頭上，我姨娘都死了那麼久，你們竟然還不放過她，如今又想搶走我的親生女兒，你們簡直喪盡天良！」

這番話說得那叫一個義正辭嚴，那叫一個口齒伶俐，彷彿全世界都背叛、欺負了她一般。

雲意晚垂眸，再次摸了摸自己胳膊上被燙傷的位置。

她果然沒料錯，若是證據不足，喬氏死不承認的話，誰也不能百分百說真相是什麼，這就要賭眾人、賭永昌侯府想要相信誰了。

她看向喬老夫人，又看向永昌侯，最後視線落在陳氏臉上，陳氏那一雙溫柔的眼睛正一眨不眨地看著她。

雲意晚感覺心臟處像是被擊中了一般，酸澀難耐。

人心是最不能做賭注的東西，她站了起來，但還沒開口，門突然從外面被人打開了。

一個身著黑色勁裝、高大魁梧、氣勢極盛的男子踏入花廳內。

夕陽的餘暉照射在男人身上，初時他背著光，看不清長相，隨著他走到屋中央，眾人終於看清了他的模樣。

眉峰似劍，目光如炬，面容冷峻，是顧敬臣。

顧敬臣手中提抓著一個約莫六旬左右的男人，把人往廳堂中央一扔，沈聲道：「這個證據夠不夠？」

喬氏跟龜縮在地上的男人對視了一眼，只一眼，眼中就露出驚駭的目光。

是為大嫂接生的大夫，他竟然沒死！

顧敬臣的到來讓在場所有人都不淡定了，即便是早就得知陳伯鑒今日要做什麼事的太傅府眾人，也沒有料到顧敬臣會突然出現。

陳太傅站起身來，眾人也站了起來。

喬彥成若有所思，思索著顧敬臣來此的真實意圖是什麼。

顧敬臣是武將，無論是太傅府還是永昌侯府都從文，他們平日跟顧敬臣沒什麼交集，他怎麼會突然插手此事，還是自己的家事？難道今日的事情和他有關係？

顧敬臣開口說道：「這位是當年為喬夫人接生的大夫，當日究竟發生了什麼事，他會把自己知道的都告訴你們。」

眾人不禁驚異地看向那大夫，只見那大夫原還有些茫然，但看了一圈眾人後，突然認出了喬氏，睜大眼喊道：「就是她，她和她那個姨娘把……把那位夫人生的孩子換走了。」大夫的目光最終定位在陳氏身上。

這一番話成功吸引了屋內所有人的注意，沒人再顧得上彼此見禮，眼睛都死死盯著坐在地上的大夫。

「你胡扯！」喬氏尖銳的嗓音響了起來。

大夫雖然年邁，但說話仍中氣十足。「我沒胡說，此乃我親眼所見！妳抱著自己初生的孩子，換走了她剛生下來快斷了氣的小嬰孩。」

陳氏的眼淚一下子流了出來，她的孩子，真的被人換了……

喬彥成上前摟住了自己夫人。

喬氏再次強迫自己鎮定下來，然而，這次不管用了，面對確鑿的證據，她的心始終無法平靜。

雲文海從見到定北侯的激動中回神，不可置信地看向喬氏。「妳當真做了此事？」

無論剛剛眾人說了什麼，他始終不相信意晚不是自己的親生女兒，也不相信自家夫人會做出這等荒謬的事情來，可如今事實就擺在眼前。

喬氏臉上幾乎沒了血色，嘴唇哆嗦了幾下，仍舊狡辯道：「我……我沒有！」

大夫立即反駁道：「妳怎麼沒有！那個孫姨娘讓我和一個婆子進到侯府正院的一間房裡為侯府夫人接生，還交代我們一定要保住夫人，讓夫人平安生下孩子。我一開始是在裡間，因為生產時間過長，中途我出去過幾次，就看到妳抱著孩子在外間等，後來夫人順利生下了女娃娃，有人便把女娃抱了出去，我見情形有異便跟了出去，正好聽到孫姨娘要妳換孩子，而妳也交出了懷裡的女娃，之後就是孫姨娘和妳在討論如何對我和那個穩婆下毒的事，還好我懂醫術，自己先吞了解毒丸，回去後一把火燒了自己在金水巷的家，連夜跑了，不然必定也會像那個穩婆一樣遭到毒手！」

喬氏一臉驚慌失措。「不……不……我不知道……我沒有……我沒有害人！」

陳氏這時伸手擦了擦臉上洶湧如潮的眼淚，她必須平靜下來，此刻她還有事情要做。

「妳沒有害人？是，毒是孫姨娘下的，主意是孫姨娘出的，但我的孩子是妳親手換走的！妳還有臉說自己沒害人？妳害了我、害了我的孩子！」一向端莊的陳氏再也忍不住激動，悲憤地指控喬氏。

喬彥成看了夫人一眼，再看向喬氏時，目光變了。

「妳這毒婦！若非妳跟孫姨娘做下此等事，我夫人的身子又怎會損傷？」

喬氏一時無法面對眾人看向自己的目光，心就像是沈入大海中一樣，沈沈的，又空盪盪的。

她指著顧敬臣，試圖再次為自己狡辯。「你們為什麼要相信他的話？為什麼要相信他帶來的人？就因為他是定北侯嗎？可他根本是挾怨報復，目的就是想報復我們雲府！他的話不可信，他帶來的人也不可信！」

雲文海看著喬氏伸手指著顧敬臣，嚇得不輕。

定北侯是什麼身分，他沒必要無緣無故冤枉一個人，而且，陳家大公子所為顯然是得到了陳太傅和陳培之的支持。這二人本來就是喬大姑娘的親外祖父和親舅舅，他們沒道理故意設一個局把喬大姑娘和自己的女兒調換，除非事情是真的。

證據擺在這裡，如今形勢已明，所以，意晚當真不是自己的親生女兒……

雲文海看了一眼女兒的方向，想到這個乖巧懂事的女兒竟然不是自己親生的，心中有些酸澀。

他閉了閉眼，又睜開，抬手重重給了喬氏一巴掌，質問道：「蠢婦，妳為何要做這樣的事情，到底為何！」

雲文海是真的想不通他的夫人為何要做這樣的事情，他再重權重利，也不曾想過要把親生女兒和別人的互換。

喬氏癱坐在地上，頭髮散亂，手仍舊指著顧敬臣。「老爺，你別覺得他是侯爺就不敢得罪他，他是記恨我所以才故意陷害我的，你要相信我啊！」

相信她……證據和事實就擺在眼前，他如何相信她？雲文海怒極反笑。「記恨妳？妳有什麼值得侯爺記恨的？」

喬氏張了張口，有些猶豫，那件事若說出來，老爺定會埋怨她……

雲文海扯著喬氏的衣領，怒吼道：「妳說啊！侯爺記恨妳什麼？妳別再狡辯了，成親這麼多年，我沒想到妳竟然是這樣的人！」

喬氏被雲文海晃得頭暈，一時氣急吼道：「他是記恨我沒把女兒嫁給他！」

一瞬間，花廳內安靜下來，眾人的目光看向顧敬臣。

顧敬臣那張冷峻的臉終於有了一絲反應，他快速瞥了雲意晚一眼，恰好雲意晚也看了過來，兩個人的目光交織在一起。

顧敬臣向她求過親？什麼時候的事情？

雲意晚突然想到了年前有一日紫葉遇到了侯府來提親的人，難道是那一次？

可他為何會向她提親，他喜歡的人不是喬婉瑩嗎？

眾人反應各異，有人眼睛在打量雲意晚和顧敬臣，有人注意著喬氏。

向喜歡的女子求親又不是什麼丟臉的事情，雖然結果不如人意，不過，也未必就沒有機會了。

今日的重點不在這裡，顧敬臣微微皺眉，側頭看了一眼身後的李總管，李總管立刻把調查得來的證據遞給了永昌侯。

這份證據遠比陳伯鑒的那一份更完整，有關於穩婆的，也有關於面前這位大夫的，剛剛那位王大夫的也有，甚至還有當年孫姨娘如何買來的毒、在哪裡買來的毒等等，人證物證俱全。

定北侯府的手段果然不是一般人能比的，喬彥成看完證據，臉色陰沈得像是要滴下雨來。

他想把證據給夫人看看，見夫人的面色，知曉她不用看證據也已經有了答案，於是把證據遞給了岳父。

陳太傅接了過來，看證據之前，說道：「彥成，若這只是你的家事，我不會多問一句，只是事情涉及到了我的女兒以及我的外孫女，我就不得不管了，你也莫要嫌我多管閒事。」

喬彥成連忙道：「岳父這是哪裡話，彥成不敢。」

陳太傅、陳老夫人、喬老夫人一同看了證據。

「這個賤人，當年竟然做出這樣的事情！」好一會兒後，一道充滿怒意的聲音響了起來，是喬老夫人。「還有妳，妳身為一個孩子的母親，竟然為了榮華富貴把孩子送出去！」

喬氏心裡咯噔一下，抬頭看向了上位。嫡母那張布滿皺紋的臉上滿是怒意，眼睛裡也像是淬了毒。

同時，證據也被遞到了喬氏和雲文海面前，喬氏看著上面的內容，面色慘如白紙，整個人癱坐在地上。

完了，全完了，本以為天衣無縫的安排被人查了出來，她最害怕的一刻終於還是到來了。

喬老夫人滿腔怒火，氣得臉色微紅。

「跟妳那個賤婢姨娘一個德行，妳就是個賤種！」罪魁禍首孫姨娘已經死了，她的火氣全都發在喬氏身上。

她知道當年孫姨娘為何會做這樣的事情，當然是為了報復她！把有她血脈的孩子放在自己身邊，讓自己養大，再把自己的親孫女放到小門小戶之中虐待，這簡直不是人能做出來的事，這毒婦！

喬老夫人這話反倒是一下子點醒了喬氏。

對，她怕什麼啊？這件事是姨娘做的，又不是她。

「母親，不是我，是姨娘幹的，是姨娘逼我的！」

若喬氏大大方方認下了，喬老夫人說不定還沒這麼生氣，畢竟當年發生這件事時，喬氏已經出嫁，孫姨娘把控著全家，所以這事孫姨娘絕對是主謀，可如今喬氏又改口把事情都推給孫姨娘，就讓她更怒不可遏。

「妳剛剛不是口口聲聲說我們冤枉了妳姨娘？此刻妳自己倒是把所有的錯都推到她身上了，果然是有其母必有其女！」

喬氏身子瑟縮了一下，但轉念一想，為了兒女的未來，她只得忍住害怕，繼續求饒。

「母親，真的是姨娘逼我的！作為母親，哪可能捨得把親生女兒給別人，我也是被逼得沒辦法才這樣做的。」

雲文海見這情況也開口附和。「是啊，她可能是被逼的。」

把事情都推到孫姨娘頭上，總比落在喬氏頭上要好得多，若真的坐實，不僅夫人完了，恐怕整個雲家都要完了。

雲文海越想越害怕，又補充了一句。「她膽子小，不敢幹下這樣的事情，定是姨娘所為。」

當年換女一事的證據確實基本上都指向孫姨娘，大夫和穩婆都是孫姨娘找的，毒也是孫姨娘找人買的，撞倒陳氏的丫鬟也是孫姨娘身邊的人，細細想來，喬氏在這件事上確實沒參與太多。

但雲意晚可不這麼認為，她瞧著狼狽的喬氏，想到夢中她和孫姨娘計劃換子時的模樣就感到不寒而慄。

喬氏這是覺得反正孫姨娘都死了，一切死無對證嗎？她的確不如孫姨娘參與的多，可孩子是她親手抱過來的，是她親口同意交換孩子的！

陳氏忍不住開口了。「被逼的？既然當時是被逼的，事後為何不換回來？」

喬氏有些慌亂地回答。「我……我……我沒找到機會。」

陳氏大聲了起來。「怎麼沒有機會？既然妳是被孫姨娘逼的，母親回來後妳為何不說？那時孫姨娘被關了起來，妳有機會說的。」

此時的陳氏跟平日裡說話時的溫和模樣不同，顯得有些氣憤。

喬氏瑟縮了一下。「我……我不敢說……」

陳氏道：「不敢說？父親當時尚在，又那麼疼妳，妳有何不敢說的？孫姨娘死了妳為何不說？我看妳不是不敢說，而是不想說！」

喬氏從未見過陳氏這般凌厲的模樣，嚇得縮了縮脖子，不敢再多言。

陳太傅道：「事情已經很清楚了，不如商量一下如何處置這個惡婦吧。」

喬老夫人心中的怒意一點都不比兒媳少，想到孫氏那個賤人做的事情，想到自己被欺瞞了這麼多年，她恨不得活剮了喬氏，丟出一句話——

「不如一條白綾勒死！」

喬彥成還沒回答，喬氏連忙道：「大哥，我把女兒還給你吧！我把她還給你，你看看她長得多好看，我把她教得特別好，她不僅琴棋書畫樣樣精通，繡技更是高超，她還會騎射之術，我對她花了多少心思啊！」

雲意晚看著喬氏，心中著實不解她是如何厚著臉皮說出這樣一番話的。

喬彥成琢磨了一下。他的確恨三妹妹，但客觀來講，此事是孫姨娘主謀，三妹妹只是幫凶，如今妹夫在禮部，外甥書讀得也不錯，大有可為，不管怎麼說，三妹妹和他是同父的兄妹。

「罪魁禍首是孫姨娘，如今孫姨娘已死，不如把三妹妹攆出京城吧，讓她回他們雲家去，永不回京。」

重了些。陳太傅皺了皺眉，看向女婿道：「彥成，你怎麼看？」

輕了些。陳太傅捋了捋鬍鬚，他尚未開口，陳伯鑒先說話了。

「換女一事孫姨娘是罪魁禍首，但是妳忽視意晚表妹的虛弱，遲遲不給她看病，又在她胳膊上燙傷疤，不想讓她的胎記被人認出來，未嘗沒有想害死表妹的心思！不僅如此，前些時候妳為了讓她順利訂親，甚至在她的藥裡動手腳，讓她纏綿病榻一月之久，根本已不是一個母親能夠做出來的事！」

事情既然已經開了頭，那就絕不能拖泥帶水，要做就得做到乾脆俐落！

陳氏聽到這些她不知道的事，忍不住罵道：「妳怎麼這麼狠心？她就算不是妳生的，也是妳的姪女！」

喬氏心已涼了半截，看向陳伯鑒的眼神裡懷著不甘。「我和你無冤無仇，陳公子為何不肯放過我？」

陳伯鑒直直看著喬氏。「意晚是姑母所生，就是我的表妹，妳欺負我的親人，如何算得上無冤無仇？妳剛剛口口聲聲說對意晚表妹很好，我想知道，妳是哪一件事對她好？是故意把她許配給商賈之家，在冉家發達之後又去退親，還是妳用意晚表妹的親事交換自己的親生女兒得以嫁入國公府？」

陳伯鑒這番話是說給永昌侯聽的。

最後，他又說道：「哦，對了，妳還拒絕了定北侯府的提親，妳現在可以解釋，若妳真的疼意晚，妳會如此糟踐她嗎？」

喬氏快要崩潰了。「姨娘讓我弄死她，我沒弄死她，我已經好好養著她了，還教她讀書習字，她不是我親生的，你們還要我怎麼樣……」

陳太傅不禁搖搖頭，轉而問向孫子。「伯鑒，你覺得該怎麼處置？」

陳伯鑒瞥了一眼喬氏，道：「既然證據確鑿，人證物證俱在，那就移送官府吧，該怎麼判就怎麼判！」

陳太傅垂眸不語。

伯鑒確實剛正，不過，現在的證據大多指向孫姨娘，若去了官府，喬氏應該判不了多重的罪名，而且若是這樣的話，永昌侯府就成了全京城的笑話了。

陳太傅看向女婿，喬彥成看著眼前的混亂，做出了最終的結論。

「打二十板子，攆去族中耕種祭田，一輩子不得離開。」

陳太傅點了點頭，這樣做既讓她嘗到了意晚受的苦，又剝奪了她最在意的榮華富貴。

此刻若是問在場人中除了喬氏還有誰更慌，那便是喬婉瑩了。

從看到定北侯帶著大夫出現的那一刻起，她就知道自己完了。

原來她真的不是侯府嫡女，她的母親不是太傅府的嫡長女，而是自己最瞧不起的侯府庶女；她的父親也不是侯爺，只是一個從五品需要依附侯府關照的小官。

不，不對，不可能！她無法接受這樣的身分。

喬婉瑩看向廳堂內的眾人，自己昔日的父母一個在看定北侯，一個在看他們真正的女兒，沒有一個人關心她，平日裡最疼愛她的祖母正死死盯著癱坐在地上的喬氏，也就是自己的親生母親。

從天上落到地獄大概就是她此刻的感受吧。

「祖母……」她可憐巴巴地開口了。

喬老夫人看向往日自己最疼愛的孫女，張了張口，想要安撫她幾句。然而，想到孫女真實的身分，她的臉色就變了。

往日她還不覺得，此刻越看越覺得孫女這張臉上有喬氏的影子，甚至有孫姨娘那個賤人的影子，當初那個賤人不就是靠著這副梨花帶雨的模樣勾引老侯爺的嗎？每次她臉上露出這樣的神情，老侯爺總會站在她那一邊。

「別碰我！」喬老夫人怒斥她，一把甩開了往日最疼愛的孫女。

孫姨娘費盡心思不就是為了報復她嗎？她想讓自己養著她的孫女，奉上府中最珍貴的東西，甚至費心費力把她外孫女推到皇后之位。

而自己也的確如她所想，是這樣做的。

她忽然想起了孫姨娘死前的那個笑，原來她的笑竟然是因為這個。

枉她自詡精明，以為侯府發生的事都瞞不過她的眼睛，沒想到竟然栽在了孫姨娘的手中，一栽就是近十多年，孫氏那個賤人定是在地下笑瘋了！

喬老夫人感覺後背發涼，一種恥辱的感覺灌滿全身，心中怒意更盛。

「妳給我滾！」

喬婉瑩嚇得瑟縮了一下，快哭了。

想不到祖母也不要她了……

永昌侯聞聲看了過來，瞧見母親的反應，他皺了皺眉。

陳氏雖然早就開始懷疑婉瑩不是自己的女兒，也積極調查此事，但這不代表她恨婉瑩，畢竟，她也是自己從小養大的女兒。

「母親……」

喬氏沒想到嫡母不僅恨姨娘和自己，竟然連她一手養大的孫女也恨上了，若說她剛剛還想狡辯，此刻完全沒了這種心思。

「母親，您怪我沒關係，怪我姨娘也行，但婉瑩什麼都不知道，她是無辜的！她小時候您也是抱過她、親過她的，您都忘了嗎？」

喬西寧從未見過祖母對妹妹發這麼大的火，也沒見過妹妹這般委屈狼狽的模樣。他剛剛一直未出聲，此刻走了過來，扶住老太太的身子道：「祖母，您消消氣，婉瑩是無辜的，她無法選擇自己的命運。」

看著眼前的情形，陳伯鑒皺了皺眉。

他今日的目的是揭穿當年的事，讓意晚表妹回到侯府，可若是婉瑩依舊在侯府，那麼意晚的處境……

有一個證據他本不想說的，此刻他心一橫，說了出來。「婉瑩當初是無辜的，但現在可未必，表哥可知我是如何尋到穩婆的？」

喬西寧看向陳伯鑒，陳伯鑒則看向喬氏，說道：「前些時候雲夫人喬裝打扮了一番，鬼鬼祟祟出門，我無意間發現了，跟在後面，最後才知道雲夫人是去確認穩婆的下落，而她之所以突然這麼做，是因為婉瑩給她寫了一封信，信中的內容正是提醒她喬老夫人和姑母正在調查當年姑母生產一事。」

婉瑩無辜，意晚難道就不無辜嗎？她才是最無辜的那個人！在姑母肚子裡僅僅七個月就早產出生，帶著先天虛弱的身子，還要被喬氏虐待。

「真正無辜的是意晚！」陳伯鑒道。「她出生時不足月，雲夫人又忽視她，如今能活下來也是她命大。」

這一番話直接錘死了婉瑩，她臉色大變。

喬老夫人頓時想起了前些日子婉瑩把老侯爺的畫弄壞，以及她利用家人，不顧禁足令偷偷進宮參選太子妃的行為……原本覺得是無關緊要的小事，此刻都成了決定性的大錯。

喬老夫人過去有多疼愛這個孫女，現在就有多氣恨，婉瑩的存在就是在提醒她這麼多年自己有多麼愚蠢！孫姨娘那個賤人一直在府中耀武揚威，年輕時她就沒鬥倒過她，好不容易在兒媳生產時抓住她的錯處把她弄死了，本以為自己贏了，沒想到她還是棋高一著，差點就瞞過了所有人。

她剛剛差點又心軟了，喬老夫人指著婉瑩，咬著牙說道：「以後除非我死，否則誰也不許她踏入侯府半步！」

她不想再繼續錯下去！

見喬老夫人真的發了火，這次沒有人敢再說話了。

喬老夫人的氣還沒出完。「彥成，你的處罰太便宜那毒婦了！她不就是想讓自己的兒女過上好日子嗎？我告訴妳，我活著一日，妳兒子就別想入朝為官，妳女兒也別想嫁入高門大戶！」

喬氏這次是真的怕了……想到老太太的手段，她哭得鼻涕一把、淚一把的。

「母親，是我不對，是我不懂事給您找麻煩，我給您磕頭認錯，您原諒我好不好？」喬氏跪在地上不停磕頭。「這件事情是我做的，跟孩子們沒有任何關係，您想怎麼罰我都行，能不能放過我的孩子？我求求您了！您若是不能解氣，那就殺了我吧，您殺了我吧，只求您能放過我的孩子。」

此刻喬氏後悔死當初的選擇了，她是一時鬼迷心竅才同意了姨娘的計劃，可畢竟是自己肚子裡生出來的，事後她也曾後悔過，但……看到女兒在侯府錦衣玉食、如眾星拱月的生活，一時虛榮，就沒有說出實話。

喬老夫人冷笑一聲。「放過妳的孩子？那妳又是怎麼對待她的？」她抬手指了指雲意晚。

對了，還有意晚！

喬氏立即換了一副面孔，看向她養育多年的「長女」。「意晚，妳最善良了，拜託妳幫忙求求情，妳還記得妳兄長小時候有多疼妳嗎？他常常揹著妳去街上玩，把家裡好吃的都讓給妳，妳有什麼事他都會幫妳……妳兄長讀書有多辛苦妳是知道的，妳忍心看他一事無成嗎？」

在雲意晚的記憶中，這是喬氏第一次對她如此和善，她說得沒錯，兄長一直對她很好……不過，喬氏是喬氏，兄長是兄長，她還是分得清的。

喬氏見求情無果，心裡慌極了。

喬老夫人冷哼一聲。「商戶是吧？窮酸秀才是吧？既然我侯府的嫡長女只能嫁這樣的人，那妳女兒就連這樣的門戶都不配！不如就嫁給奴僕吧，世世代代為奴為婢，也算是對得起你們低賤的身分。」

瞧著喬氏面如死灰，喬老夫人覺得心裡舒服極了，她就是不想讓跟孫姨娘有關的任何人好過！

「就這麼定了，想必妳姨娘在地下有知也能笑醒。」

喬氏面如死灰，不停地搖頭道：「不，不，母親，不行，不行……妳放過我的孩子吧……」

見喬氏想上前拉人，一旁的嬤嬤把她按了回去，喬氏又看向陳氏。「大嫂，您最公正了，婉瑩是在您膝下長大的啊！」

陳氏面無表情。

喬氏又看向喬彥成。「大哥，再怎麼樣，婉瑩也是你的外甥女啊，意晴也是，意亭書讀得不錯，您若是能幫他一把，他定能考中進士，以後幫襯您。」

喬彥成不僅沒答應，反倒是嫌惡地皺了皺眉。「拖下去！」

終於，喬氏被堵住嘴拖了出去，外頭漸漸沒了聲音。

喬老夫人心裡的鬱氣散了些，不過，今日這事也著實讓人鬧心。

「親家，真是抱歉，我有些坐不住了，先回府去了。」

陳老夫人道：「嗯，我瞧著妳臉色不太對勁，快些回去好好歇一歇吧。」

和陳太傅夫婦打完招呼，喬老夫人看向兒子道：「剩下的事情你處理吧。」

雲文海看著眼前這一幕，心涼了半截，一轉頭迎向喬彥成看過來的探究眼神，心裡咯噔一下。

「大哥，不，侯爺，此事我是真的不知曉，孩子們也不知道，您就放過我和孩子們吧。」

喬彥成沒說話，顯然在琢磨這句話的真偽。

雲文海連忙對意晚說道：「意晚，妳快告訴侯爺，我平日裡待妳如何。」

雲意晚沈吟了一會兒，父親雖然看重利益，但平日裡的確待她極好，這樣想著，她終於開了口。「父親平日裡確實待我極好。」

永昌侯看了她一眼，收回目光，並未說如何處置雲文海。

雲文海站起身來，離開前，他看了一眼往常最疼愛的長女，長嘆一聲，最後看向喬婉瑩，問道：「妳是否隨我回雲府？」

喬婉瑩猛然驚醒，連忙搖頭。「不，不，我不去，我不是你的女兒。」

雲文海看著自己的親生女兒，嘆了口氣，雖是自己親生，可他卻覺得非常陌生。

他轉頭看向了永昌侯，喬彥成沒有說話。

雲文海看出永昌侯的態度，再次對喬婉瑩道：「妳還是隨我回去吧，侯府不是妳的家。」

喬婉瑩傷心地看向喬彥成，看著一直當成女兒來養的外甥女，喬彥成終於開口。「雲大人請先回去吧。」

喬婉瑩心頭一喜，然而，喬彥成後面的話使她的心跌落谷底。

「意晚的東西還在雲府，等會兒我讓西寧去拿，一會兒用侯府的馬車順道把她送回雲府去。」

雲文海道：「多謝侯爺。」

雲文海知曉，出了今日的事情，兩家怕是再也不可能像從前一樣了，便識趣地叫了侯爺。

說罷，他帶著意晴離開了，走之前問都沒再問一句喬氏的下落。喬氏把雲家害慘了，他也保不了她了。

雲意晴也被今日的變故嚇壞了，她跟著父親朝外面走去，跨過門檻後，她的腳步頓了頓，回頭看了一眼雲意晚。

從此以後，她與長姊就是兩個世界的人了，雲婉瑩才是她的姊姊，喬意晚則該回到永昌侯府。長姊高高在上，光芒萬丈，她再也觸碰不到她了。

雲文海和雲意晴離開後，雲婉瑩跪在地上扯了扯陳氏的衣袖，滿臉祈求之色。

「母親，女兒捨不得您，女兒不想去雲府，您帶女兒回侯府去吧！」

另一邊，喬意晚一直淡定自若，沒有表態，直到雲文海走出花廳，她才突然站起身追到院外，目送雲文海和雲意晴的背影消失在太傅府外。

父親雖然看重仕途和權力，可從小到大一直很疼愛她，然而從此以後，父親便不再是自己的父親了……

想到此處，喬意晚心頭酸澀難耐，一滴眼淚從眼角滑落。

事情塵埃落定，她心中沒有想像中那麼開心，只覺得空落落的，她彷彿得到了一切，又似乎失去了什麼。

天空不知何時下起了雨，落在手上，涼涼的，春雨貴如油，想必今年定是個豐收年。

看著打在手背上的雨滴，喬意晚不僅沒往裡退一步，反倒是又朝外站了一些，閉上眼，任由雨絲打在臉上。

雨絲微涼，卻很舒服。

第十九章

顧敬臣不知何時來到了喬意晚身邊。

方才拿出證據之後，他便離開了花廳，一直在外頭喝茶看雨，此刻也知裡面的事大致結束，一切塵埃落定。

看著綿綿細雨，他溫和的嗓音響了起來。「抱歉，上次是我誤會妳了。」

他指的是兩個人在軍營附近相遇一事。

聞言，喬意晚緩緩睜開眼，轉頭看向顧敬臣。顧敬臣長得高大魁梧，她需要仰頭才能與之對視。

這一點她一直都知道的，只不過，今日她覺得他格外高大，下著雨的天色陰沈，顧敬臣卻像是一道光。

劍眉星眸，鼻梁高挺，薄唇緊抿，烏髮高高束起，她第一次發現原來顧敬臣長得這般好看。

他今日如同天神降臨一般，在她最需要幫助的時候出現在她的眼前。

喬意晚的頭髮被打濕了，眼睫上也有雨珠，隨著眼皮顫動，那一滴雨珠滾落在臉上，分不清是雨還是淚。

她那一雙彷彿會說話的眼睛正認真地看著自己，從她的眼睛裡，他看到了自己的身影。

顧敬臣的心突然急速跳動起來，他甚至能聽到自己的心跳聲，彷彿這一刻自己才是鮮活的。

他將她帶到廊下，從懷中拿出一方帕子，遞給了她。

喬意晚看著這一方深藍色的帕子，並未接過來。

「侯爺今日為何要幫我？」

顧敬臣收回帕子，避而不談，轉而問起。「陳大公子為何幫妳？」

喬意晚道：「因為他是我表兄。」

顧敬臣道：「哦。」

喬意晚望向顧敬臣，見顧敬臣一直看著外面，沒有要回答的意思，她沒再多問。

「侯爺從前幫過我多次，今日又幫了我，您的大恩大德我沒齒難忘。若以後有用得著的地方，我定赴湯蹈火在所不辭。」

顧敬臣眼眸微動。

他確實幫了她，但他目的不純。

他想著，若是身分歸位，她的婚約是不是可以不作數，他們之間會有更多可能？

「好，有用得著的地方我定會跟喬姑娘說。」

喬，而不是雲，他倒是適應得極快。

想到剛剛喬氏提到的問題，喬意晚抿了抿唇。

前世嫁給他後，他對她甚是冷淡。今生他們二人也幾乎沒有交集，不存在什麼感情，甚至只能算得上是說過幾句話的陌生人，他怎麼會向她提親呢？她想不明白。

「侯爺當初為何向我提親？」

顧敬臣沒料到她會問得這麼直接，眼睛盯著她看。

一個男子向一個女子提親，還能是為了什麼呢？

「喬姑娘覺得呢？」

看著顧敬臣深邃的眼神，喬意晚的心突然漏跳了一下。

怎麼……可能呢？

花廳內，雲婉瑩正死死抓著陳氏的胳膊，哭著道：「母親，我不想回去，那不是我的家！」

陳氏看著在自己面前哭訴的女兒，神色甚是複雜。

她心疼親生女兒，可婉瑩也是她看著長大的，養了十幾年的女兒一朝變成了別人家的女兒，她心中萬般不捨。

可一想到孫姨娘和喬氏的算計，她就覺得胸口堵得慌，像是吞了一隻蒼蠅那樣噁心。

雲婉瑩道：「母親，我知道您為難，我不會讓您左右為難的，您把我帶回去吧，祖母那麼疼我，說不定會同意留下我。」

她知道，這個府中疼惜她的人怕是只剩母親一個了，平日裡最支持她的祖母和父親反倒是最絕情的。

婉瑩越是表達出想留在侯府的心意，陳氏就越發覺得心口堵得慌。

她為何想留在侯府，這個答案不用問也知道，反觀自己的親生女兒，在她的「父親」和「妹妹」離開之際臉上會流露出不捨，甚至出去送了一程，並未因為自己回歸侯府而嫌棄從前的家人。

這般一對比，更顯露出養女的小心思，或許孫姨娘也是這般想的，即便東窗事發，也未必會牽連到婉瑩身上。

陳氏閉了閉眼，又睜開了，狠心道：「婉瑩，我只問妳一個問題。」

雲婉瑩道：「母親您說。」

陳氏道：「妳前些時候為何要給喬氏通風報信？」

雲婉瑩臉色一下子變得難看。

陳氏知道在這件事裡，兩個孩子都是無辜的。可想到當年自己生產時九死一生的情況，想到自己再也不能有身孕，想到孫姨娘和喬氏的算計……她面對婉瑩的心情就變得有些複雜。

以前覺得婉瑩的一些行為是小姑娘的任性，愛耍小脾氣罷了，如今卻覺得婉瑩或許真的不像自己想的那麼單純良善。

「妳究竟是捨不得我與妳父親，還是……捨不得侯府的榮華富貴？」陳氏看著她的眼睛，一字一句地問了出來。

雲婉瑩嘴唇哆嗦了幾下，眼神有些閃躲，竟然回不出話來。

陳氏失望至極，她後退一步，從婉瑩手中抽回自己的衣袖。有些事情，當斷不斷，反受其亂，儘早歸位或許對婉瑩而言是件好事。

看著從手中滑落的錦衣，雲婉瑩癱坐在地上，眼裡沒了光。

完了，全完了，自己最擔心的事情還是發生了……

喬彥成嘆了口氣，下意識地看向喬意晚的方向，見女兒已經不在花廳，他走了出去，站在門口，正欲找人詢問，一轉頭，瞥見了站在屋簷下說話的顧敬臣和喬意晚。

定北侯今日出現時他就有些困惑不解，剛剛還問了岳父和大舅兄，結果二人都不知道原因，還以為是他們永昌侯府找來的。

定北侯來了之後，拿出證據，又退出去避嫌，絲毫沒有要參與其中的意思。

他記得剛剛三妹妹提到定北侯曾向意晚提過親，那會兒他還懷疑三妹妹是在胡扯，並未把那番話放在心上，但此刻看著定北侯望向意晚的眼神，他突然明白了。

這位向來不近女色的冷臉侯爺，竟然真的喜歡上了自己的女兒！

永昌侯府書香世家，在文臣中頗有地位。定北侯府武將出身，掌管京畿安危，如今又鎮守西北，若是兩府聯姻，那可真是文臣武將結合的大喜事。

顏貴妃掌管後宮頗有手段，她生的四皇子雖年紀不大，但文韜武略樣樣精通；而冉妃娘娘極得盛寵，所出的六皇子也備受皇上寵愛；另有其他皇子對儲君之位虎視眈眈，太子雖然能幹，但如今皇上年富力強，將來的事情可不好說。

女兒成為太子妃固然好，但也要承擔一定的風險，可若是跟定北侯府聯姻，就沒有這些顧慮了，甚至可以穩固永昌侯府的地位。

他之前不是沒考慮過把女兒嫁給定北侯，可惜定北侯性子冷，不與文臣結交，向來不給他好臉色看，此人又不近女色，沒人能完成此事。

沒想到定北侯竟然喜歡自己的女兒，除了找回親生女兒之外，這件事可算是今日的意外之喜！

「意晚。」

聽到聲音，喬意晚回眸看了過去。

因為過去意晚是自己的外甥女，喬彥成沒認真瞧過她，只是覺得有些親切。但此刻看著女兒，不得不在心中感慨，他這女兒長得真是好看，站在那裡就像是一幅畫，怪不得性格冷硬的定北侯會為其傾倒，無視於她當時只是個從五品小官之女就上門求娶。

喬意晚正為剛剛顧敬臣的問題為難，恰好父親突然出現，她正好順勢閃避掉這個問題。

她從袖中拿出帕子擦了擦臉上的雨水，整理了一下衣裳，抬步朝著永昌侯走去，剛跨出一步，手腕就被人扶住了。

「小心！」一側面容冷峻的男子提醒。

喬意晚身體立即變得酥麻，心快速跳動幾下，那種熟悉的感覺又來了。

她抬眸看向顧敬臣，顧敬臣適時地收回胳膊，平靜地說道：「小心水坑。」

喬意晚低頭看向地面，前面恰好是屋簷滴雨的地方，形成一個小水坑。

「多謝侯爺。」

看著這一幕，喬彥成眼眸微動，朝著他們走去。

喬意晚走了兩步，看著近在咫尺的永昌侯，福了福身道：「侯爺。」

她的神情甚是平靜，既沒有被人換了命運的悲傷，也沒有終於回歸富貴之家的歡喜，面對永昌侯時，依舊客套疏離。

如此的冷漠，令喬彥成的心像被狠狠掐了一下，但轉念一想，他也能諒解，今日的事情發生得太過突然，對他而言都有些難以接受，女兒不過十來歲，還是個孩子，此事於她而言或許更加難以面對。

這是他的親生女兒啊！若非孫姨娘和喬氏，她應該在自己的羽翼下無憂無慮地長大，是他沒有護好自己的女兒，他又怎麼能責怪她呢。

「怎麼還叫侯爺，妳該稱我一聲父親。」喬彥成的語氣不自覺地變得溫和。

喬意晚抿了抿唇，頓了頓，試著張了張口，結果發現最簡單的兩個字一時竟然變得那麼生澀。

喬彥成胸口像是堵了一塊石頭。

顧敬臣看了一眼喬意晚的臉色，道：「今日的事情發生得太過突然，喬姑娘可能還沒適應，侯爺莫要介懷。」

親生父女生疏到如此地步，竟還要靠外人來緩和關係，喬彥成覺得胸口壓著的石頭又沈了些。

想到女兒這些年的境遇，他心中難免酸澀，對女兒多了幾分疼惜。「這些年妳受苦了，往後回了侯府，再也不會有人敢欺負妳了。」

喬意晚抬眸看向喬彥成，應了一聲。「嗯。」

顧敬臣在場，喬彥成沒再跟女兒多言，他看向顧敬臣說道：「今日多謝定北侯出手相助，否則我仍被蒙在鼓裡，被那母女倆欺瞞著，若非侯爺，意晚怕是還要繼續受苦。」

顧敬臣道：「喬侯爺言重了。」

喬彥成看了一眼女兒，笑著問她。「意晚，妳何時認識定北侯的？」

喬意晚看了顧敬臣一眼，道：「見過幾面，並不相熟。」

顧敬臣瞥了一眼身側的姑娘，他發現，每次她都會假裝不熟。

喬彥成看著面前的情形，突然想到了一事。「我記得前些日子府中戲棚塌下時，是不是定北侯救了妳？」

喬意晚怔了下，她沒料到永昌侯會記得這件事。

顧敬臣說：「順手之事，喬侯爺不必記在心上。」

這話等於直接承認了，喬彥成立即道：「這怎麼行？算上這次，侯爺救了小女兩次了，你年紀不大，叫侯爺怕是把你叫老了，我和你父親同輩，不如喚你一聲敬臣可好？」

顧敬臣道：「喬侯爺隨意。」

這還是喬彥成第一次和顧敬臣說這麼多話，見顧敬臣的眼神時不時看向女兒，他心中更是有數了。

「對了，你不是在延城打仗嗎，怎地突然回來了？」

顧敬臣回道：「家母病了，皇上特下旨召我回京。」

喬意晚猛然抬頭看向顧敬臣，恰好顧敬臣也在看她。

喬彥成皺眉。「顧老夫人病了？何時發生的事，怎麼沒聽到一點消息？若早些知曉，我便讓夫人前去探病了。」

顧敬臣又道：「勞喬侯爺掛心，家母的病無大礙，已經好了。」

喬彥成道：「那就好、那就好。」

喬彥成看向女兒。剛剛他與定北侯說話時，女兒一直安安靜靜地站在一旁，一句話都不多說，她這性子與婉瑩截然不同，沈靜如水。看著她的側臉，他恍惚間看到了夫人年輕時的影子。

「意晚，咱們一會兒就要回府去了，妳是侯府的嫡長女，這一點誰也無法否認。」

聞言，喬意晚依舊只是平靜地道：「多謝侯爺。」

喬彥成點點頭。

喬意晚道：「我……我有些想法想跟您說一說。」

喬彥成道：「但說無妨。」

「父親他……」說了兩個字，她意識到自己說錯了，頓了頓，改口道：「雲大人他應該不知道我和婉瑩被調換過，意亭兄長也不知道，想必定北侯也查到了這一點。」

叫別人父親叫得倒是挺順口的，喬彥成心裡有說不出來的憋屈。

喬意晚看向顧敬臣。她是故意當著顧敬臣的面說的，因為顧敬臣定然徹查過此事，而他的話，永昌侯定會更信上幾分。

顧敬臣道：「嗯，確實不曾查到這些人知曉此事，內情應該只有孫姨娘和喬氏知道。」

聽到顧敬臣的回答，喬意晚鬆了一口氣。

「他們和喬氏不同，平日裡待我極好，侯爺也是讀書人，當知曉考中進士舉人不易，需花費多年努力，意亭兄長寒暑不輟，日夜勤勉讀書，雲大人沒什麼背景，在官場上小心翼翼多年，又有侯爺的相助，才有了今日的成績，還望侯爺能考慮一二。」

喬彥成看向女兒，疑惑道：「妳剛剛為何不當場求情？」

喬意晚說：「祖母得知當年事，心中本就有氣，若是不發洩出來定要積病。我說這番話固然可能有用，但喬氏定會得意起來，無形中又給祖母添堵。我求情何時都能求，沒必要當著喬氏的面求，且喬氏若知曉了我的軟肋，以後難免還會在此事上做文章，我不想被她拿捏。」

喬彥成不得不對女兒刮目相看。

寵辱不驚，始終平靜。

「若我不同意呢？」

喬意晚微怔，以她對永昌侯的了解，猜測他是會同意的。

「不同意也是人之常情。換位思考，若我處在您的位置上，未必會有您大度，所以無論您做什麼都是您的選擇。」

喬彥成點了點頭，心中納悶，三妹妹和三妹夫兩個汲汲為營的人如何能養出這麼通透的女兒？思來想去，覺得應該是自己的緣故，果然，自己生的女兒養在哪裡都像他。

這麼一想，喬彥成臉上帶了幾分笑意。「好，妳的意見為父會考慮的。」

喬意晚道：「多謝……」頓了頓，終於把那兩個字叫了出來。「父親。」

喬彥成笑了。

不多時，陳老夫人和陳氏走了出來，後面還跟著垂頭喪氣的雲婉瑩。

陳氏的眼圈紅紅的，顯然剛剛哭過，見喬意晚過來，陳氏緊緊握住了她的手，未語淚先流。

看著陳氏的眼淚，喬意晚覺得心頭酸澀不已，張了張口，正欲安慰她，沒想到自己的淚也流了下來。

陳氏終於忍不住把她抱在懷中，她可憐的女兒啊，這些年是過著什麼日子？若非姪兒及時發現，怕是她仍舊在雲府受苦，母女連心，想到她吃過的苦頭，陳氏還是覺得心痛。

兩個人抱在一起哭了許久，沒有人過來勸，因為大家都知道眼前的這一幕有多麼難得，只有站在陳氏身後的雲婉瑩覺得這一幕刺眼極了，屬於她的位置被旁人搶占了。

過了片刻，陳氏和喬意晚終於分開了。

陳氏看著她紅紅的眼眶，抬手為她抹了抹眼淚。「孩子，這些年妳受苦了。」

喬意晚對她笑了笑，搖搖頭。

陳氏的眼淚又湧上來了，她拿帕子擦了擦淚水，哽咽道：「都怪我沒守好妳，往後母親日日守著妳，再也不會有人欺負妳了。」

喬意晚哽咽出聲。「嗯。」

喬彥成笑著緩和氣氛。「好了，夫人莫要哭了，女兒這不是找到了嗎？岳父岳母也忙了一整日了，咱們回府去吧。」

陳氏道：「嗯。」

她緊緊握著喬意晚的手，拉著女兒朝外走去。

到了馬車旁，喬意晚扶著陳氏上馬車。

待陳氏上了馬車，喬意晚道：「母親，今日表哥幫忙很多，我有些話想對他說，去去就來。」

陳氏眼眸微動，道：「好，這是應該的。」

喬意晚朝著一旁的陳伯鑒走去，雲婉瑩迎面走了過來，在和她擦身而過時，譏諷道：「恭喜妳，終於得到了自己夢寐以求的榮華富貴。」

喬意晚停下腳步，抬眸看向雲婉瑩，平靜地說道：「若從來不曾擁有過，大概是作夢都想『求來』，但我只是『拿回』屬於自己的東西，沒什麼值得恭喜的。」

雲婉瑩看她平靜的模樣就氣不打一處來，從前她也沒少譏諷過喬意晚，然而，今日兩個人身分對調，她卻再也不能那樣說對方了。

她冷哼一聲，壓低聲音，用只有兩個人聽得到的聲音說道：「有些人得意一時，未必能得意一世，一輩子還長，且走著瞧！」

喬意晚恍若沒有聽到，面色始終平靜。

陳伯鑒此時走到喬意晚身邊，他剛剛看到雲婉瑩的神情了，眼神滿是怨毒。

「她剛剛說了什麼？」

喬意晚淡淡道：「沒說什麼，只是突逢大事，心有不甘，放了一句狠話。」

陳伯鑒皺眉。

喬意晚沒再理會雲婉瑩，看著陳伯鑒，鄭重道：「表哥，你今日不問緣由地站在我這一邊，我會銘記一輩子。」

顧敬臣隨永昌侯和陳培之朝著外面走去，離開之際，他回頭看向喬意晚，瞧見喬意晚看向陳伯鑒的眼神，嘴角抿成了一條線。

梁家的親事還沒退，如今又多了一個陳家。

陳文素一路小跑著過來了，瞧著事情已經結束，埋怨兄長道：「哎，這麼精彩的事情兄長你為何不讓我進來聽一聽啊！」

陳伯鑒道：「哦？我剛剛可沒有攔妳，妳是因為我才不敢來花廳偷聽的嗎？」

陳文素皺眉暗道，兄長真討厭！祖父和父親都在裡面，她哪裡敢硬闖啊。可惜了，這麼精彩的事情她無法和喬婉琪聊一聊。

陳文素轉頭看向喬意晚，眼睛一亮。或許……表姊能告訴她一些細節？

但她還沒開口，陳伯鑒就道：「妳還是去問母親吧，表妹要回去了。」

陳文素無言。問母親？那還是憋死她吧。

看著陳文素的表情，幾個人笑了起來。

顧敬臣還盯著喬意晚看，原來她笑起來這麼好看，比夢中哭泣時的面容動人多了。不過，她哭的時候倒也別有一番滋味……

「敬臣……定北侯……」喬彥成喚道。

顧敬臣收回目光，回答了喬彥成的問題。「喬侯爺不必設宴，我此次回來只為家母之病，過幾日便要回去。」

喬彥成道：「說的也是，以顧老夫人的病為先，你好好陪陪夫人，聽說前線大捷，想必不日就能驅逐梁軍，等你凱旋，我再為你接風洗塵。」

顧敬臣本想拒絕，琢磨了一下，道：「好，屆時定會去貴府拜訪。」

得到了顧敬臣的回應，喬彥成心頭一喜。「好好，我在府中恭候侯爺！」

顧敬臣點頭。「我出來太久，心中掛念母親，先回去了。」

陳培之道：「侯爺慢走。」

喬彥成也道：「敬臣慢走。」

顧敬臣上馬，回頭瞥了一眼喬意晚的方向，而後朝著定北侯府行去。

瞧著顧敬臣走遠，陳培之問道：「彥成，我瞧你剛剛與定北侯說了會兒話，可探查到了他為何插手你的家事？」

喬彥成笑了，問道：「大哥覺得呢？」

觀妹婿反應，陳培之心中的那個念頭越發強烈。「難道是因為意晚？」

喬彥成點了點頭。「多半是的。」

陳培之琢磨了一下顧敬臣的反應，微微頷首。「除此之外，的確很難想到其他的理由了。」

這件事只有對永昌侯府和雲府而言是大事，對旁人來說算不得什麼，定北侯沒理由參與其中。

「意晚那孩子的確不錯，之前伯鑒的母親也誇讚過她。」

喬彥成有些驚訝。「哦？大嫂也誇過意晚？」

大嫂可是崔家女，頂級世家出身。

陳培之道：「對，那時還不知意晚是你和芙蕖的女兒。」

喬彥成一副與有榮焉的模樣，似乎很快接受了自己父親的角色。他跟大舅哥聊了幾句後，便準備回府了。

陳氏帶著喬意晚先坐上馬車，她緊緊握著喬意晚的手，仔仔細細看著她，抬手撫摸著她烏黑的髮。

原來她才是自己的親生女兒，怪不得第一次見她時就有一種莫名的熟悉感。

喬意晚嘴角始終帶著一絲淺笑，任由陳氏打量自己。不過，她的內心遠不只表面上這般淡定，心怦怦直跳。

從小到大，她第一次體會到何謂母愛，喬氏從未給過她這樣的眼神，她偏愛的眼神只會看向兄長和意晴，她從不知一個人的眼神可以溫柔到這般地步。

「母親……」喬意晚忍不住喚了一聲。

陳氏疑惑，輕聲問道：「嗯？」

喬意晚抿了抿唇，笑著搖了搖頭。

陳氏抬手摸了摸她的頭，喬意晚突然想到了什麼，抬手掀起衣袖，露出雪白的胳膊。

陳氏正詫異於女兒的舉動，忽然，她看到了那塊傷疤……或許，不該僅僅稱之為傷疤，因為那傷疤已變形了。

經過十幾年，那燙傷的傷疤不知為何並不醜陋可怖，變成了像朵花一樣的淡淡印記，隱約還能看出胎記的模樣，跟她當年看到的一模一樣！

胎記的事，知情的人沒有幾個，女兒也不應該知曉，所以已排除了事先造假的可能。

「這是怎麼回事？」陳氏問。

喬意晚道：「我也不知。幼時這裡是塊突起的疤痕，後來疤痕漸漸泛紅，我搽藥膏也沒有用，再後來它便成了這樣。」

她也不知道自己這胎記究竟是怎麼回事，前後兩世，自從入京以來，這胎記顏色就慢慢變深了，與其說是銅錢，其實更像是一朵花。

陳氏想到了喬氏剛剛的反應，問道：「三妹妹不知此事？」

喬意晚搖頭。「此事只女兒和身邊服侍的人知曉。」

陳氏鬆了一口氣道：「還好她不知道。」

隨後，她又想到了喬氏對女兒的忽視，饒是她脾氣好，心中也忍不住又罵了幾句。

喬彥成跟太傅府的眾人道別，又交代了下人一些事情後，便上了馬車。

一上馬車他便看到了女兒胳膊上的胎記，忽然想到了當初夫人懷著身子時遇到的那位道士說過的話，神情恍惚了一下——

鳳凰涅盤，浴火重生。

那道士話語中暗示著女兒的命數不簡單，但如今太子已經定下正妃，不日將迎娶，意晚不可能成為太子妃，那道士的話多半是在胡言亂語……

陳氏見丈夫不知在想什麼，抬了抬喬意晚的胳膊道：「侯爺您看意晚胳膊上的胎記，燙傷的疤根本擋不住。」

喬彥成回過神來，笑著說道：「是啊，燙傷後都能顯露出胎記，可見咱們的女兒注定要回來。」

陳氏又看了一眼女兒的胎記，小心翼翼幫女兒把衣袖放下來。

「是啊，上天垂憐，伯鑒又心細，女兒終於回來了。」

前面馬車上的一家三口有多麼溫馨，後面馬車上的雲婉瑩就有多麼孤單和痛苦。

到了分岔路口，前面的馬車朝著永昌侯府的方向而去，後面的馬車轉了彎，去往雲府所在的方向。

雲婉瑩掀開簾子，看了一眼另一個方向的馬車，眼淚從眼角滑落。

喬西寧看向妹妹，微微嘆氣，今日發生了太多的事情……

馬車到了雲府，按照父親的吩咐，喬西寧先去了意晚原來住的小院子收拾東西。

黃嬤嬤和紫葉得知消息後滿臉喜色，趕忙為姑娘收拾著東西，把姑娘的東西都帶上了，即便是用不上的，黃嬤嬤也拿走了，這是避免雲府人，或者說雲婉瑩和雲意晴拿這些東西做文章，毀壞姑娘的名聲。

喬意晚的東西實在不多，不過兩刻鐘左右，裡面的東西都搬完了。

喬西寧看著妹妹的東西，心中有些酸澀。妹妹本應是侯府嫡長女，沒想到被安置在如此狹小的院落中，這院子連婉瑩原來院子的一半都比不上。

「哥哥，祖母、父親母親都不理我了，你可不能不理我。」

喬西寧回過神看向雲婉瑩，瞧著她面容悲戚的模樣，嘆了口氣。

「嗯，妳是我妹妹，若有難處，妳可與我講，能幫的，我自然會幫。」說完，他頓了頓，又補充道：「父親母親也並非完全不顧妳，妳也不要多想。」

畢竟同在一個府中生活多年，這些年的親情不是說散就能散的。

雲婉瑩委屈巴巴地道：「祖母向來疼愛兄長，哥哥能不能在祖母面前為婉瑩多說幾句好話……」

聞言，喬西寧一時沒有答話。

雲婉瑩有些失望。「兄長也不要我了嗎？」

喬西寧道：「婉瑩，妳平日裡最是懂事識大體，也最了解祖母，當知曉祖母心中最厭煩之人是誰，但凡跟她扯上關係，祖母都要氣得整宿睡不著覺，嚴重時還要吃些藥。妳常常為祖母親手熬藥，妳當知曉才對。」

雲婉瑩抿了抿唇，眼裡既有羞愧又有難堪。

喬西寧道：「婉瑩，世事無常，妳看開些吧。」

雲婉瑩甚是憋屈地道：「可我又有何錯？此事又不是我做的。」

喬西寧知曉妹妹今日突逢大事心中不順，儘量放緩語氣道：「沒有人說妳做錯了，我也不認為當年的事情和妳有關。」

雲婉瑩聲音大了些。「可你們的反應都認為我錯了，都拋棄了我！」

喬西寧皺了皺眉。「我不知妳為何如此想，妳本就出身雲府，何談拋棄？如今妳鬧著要回侯府，可有想過妳親生父母的感受？」

喬西寧是一個合格的兄長。往日婉瑩做錯了事他並不會一味偏袒，也常常會教育婉瑩，今日亦是如此。

然而，今時不同往日，喬西寧此時的態度在雲婉瑩的心中卻大為不同。

雲婉瑩抹了抹臉上的淚，道：「好，兄長的意思我明白了，你趕緊回你的侯府去吧，這裡廟小，容不下你這尊大佛。」

喬西寧瞬間冷了臉，對她說道：「雲府也並非龍潭虎穴，雲大人也是疼惜兒女之人，妳好好冷靜冷靜吧。」

說完，他在雲文海的同意下帶走了意晚的東西，也一併接走了黃嬤嬤和紫葉，三個人離開了雲府。

雲婉瑩看著空空蕩蕩又狹小的院子，哭得泣不成聲。

雲意晴不知何時來到了這裡，她看著雲婉瑩，說道：「姊姊，妳認命吧。」

雲婉瑩停止了哭泣，怒視雲意晴道：「妳給我滾，我不是妳姊姊！」

雲意晴臉色頓時冷了下來。昔日表姊多麼溫柔大方，今日竟然這般狠戾，她原以為表姊要比長姊好許多，得知表姊是自己親姊姊時她還曾歡喜過片刻，沒想到她竟是這樣的人。

「妳凶什麼凶！妳惦記著回侯府，怎麼不想想母親！母親都要被送走了，妳還不趕緊去跟侯府的人求情？」

雲婉瑩道：「那是妳娘，不是我的！」

雲意晴冷哼一聲道：「怎麼不是妳的？妳就是娘親生的，這一點剛剛已經在太傅府證實了，妳快想想辦法救救母親吧。」

雲婉瑩咬著牙道：「哼！想讓我救她，絕無可能！若非她，我如今怎會落到這般地步？」

她絕不承認喬氏那個蠢婦是自己的母親。

雲意晴譏諷道：「真是可笑，若不是母親，侯府哪個人會正眼瞧妳？就是因為母親把妳換到了侯府，妳才能在侯府享福那麼多年，現在的位置才是妳應該待的地方，妳本來就該在這裡！」

雲意晴的話真實又扎心，雲婉瑩簡直要崩潰了，捂著耳朵不想聽，口中一直罵著。

雲意晴見雲婉瑩指望不上，氣得跺了跺腳，離開了小院。

顧敬臣回府後直奔正院而去，此刻天色暗了下來，正院裡有光。

看到母親身邊的婢女，顧敬臣壓低聲音問道：「檀香姑姑，母親可醒了？」

檀香道：「夫人睡了一個時辰就醒了，醒來問過侯爺去了哪裡。」

秦氏已經病了一個月了，李總管及時發現異樣，把此事呈報給顧敬臣知道，這一個月來顧敬臣一直在憂心此事。

顧敬臣道：「嗯，煩勞姑姑了。」

檀香朝著顧敬臣福了福身，去忙別的事情了。

顧敬臣抬步朝著屋內走去，秦氏正坐在床上看書，聽到聲音後並未抬頭，依舊在看書。

顧敬臣也未打擾，坐在床邊。

直到一頁看完，秦氏方抬起頭來。

「回來了。」

顧敬臣點頭道：「嗯，母親怎麼又看書了？」

秦氏合上書，欲放在一旁，顧敬臣接了過去。

秦氏道：「左右無事，日日躺著也覺得煩悶，不如看看書。」

顧敬臣瞥了一眼手中的書，是《道德經》。

「可需兒子給您找些話本子？」

秦氏說：「不用。那是小姑娘才愛看的東西，我年紀大了就愛看經書，多讀讀經書也不錯，靜心。」

顧敬臣應了一聲。「嗯。」

隨後把書放在一旁的書架上。

瞧著兒子的背影，秦氏問道：「對了，你剛剛去做什麼了，又去宮裡了？」

顧敬臣神色微頓，並未解釋，只隨口說道：「沒有，出去辦了點事。」

秦氏也沒多問。「嗯。你回來也有三日了，你若記掛著前線，明日便回吧。」

顧敬臣道：「不急，等母親好些了我再回去。」

秦氏解釋道：「其實我沒什麼事，那日我只是一時頭暈，沒站穩，眼前一黑暈倒了，只是沒想到皇上竟然讓你回來照顧我。」

顧敬臣沒說話。

母親的情形可不是像她說的那樣簡單，母親暈倒在宮裡，整整三日未醒，太醫們都束手無策，雖然母親最後醒過來了，但病因一直沒能查清楚，這幾日也一直昏昏沈沈的。

秦氏又道：「這幾日我感覺身上好些了，你回去吧。」

作為母親，兒子走之前她的確不願兒子上戰場，但如今兒子因為她的一點小病就回來，她也不願麻煩兒子、耽誤兒子的正事。

顧敬臣沒有接這句話，而是問了一個問題。「母親，您有沒有想過一個問題。您身子一向康健，為何這一個月來頻頻頭暈，甚至還暈倒了？」

秦氏略一思索，神色逐漸變得凝重。「你是懷疑我中毒了？」

顧敬臣點頭。

秦氏又思索片刻，道：「不可能，我吃穿用度都是用慣了的，經手的人也都是府中的老人了，太醫不是也沒查出來什麼嗎？」

顧敬臣道：「正因為如此，才更可怕。」

秦氏沒再說話，臉色沈了下來，細細思索著最近發生的事情。

「這一個月來，除了宮裡的賞賜，只有承恩侯府送過東西，還有聶姑娘來看過我，其他的，就沒有了。」

顧敬臣又道：「我已經讓揚風去查了，若查不出病因，兒子也不放心。」

這一次是暈倒三日，若不能找出原因來，下一次還不知會怎樣。

秦氏想到上次兒子走時交代的事情，看向兒子。「你是不是早就有所懷疑了？」

顧敬臣頓了下，點頭。「嗯。」

秦氏道：「好，那你去查吧。」

既然兒子早就有所懷疑了，若不查個徹底，他怕是不會安心。

見兒子要離開了，她忽然想起一事。

前些日子她聽說雲府正準備和國公府辦喜事，她想著兒子在前線，應不知此事，可如今兒子回來了，她怕兒子聽說此事會傷心。

「你上次與我說，親事的事情由我作主，可是真的？」

顧敬臣怔了一下。

秦氏道：「我瞧著永昌侯府的嫡長女不錯，雖太子選妃落選了，但聽說她刺繡極好，又擅長詩詞歌賦，性子文靜，大方得體，你覺得如何？」

她記得兒子喜歡雲家的姑娘之前，似乎曾對這位喬姑娘感興趣。

聞言，顧敬臣神色有些奇怪。

見兒子不贊成也不反對，秦氏又問了一遍。「嗯？你是何態度，與我說清楚些，同意抑或者不同意，給個準話。」

顧敬臣道：「母親說的是永昌侯府的嫡長女？」

秦氏點頭道：「正是她。若你沒什麼意見，等我身子好些了，我便親自去問問永昌侯夫人的意思。」

這次病中她也想明白了許多事情，若有個萬一她熬不過去，只留兒子一個人在世上可怎麼辦？最好趁早給他找個合心意的姑娘，兩個人能有個依靠，互相扶持。

她那弟妹顯然是不可靠的，這次她要親自去！

顧敬臣抿了抿唇，道：「若是永昌侯府的嫡長女，兒子沒意見。」

秦氏看了一眼兒子的神色，瞧著他面上竟難得流露出一絲羞澀，鬆了一口氣。

還好，兒子果然對那姑娘有意。

不過，與此同時，她心中也多了些別的心思。

兒子開竅後怎麼見一個愛一個，會不會太花心了些？別的沒有隨他父親，這一點倒是十足像，真不是什麼好事！

馬車到了永昌侯府後，喬意晚扶著陳氏下了馬車。

得知母親回來後躺下了，喬彥成道：「天色已晚，夫人和意晚先回正院去休息，我去瑞福堂看看母親。」

陳氏張了張口，喬彥成打斷了陳氏要說的話。「今日發生了太多事，夫人也累了，先去休息吧。母親那邊我去瞧瞧，等明日妳再去探望母親，想來母親會體諒的。」

陳氏略一思索，道：「也好。」

她今日實在是疲憊得很，無心他顧。

喬彥成看向站在一旁的女兒。也不知為何，雖然跟女兒沒見過幾次，莫名就覺得親切，跟女兒說話時也下意識把聲音放輕了。「意晚，妳好好陪陪妳母親。」

喬意晚道：「是，父親。」

喬意晚剛剛隨陳氏回到正院，喬婉琪就小跑著過來了。

見大伯母在看自己，知曉大伯母最重規矩禮儀，喬婉琪連忙放慢了腳步，整理了一下衣裳，朝著陳氏福了福身。「見過大伯母。」

陳氏道：「嗯，婉琪過來了。」

喬婉琪瞥了一眼喬意晚，眼神裡滿是興奮。

意晚表姊竟然是自己的親堂姊，這可真是讓人意外又驚喜！

太傅府的宴席結束，他們一家人就回府了，母親一直在猜測太傅府有什麼事要避開他們，沒過多久，就見祖母怒氣沖沖地回來。

她和母親一同去了瑞福堂，祖母把孫姨娘、三姑母、婉瑩罵了一通，足足罵了一刻鐘，她才聽明白祖母生氣的緣由。

她本留在瑞福堂陪著祖母，見大伯父回來了，她藉機退了出來，直奔正院而去。

她知今日天色已晚，不該在此時過來，可實在是忍不住心中的興奮，跑過來看了一眼。

「見過大堂姊！」喬婉琪脆生生地喚道。

聽到這個稱呼，喬意晚微微一怔。「婉琪。」

陳氏看看婉琪，又看看意晚，笑道：「妳們姊妹倆關係倒是不錯。」

喬婉琪笑著說道：「大堂姊脾性好，長得又好看，我第一次見她時就喜歡。」

陳氏記起之前似乎就常常看到喬婉琪伴在意晚身邊，而她也在見到意晚第一面時就覺得熟悉，對其心生好感，可見血緣這種東西之玄妙。

陳氏笑著點了點頭。「妳大堂姊剛回來，往後在府裡少不得需要妳照應。」

她原先擔心女兒回來不適應，有婉琪在，相信會好很多。

喬婉琪道：「那是自然，大伯母放心，包在我身上，我一定把府中上下所有的事情都跟大堂姊說清楚！」

喬婉琪又忍不住拉著喬意晚嘰嘰喳喳說了許久。

不多時，黃嬤嬤和紫葉從雲府過來了，一併帶來了喬意晚的行李。

陳氏瞧著女兒的東西，又是一陣難過。她雖不重視這些身外之物，可見女兒總共沒幾件衣裳，還都是穿舊了的，還是會不舒服。

喬婉琪憤怒道：「三姑母也太壞了，意晴那麼多衣裳，怎地就給大堂姊做這麼幾件。」

喬意晚看了一眼陳氏，見她眼中含淚，怕她哭久了傷身，於是說道：「衣裳夠穿便好。」

陳氏見女兒如此懂事，既欣慰又心疼。沒關係，她以後會給女兒置辦齊全的。

喬婉琪又嘟嘟囔囔說了幾句，見這邊還有事要忙，大伯母又和表姊剛剛相認，想必有很多話要說，便沒再過多停留，離開了正院。

此時也到了晚飯的時辰，陳氏沒再多言，吩咐人上了飯菜。

飯桌上，陳氏一直在為喬意晚挾菜。

等吃過飯，收拾妥當，陳氏便讓人把門關上了，屋內除了黃嬤嬤和紫葉，還有陳氏的心腹荔枝。

陳氏牽著女兒的手來到榻邊，落坐後，握著女兒的手，柔聲道：「剛剛人多，我沒來得及細問，這些年……妳究竟過得如何？」

短短一句話，陳氏好不容易才問出口。

剛剛在太傅府，從旁人的隻言片語中她便知曉女兒過得不如意，再加之平日裡見過喬氏對女兒的態度，也能從中猜測一二。只是，作為母親，她想知道得更詳細些。

喬意晚望向陳氏的眼睛，瞧著她溫柔的眉眼，笑了笑，抬手撫平了她因擔心而皺起的眉頭。

「我……」

陳氏彷彿知曉女兒要說什麼，握緊了女兒的手。「我想聽實話。」

喬意晚看得出來母親是真的關心她，想確知她的情況，那一句「我過得挺好」突然怎麼都說不出口了。

陳氏看了一眼黃嬤嬤和紫葉。「妳不說，我問她們兩個也是一樣的。」

喬意晚長長舒了一口氣，道：「其實，在雲家時父親和兄長都待我極好。三姑母雖不喜歡我，但因為有父親在，平日裡也不會搓磨我，下人們對我也很是敬重，我並未吃苦。」

見女兒仍舊不說實話，陳氏心緒變得複雜。

女兒的性子真的很好，即便是發生了這麼大的事情仍舊不會怨天尤人，不會去責罵原來的家人，從女兒的身上她似乎看到了一切美好的東西。

從女兒這裡她怕是問不出什麼來了，罷了，她不問了。

「那妳跟我說說妳以前的事情吧。」

她想聽聽那些她從未參與過的女兒的成長。

喬意晚道：「母親指的是何事？」

陳氏道：「什麼事都行，只要是妳的事情就好。」

喬意晚明白了母親的意思，她也想好好和母親說說話，只是此刻天色已晚，母親又滿臉疲憊，這一說下去不知要到何時了。

「母親，您今日累了一日，不如好好休息，明日咱們再說？」

陳氏笑著說道：「我不累。」

這幾個月她一直懷疑婉瑩不是她的親生女兒，如今真的找到了自己親生的女兒，她心中有一種失而復得的感覺，正開心著。

喬意晚看了一眼荔枝，荔枝得到暗示，笑著對陳氏說道：「夫人，您不累，大姑娘也累了啊。總歸大姑娘以後會長長久久伴在您身側，您有的是時間去問那些事情。」

陳氏這才想到女兒也累了一日。

「好，那妳先休息，明日咱們母女再說。」
「好。」
陳氏道：「走，去看看他們為妳準備的房間。」
喬意晚站起身，隨陳氏朝著外面走去。
陳氏邊走邊道：「時間短促，院子還沒收拾出來，正院裡空著許多屋子，妳先隨我住在正院吧。」
喬意晚應了一聲。「嗯。」
永昌侯府的正院極大，光是屋子就有十來間，旁邊還有一個跨院，喬意晚先住在旁邊的跨院裡。
陳氏說道：「這院子狹小，妳且先住著，等把院子收拾出來妳再過去。」
喬意晚打量了一下跨院。「這裡也挺好的。」
這跨院比她從前住的院子還要大些，推開屋門，裡面收拾得乾乾淨淨、整整齊齊。屋內的陳設簡潔大方，用材講究，一看便知極為用心。
安置好女兒，陳氏又對下人交代了一番，這才離開了跨院。
人一走，黃嬤嬤和紫葉終於激動地看向喬意晚。
「姑娘，咱們成功了……」
「您以後再也不用受苦了。」

喬意晚笑了笑。「嗯，離開了。」

她再也不用日日擔心何時會被人害死了，可以好好活著了。

「妳們兩個人也忙活了一日，時辰不早了，先去休息吧，有什麼話等明日再說。」

「是。」

沐浴後，喬意晚去了床上躺著。

陳氏為喬意晚準備的床比喬意晚在雲府的床大一倍，被褥也都鬆軟舒適，然而，躺在一個陌生的環境中，喬意晚一時有些睡不著。

她腦海中一直浮現著今日發生的事情，所有的事情如同一幅長長的畫卷呈現在眼前，每一個人的表情和反應也從眼前掠過。

聽著屋外潺潺的雨聲，喬意晚不知何時睡著了，這一次她竟夢到了雲府。

看著眼前熟悉的一草一木，喬意晚心中有些不解。白日裡她不是已經在眾人面前揭露了真相嗎，怎地又回到了雲府，難不成這一切都是一場夢？

喬意晚心中開始有些慌亂。不，她不能再回來了，等意晴嫁入國公府，她不知還能不能活命……

很快，聽到了屋裡傳出動靜。

「啪！」一個清脆的巴掌聲響了起來。

「妳個毒婦！妳還是不是人！意晚雖不是妳親生的，也是咱們看著長大的啊，妳怎麼能害死她！」男人憤怒又帶著哭腔的聲音響了起來。
是父親。
喬意晚來到門前，看到了坐在椅子上淚流滿面的父親。
喬氏正神情狼狽地坐在地上。
「我……我……我沒有，我只是不想讓她生下侯爺的孩子，給她下了墮胎藥，沒想害死她……」
雲文海怒斥道：「這還不夠嗎？她身子本就瘦弱，如今又有了身孕，妳一副藥下去，她不知要遭多少罪！」
面對雲文海的指責，喬氏也有些不悅，反駁道：「那日她回府說有了身孕，老爺不也愁得半夜睡不著覺！」
雲文海神色微頓，又道：「我的確有些發愁，但我絕對沒想過要害死她肚子裡的孩子！」
喬氏道：「老爺，婉瑩才是咱們的孩子。」
雲文海道：「她雖是我的孩子，可我一日也沒養過她，她也沒孝順過我，意晚更是我的孩子！」
轟隆隆……轟隆隆……
喬意晚被突如其來的雷聲吵醒了。

醒來前，畫面一轉，她似乎看到顧敬臣滿臉怒意來到了雲府……

喬意晚睜開眼看著粉色的床頂，心中疑慮頓生。

難道前世她不是被喬氏害死的？既不是喬氏，那會是誰？又為何要害死她？

發生了這樣的事情，雲婉瑩像是從天上掉到了地上，難過得整宿沒有睡。

這一晚上，足夠她想清楚所有的事情。

依著祖母和父親對喬氏的討厭，喬氏定然沒有好下場，一定會被送回族裡處置，不僅如此，她那個親爹恐怕也無法在京城繼續做官了。

雲文海一走，她也得跟著離開，從此以後跟京城就再也沒有任何關係了。

她不甘心！她要在雲文海離開京城之前做最後一搏。

很快的，太子周景禕收到了她的信，看著手中的信，他嘴角一勾，最近日子無趣得很，出去逛逛也不錯。

第二十章

顧敬臣正沈浸在美夢之中。

他再次夢到了喬意晚，這一次他們共度了一段愉快的時光。

睜開眼醒來，顧敬臣看著尚有些暗的屋內，暗想，或許早些成親也是極好的，也不知昨夜她在侯府中過得如何，會不會太開心把他忘了？

練完劍，顧敬臣擦了擦汗，把布放在揚風手中，抬腳正欲去沐浴，頓了頓，又看向揚風，吩咐道：「今日你去買些有趣的話本子。」

話本子？揚風一臉驚訝。他怎不知他們侯爺何時有了這樣的興趣愛好。

看到下屬的眼神，顧敬臣神情微赧，補充了一句。「女子愛看的那種話本子。」

揚風忽然想起了昨日侯爺說要給夫人準備話本子，立馬明白了。

過了一會兒，顧敬臣打理好自己，去了正院向母親請安。

他陪秦氏用完早膳，又確認母親吃了藥，才放心離去。

待兒子走後，秦氏琢磨了一下，對檀香道：「我覺得還是早些去永昌侯府提親吧，聽說那喬姑娘各方面都很優秀，如今落選太子妃，怕是各家都要求娶的，可別再像上次一樣去晚了。」

檀香給秦氏掖了掖被角，道：「您說得有理。不過，再快也得等您身子好些了才行。」
秦氏喃喃道：「早些定下來，兒子能穩定下來，我也能安心。」
檀香道：「有侯爺在，您身子一定會好起來的。」
秦氏道：「哎。妳還是去準備準備吧，過幾日就隨我去永昌侯府。」
檀香應道：「好。」
等秦氏睡下，檀香拿著鑰匙去了庫房，在裡面準備著適合送去永昌侯府的提親禮，挑選好之後一一放在身後婢女的手中。
門口處有兩個婆子守著，一個稍胖些的婆子忽然捂了捂肚子，藉口肚子疼離開了。
她左拐右拐，沒去淨房，反倒是去了外院。
在內外院相連的一片隱密樹林處，胖婆子鬼鬼祟祟地跟一個身形瘦弱的男子說道：「夫人準備為侯爺提親，提的是永昌侯的嫡長女。」
不多時，胖婆子便回去了。
另一邊，顧敬臣回到書房後正在看信，看的是來自延城的快報，見延城情況一切正常，他安心不少，拿起筆來寫了一封回信。
處理完政務，閉上眼，顧敬臣的腦海中又浮現出那一張如蘭如月的臉，也不知她此時在做什麼？
這時，揚風抱著一摞話本子進來了。

「侯爺，這是市面上正熱門的話本子。」

顧敬臣拿起最上面的話本子，只見封面上寫著《小姐和書生》，他想都沒想，放在了一旁，隨後又拿起第二本，書名叫《京城煙雨》，從書名看不出究竟寫的是什麼故事，他打開翻看了一下，故事主要講的是一個官家小姐和落魄世家子的故事，那世家子是個讀書人，兩人從小定下親事，青梅竹馬，兩小無猜……

晦氣！

顧敬臣皺眉，放置在一旁，又拿起下一本，這一本的書名叫《嫁給狀元郎》。

「只有書生和小姐的？」顧敬臣問。

揚風有些詫異。「夫人不是最喜歡看書生和小姐的故事嗎？這些都是市面上賣得最好的。」

夫人最喜歡看窮書生的故事，書生越窮，她越喜歡。若那故事裡的男主角身分尊貴，她便不會多看一眼。

顧敬臣沒說話，臉色不太好看。

揚風又補充了一句。「最下面這幾本不是書生的，這兩本寫的是將軍和小姐的故事，這本寫的是商賈和小姐。」

幸好他怕夫人看煩了書生和小姐的故事，特意拿了幾本不一樣的。

顧敬臣拿過來那兩本寫將軍的話本子，翻看了一下。「嗯，不錯，把這兩本書給永昌侯世子送去。」

給永昌侯世子？揚風愣了一下，瞬間又反應過來了，原來侯爺是想給喬姑娘送書啊！

他怕會錯意，又試探地問道：「想必世子事多，不如請喬姑娘品鑒一下？」

顧敬臣應了一聲。「嗯。」

揚風知曉自己猜對了，笑道：「屬下這就去。」

「剩下的幾本給母親送去吧。」

「是。」

喬西寧看著手中的兩本話本子，想到剛剛那位大人傳的話，轉身朝著內院走去，剛到正院門口就看到了不遠處父親的身影。

父親剛從瑞福堂出來，正朝著這邊走來，他停在正院門口等了一下。

待父親走近，喬西寧躬身行禮道：「兒子見過父親。」

喬彥成道：「嗯。來看你母親和妹妹？」

喬西寧道：「早上來過一次了，這次是給妹妹送東西。」

父子二人朝著正院走去，喬彥成道：「對了，為父昨日忘記問你了，婉瑩那邊如何？雲府的人不會欺負她吧？」

再怎麼說婉瑩也是自己養大的女兒，雖心思有些不正，又有個那樣的母親，他還是無法做到絕對的狠心。

喬西寧道：「挺好的，她住在意晚原來住的院子裡，府中的人也沒有為難她，只要她能看開些就好。」

喬彥成道：「嗯，那就好。今早你三姑母已被送出京城，過不了多久雲文海也會離京，這段日子你多關注婉瑩那邊，雲府若有人對她不好，幫幫她。」他頓了頓，又道：「不過，也不必過於插手，她早晚要習慣雲家的生活，也不必讓她知曉是侯府幫了她。」

幫她，是因為這麼多年的父女情分；不告知她，是因為不想她做過多不切實際的幻想。不是他狠心絕情，婉瑩畢竟是孫姨娘的血脈，她的身分決定了她不可能再留在侯府中。

喬西寧應道：「是，父親。」

喬彥成這才注意到兒子手中的書，隨口道：「這是話本子？難為你怕你妹妹不習慣侯府生活，知道給她送些話本子解悶。」

喬西寧想了想，解釋道：「不是兒子送的，是定北侯。」

喬彥成面上流露出詫異的神情，很快這絲詫異又變成了喜悅，他抬手把兒子手中的話本子拿了過來。

《將軍再愛我一次》、《冷將軍和嬌小姐》……喬彥成臉上的笑頓時僵住了，這都是什麼東西！

作為一個讀了幾十年書的文臣，喬彥成實在無法忍受這樣的東西，他差點把話本子撕了，只是想到這是顧敬臣送來的，他及時忍住了。
最後，他嫌棄地把話本子遞回給兒子，彷彿多看一眼都要髒了眼睛。
「我去看看你母親，你給意晚送過去吧。」
喬西寧道：「是，父親。」
說罷，喬彥成朝著正廳走去，走了幾步，又停了下來。
書名那麼露骨，裡面該不是什麼下流的東西吧？
想到女兒那一雙真摯的眼睛，那一張恍若未經世俗洗禮的純淨臉龐，再想到顧敬臣看女兒的眼神，他心頭一跳，臉色頓時變得難看。
可別讓那小子帶壞了自己乖巧懂事又單純的女兒！
「西寧，等一下！」
喬西寧停下腳步。
沒等兒子過來，喬彥成就快步朝著兒子走去，一把拿過兒子手中的書，快速翻看了一下，見裡面內容不是他想的那樣，終於放心了。
「去吧。」
喬意晚正在屋中規整擺放東西，轉身之際，發現了站在門口的喬西寧，也不知他來了多久了。

她放下手中的東西，擦了擦手，朝他走去。「大哥。」

喬西寧面上帶了幾分笑，走進屋裡。

「在收拾東西？」

喬意晚道：「嗯，昨日沒來得及整理，今日收拾一下。大哥請坐。」

喬西寧坐在了一旁的榻上，紫葉停下了手中的活，給喬西寧倒了一杯茶，隨後又默默退了出去。

喬西寧一直在觀察，瞧著喬意晚身邊婢女，他心中暗暗讚了一聲，從身邊伺候的人往往能看出主子的性子。

他輕抿一口茶，放下茶杯，問道：「在這裡住得可還習慣？」

喬意晚答道：「挺好的。」

喬西寧仔細看了看喬意晚。

他昨日去看過喬意晚往日住的院子，院子狹小，屋裡陳設簡陋，而此刻在她的臉上他看不出她對這個小跨院有何想法，也看不出回到侯府的得意和開心。

「其實不用這麼麻煩，旁邊的秋意院這幾日就能收拾好，裡面的東西很齊全，妳整理不要的東西就丟了，到時直接住過去便是。」

喬意晚皺眉道：「這些東西都還能用，丟了可惜。」

聞言，喬西寧沒再多勸，他把話本子放在桌子上。

「這是定北侯送來的，他怕妹妹在府中無趣，給妳送些話本子過來。」

顧敬臣給她送話本子？為何？

喬意晚疑惑地看向桌子上的話本子，一個人的喜好果然不會變，前世她就在房中見到過這兩本話本子，當時她就懷疑是顧敬臣放在屋裡的，可當她問起時顧敬臣否認了，沒想到今生他竟給她送了過來。

「多謝大哥。」

若在昨日之前，喬意晚大概想也不想就會讓人給顧敬臣退回去，可昨日他才剛幫了她，她不能這樣做。

喬意晚的反應過於平靜，喬西寧倒是好奇極了。

昨日定北侯突然出現幫了妹妹，今日又送來話本子，聽說他之前還向妹妹提過親，用意已經很明顯了，就差把「喜歡」二字從嘴裡說出來了。

「妳可知定北侯是何人？」

喬意晚道：「知道。」再熟悉不過了。

喬西寧沒把話說明，他們兄妹倆雖是同父同母，但的確沒見過幾次，彼此並不熟悉。

「可要回禮？」

「煩勞兄長替我說聲謝謝吧。」

昨日她欠了他一個天大的人情，其他的禮她以後再想辦法補上。

「好。」

此時的正廳裡，陳氏讓人從庫房搬出一些布料挑選著。

她想著女兒和自己喜好相同，都喜歡素色，庫房中有許多素色的布料，她選了幾疋，準備一會兒讓人給女兒做幾身衣裳。

喬彥成坐在榻上喝茶，時不時和夫人說著話。

「母親身子還好，只是精神不濟，也不願見人，訪客全都推了。這樣的消息是瞞不住的，估摸著過幾日京城的人就都知道了，夫人做好準備。」

陳氏道：「嗯，既然母親身子不適，那就閉門謝客也好。」

喬彥成想了想，道：「也好，過了這幾日等事情平靜下來再說。」

正好這幾日她想好好和女兒說說話，也不想見外人。

說完此事，喬彥成端起茶飲了一口，又提起另一件事。

「婉瑩那邊還好，西寧說雲府沒人會欺負她，夫人不必擔心。」

陳氏神色微怔。

「我倒不擔心她會被欺負，她那樣的性子，如何會吃虧？只是……」

喬彥成看向陳氏。「嗯？」

陳氏說道：「我是怕她會動歪心思，最終害了自己，侯爺還是多注意一下吧。」

喬彥成眉頭緊緊皺了起來，想起為了選上太子妃，她不擇手段的做法。

過去他還沒意識到女兒這樣做有什麼問題，此刻聽了夫人的提醒，恍然間明白過來。對於婉瑩而言，從侯府嫡長女變成從五品小官之女，定會心有不甘，在這種情況下，她很可能做一些什麼事。

「夫人說得有道理，我會注意的，前院還有事要忙，我先過去了。」

「侯爺慢走。」

等裁縫來了正院，陳氏讓人把喬意晚請了過來。

見喬意晚喜歡自己挑選的布料，陳氏開心不已，從前她為婉瑩挑選的布料，婉瑩向來不喜歡。

這次她一口氣為喬意晚做了十來件衣裳，喬意晚委婉拒絕道：「母親，衣裳太多了，馬上天就要暖和起來了，我穿不過來。」

陳氏拍了拍女兒的手。「怎麼會穿不過來？不過十幾件罷了，一日一件，這還做少了。」

昔日婉瑩只會嫌衣裳太少不夠穿，常常是從正院做幾件，再從瑞福堂那裡做幾件，有些衣裳還未上身就扔掉了。

喬意晚看得出母親想補償她，她沒再多言。

有了新衣裳，就得配上新的首飾，陳氏讓人去把她的首飾盒子拿過來。

她平日裡打扮素淨，不怎麼戴首飾，盒子裡收藏了不少好看的首飾，只是喬意晚平日裡也不怎麼戴首飾，推拒了一番。

陳氏又怎會就此作罷？女兒頭上都沒一件像樣的首飾，她得為女兒準備一些。

「這些款式有些老舊了，改日我帶妳出去買新的。」

喬意晚看著陳氏開心的模樣，應了下來。「好。」

陳氏笑得更開心了。

喬意晚問：「母親，祖母那邊可要去侍疾？」

陳氏道：「妳有這份孝心，想必妳祖母知曉了會很開心，不過，妳暫時不必去，妳祖母平日裡最疼婉瑩，又最恨孫姨娘，她最近幾日怕是不想見任何人。」

喬意晚道：「嗯。」

過了片刻，二夫人何氏來了，帶著喬婉琪一起。

何氏一進門就笑著說道：「大嫂，忙著呢？」

陳氏停下了和女兒的談話，看向何氏母女。

「沒做什麼，二弟妹請坐。」

何氏也不客氣，找了個位置坐下了，眼睛一眼不錯地盯著喬意晚看。

喬婉琪道：「見過大伯母、大堂姊。」

喬意晚站起身道：「二嬸、二妹妹。」

何氏滿臉笑意。「意晚長得真好看，跟大嫂很像。」

喬婉琪點頭。「就是就是，我從前就覺得像，母親您不知道，大堂姊長得更像祖母年輕的時候，可惜祖父的畫被大堂姊——咳，祖父的畫沒了，不然還能拿出來看看。」

陳氏看向女兒道：「意晚長得比我好看。」

聽到這話何氏有些詫異，大嫂平日裡很重規矩，人也比較正經刻板，尋常人根本不敢與她開玩笑說些閒話，若平常聽到這話多半笑笑不說話，今日的大嫂似乎有些不同，好像……嗯，多了些煙火氣。

這可真是奇了怪了，以前婉瑩在的時候也沒見大嫂這般，難道母女之間真的有血緣天性？

喬意晚看向母親，笑了笑，沒多說什麼，她轉頭看向了喬婉琪，又看向何氏。

「二妹妹活潑可愛，性子討人喜歡。」

這話何氏愛聽，她道：「她性子直，這一點隨我，要是以後婉琪說錯了什麼話，妳多擔待。」

喬意晚道：「二嬸這是哪裡話，且不論二妹妹並不會說錯話，再者我是姊姊，自會護著她。」

何氏點了點頭，怪不得大嫂喜歡這個女兒，性子看起來倒是不錯，比婉瑩那個死丫頭強多了。

「我聽說府裡在給妳收拾秋意院，妳若有什麼東西短缺，只管向我要。」

喬意晚朝著何氏福了福身。「先謝過二嬸了。」

何氏著實對昨日的事情好奇不已，但兩個孩子在場她也不好多問，便藉口小姊妹培養感情，把喬意晚和喬婉琪支開了。

「婉琪，妳大堂姊剛回府，想必還沒逛過府中，不如妳帶著她四處去轉轉？」

喬婉琪看向喬意晚道：「好啊，不知大堂姊想不想去？」

喬意晚看了陳氏一眼，見她點頭，便道：「好。」

兩個小姑娘一離開，何氏立馬坐到了陳氏旁邊，好奇地問道：「大嫂，昨日到底發生了何事？為何意晚和婉瑩會被調換？母親只一個勁兒罵孫姨娘和三妹妹，我聽都沒聽明白。」

陳氏看向二弟妹，何氏怕陳氏不說，又道：「反正這事早晚會傳開，我雖跟此事沒什麼關係，可畢竟也是侯府的主子，我若是不知曉的話，別人問起時我不好答啊。」

陳氏略微思索片刻，點了點頭，隨後簡單說了說整件事情。

喬婉琪挽著喬意晚的胳膊，邊散步邊為她介紹著侯府各處。

「這是正院，那邊是瑞福堂，就是祖母住的地方。這些地方大堂姊都來過了，想必還有些印象，往前走是個小花園，穿過小花園就是父親和母親住的院子，旁邊是我住的聽雨軒，大堂姊的秋意院在另一個方向，以後大堂姊可以來找我玩啊！」

喬意晚道：「好。」

兩個人正在花園裡走著，迎面來了一個熟悉的身影。

喬婉琪嘀咕了一聲。「我哥怎麼來內宅了……哥——」

喬婉琪的話還沒說完，就被喬琰寧打斷了。

喬琰寧看見站在妹妹身邊的喬意晚，皺了皺眉，問道：「妳怎麼在府裡？婉瑩呢？」

他昨晚和朋友出去小酌，喝得醉醺醺的，一早醒來就從躲在一旁議論的下人口中得知府中發生了天大的事情。

大伯父家的婉瑩離開了侯府，三姑母家的意晚則來了侯府，這發展太出人意料之外，他飯都沒來得及吃，就匆匆來了內宅想一探究竟，沒想到竟遇到了當事人之一。

雲家表妹在這裡，那就說明婉瑩是真的被攆走了，他心頭的火立即就上來了。

喬意晚知曉喬琰寧和婉瑩關係好，先前婉瑩給喬氏的信就是喬琰寧幫忙送過去的，也是喬琰寧掩護，才讓婉瑩有機會去宮裡參選。

她平靜地道：「她回家了。」

喬琰寧皺眉道：「回家？回哪裡的家，侯府才是她的家。」

喬婉琪道：「哥哥這話好生奇怪，侯府怎麼會是她的家？她是三姑母生的，自然要回三姑父家。」

喬琰寧道：「我知道妳跟婉瑩關係不好，但妳也沒必要這樣說她。」

喬婉琪憋了一肚子火。「我說她什麼了？我不過是實話實說罷了，是哥哥你是非不分！」

喬琰寧心頭也有火。

「我怎麼就是非不分了？是你們太過涼薄，婉瑩在府中生活了那麼多年，一直都是侯府的姑娘，三姑母做錯了事情為何要遷怒到她的身上？府中又不缺她一口飯吃，為何要把她攆走？」說完，又看向喬意晚。「還有妳，一直都是姑母的女兒，姑母和姑父把妳養大，妳就一點都不顧念親情，立即心無芥蒂地入住侯府？」

話裡不乏諷刺之意，大有一種喬意晚鳩占鵲巢、貪慕榮華富貴之意。

喬婉琪快要被她哥氣死了。「大堂姊不是這樣的人，哥，你說話太難聽了！」

喬意晚輕輕拍了拍擋在自己前面的喬婉琪，朝前走了一步。

面對喬琰寧的指責，喬意晚的眼神依舊平靜。「喬公子是想讓我顧念一個在我出生時就任由我病死之人，還是想讓我顧念一個為了掩蓋我胳膊上的胎記不惜往我胳膊上烙傷疤之人？又或者是為了給親生女兒說一門好親事而往我藥裡下毒之人？」

喬琰寧並不知道這些事情，他只知道大妹妹離開了府中。他張了張口，一時竟不知該說些什麼。

喬意晚還沒說完，又繼續說道：「若喬公子能做到以德報怨，那我無話可說。不過，意晚只是個肉體凡胎的俗人，只想好好活著，做不到你這般心胸寬廣。」

喬琰寧被對得無話可說。

「三弟，你給意晚道歉！」喬西寧的聲音響了起來。

他剛剛離開正院後去了瑞福堂，在祖母那裡待了片刻，正欲回外院，便聽到了這邊的爭執。

喬琰寧也意識到自己說錯話了，頓了頓，道歉道：「對不起，我剛剛不該那樣說妳。」

喬意晚道：「沒關係。」

道完歉，喬琰寧依舊想著剛剛的事情，他看向喬西寧。

「大哥，就不能把婉瑩接回來嗎？咱們侯府這麼大，兩個妹妹都在就好了啊。」

喬西寧皺眉，此事不是一、兩句話能說清楚的，想到剛剛祖母與他說的關於孫姨娘的事情，他問道：「你去看過祖母了嗎？」

喬琰寧說：「還沒。」

喬西寧道：「你先去看看祖母吧。」

或許聽聽祖母的話，三弟心中就有答案了。

喬琰寧還欲再說。「婉瑩……」

喬西寧打斷了他的話。「看完祖母再說此事。」

喬琰寧閉了嘴。「好吧。我先去看祖母，一會兒我去外院找你。」

喬西寧點頭。「好。」

喬琰寧離開後，喬西寧看向喬意晚。

「妳別介意，三弟跟婉瑩關係好，關心則亂。而且他昨日並不在場，不知曉那些事情。」

喬意晚道：「嗯，可以理解。」

喬琰寧畢竟和雲婉瑩一同長大，兩個人感情比較深厚，今日會有這樣的舉動實屬正常。不過，想到之前喬琰寧為雲婉瑩做過的事情，她心中隱隱有些擔憂。

「不過，有句話我想提醒一下大哥。」

喬西寧道：「妹妹請說。」

喬意晚說：「之前因為我不肯為婉瑩造假，婉瑩威脅我，母親把她關了起來，隨後，她弄壞了祖母的畫像，給三姑母通風報信，瞞著府中去宮裡參選……」

這些喬西寧都知道，不知她為何再次提起，不過接下來的話就為他解了惑。

「這些事情都是三哥給她機會做的，如今婉瑩的情形比上次還要糟糕，不知她若又想做什麼事，會不會求到三哥的頭上……」

喬西寧頓時一震。

雖然親手把婉瑩送回了雲府，也拒絕了她想要回府的請求，但他們二人相處了十來年，他一直都拿婉瑩當妹妹，當年的事又是孫姨娘和喬氏所為，所以這種感情不是說斷就能斷的。

他沒有把婉瑩想得太壞，只覺得她偶有些任性之舉，但向來知書達禮又懂事。

看來反倒是妹妹這個局外人看得更清楚些。

「也可能是我多想了，不過我還是希望大哥能多注意一下三哥。」

喬婉琪道：「絕對會的！她幹什麼壞事都要我哥幫忙。」

喬西寧神色嚴肅地道：「嗯，多謝妹妹們的提醒，我去找琰寧了。」

喬西寧走後，喬婉琪嘀嘀咕咕跟喬意晚道：「哼，從前府裡府外的人都說婉瑩是好的，說我任性，如今可算是都睜開眼了。」

因為喬意晚的提醒，喬西寧多費了些心思，一方面穩住喬琰寧，不讓他出門去尋婉瑩，另一方面他查了查婉瑩的行蹤，這才發現她竟然去見了太子。

得知此事後，喬西寧急急去了前院書房。

「父親，婉瑩私下去見太子了，和太子在一處單獨待了兩個時辰。」

喬彥成神情微怔，兒子話中之意他聽明白了。

喬彥成的臉色沈了下來，心也冷了下來。「繼續盯著她，若有異動及時告知我。」

他感到很失望，想不通究竟是因為突逢大事才改變了婉瑩的性子，還是她本就是這樣的性子？

頓了頓，他又道：「不過，不必幫她了。」

她雖是他的養女，但也是孫姨娘的血脈，若她隨了孫姨娘，昨日的事情後，她不來害侯府就不錯了，侯府這邊已不宜過多干涉她的事。

「是，父親。」

那日發生在陳太傅府中的事情雖然沒有外人在場，但消息卻像是長了翅膀一樣飛到了京城各個府邸之中，然後慢慢發酵。

短短數日，幾乎全京城的大街小巷都知曉了此事，滿京城譁然。

一個姨娘和庶女竟然把府中的嫡長女換成了自己的女兒，那假女兒還在侯府享受了十幾年的榮華富貴，直到昨日方才被發現。

此事乍一聽令人覺得不可思議，同時也激起了不少百姓對姨娘和庶女的咒罵，以及對真女兒的同情。

其中有不少人仔細一想又覺得此事甚是恐怖，正室嫡出子女看向府中姨娘和庶出女兒的眼神都變得嚴肅了幾分。

外面發生了這麼大的事情，秦氏自然也知曉了，饒是她這般佛系的人都愣怔了許久。

「陳氏生產那時，府中的姨娘把她的女兒掉包了？」

檀香回答。「外頭是這樣說的。」

秦氏搖搖頭。「這永昌侯府的人都死了嗎？竟然能讓一個姨娘把府中正經的主子給換了。」

檀香道：「您忘了嗎，當年老侯爺獨寵一個姨娘。」

秦氏又怎會忘了？這事鬧得滿城皆知，她小時候就聽說了。

震驚過後，她突然想到了另一個重要的問題。「那個假女兒現在是在侯府還是在雲家？」

檀香又道：「聽說當天從太傅府出來後就被世子親自送回了雲家。」

秦氏道：「所以如今永昌侯府的嫡長女變成了原本雲家的那個姑娘？」

聽到這話，檀香的神色也變了。

秦氏喃喃道：「那不就是之前敬臣喜歡的那個姑娘嗎？」

檀香道：「對，就是她。」

所以，兒子究竟喜歡哪個姑娘？兒子向來對情感一事冷漠，除了上次主動要她去雲府提親外，先前無論她怎麼說他都無動於衷，這一次怎會這般輕易就同意她去永昌侯府提親？

秦氏陷入沈思之中。

永昌侯府一直很重視原來的那個嫡長女，喬老夫人也很疼她，走到哪裡都要帶著，她沒出過幾次門，卻回回都能碰到她們。

如今發生了這樣的事情，侯府立刻就把那個嫡長女送回她親生母親身邊，一點轉圜的餘地都沒有，做得乾脆俐落。

那嫡長女好歹是在府中培養了多年，怎會這般輕易捨棄？除非她做了什麼，或許是知曉內情？又或者，有人從中干預？

秦氏心中隱隱有個猜測。

「我與敬臣提起親事是哪一日來著？」

檀香算了算。「應該就是事情發生的當日。」

秦氏道：「我記得敬臣那日出去過一趟？」

檀香答道：「對。」

秦氏細細琢磨了一下，對檀香道：「妳去把李總管找過來。」

檀香道：「是，夫人。」

不多時，李總管來到正院。

秦氏直接開門見山問道：「五日前那天下午，侯爺去了哪裡？」

李總管思索片刻，侯爺沒有說此事要瞞著夫人，於是便說了實話。

「侯爺去了太傅府。」

秦氏眼眸微動。果然，她猜對了，兒子的確干預了此事。

「他去太傅府做什麼？」

陳太傅是文臣，他們定北侯府是武將，向來沒什麼交集。

李總管道：「侯爺把當年陳氏生產時為她看診的大夫從江南找了回來，帶到了太傅府，還把孫姨娘毒害大夫和穩婆的證據也一併送到了太傅府，說是要揭發真相。」

秦氏愣住，她錯了，她兒子不是干預了這件事，而是掌控。

原來外面的傳言並非都是真的，此事只是發生在太傅府，但真正查出真相的人是她兒子。

她從不知道兒子是個這麼愛管閒事之人，秦氏震驚得一時失了言語，片刻後方問道：「所以，調查此事是侯爺主導？」

李總管道：「那倒不是，是喬大姑娘先發現的，侯爺發現喬大姑娘在調查自己的身世，就寫信讓我幫忙找證據。」

秦氏暗笑，她還真是問對人了。

關於兒子究竟喜歡誰這個問題，她也不用再旁敲側擊了，很明顯，他從頭到尾喜歡的只有那個曾經的雲姑娘，也就是如今的永昌侯府嫡長女。

做這麼多事就是覬覦人家姑娘，怪不得他那日神情詭異，臉上帶著一絲羞赧，還連她都敢瞞著！

不過，聽喬氏說，喬大姑娘喜歡的是梁公子，才會跟梁公子訂親，兒子做這件事定是覺得那喬大姑娘回到侯府之後，原來的親事或許會不作數，他便有了機會。

她平日裡最厭惡強取豪奪，可同樣的例子發生在兒子身上，她竟然也同意兒子的想法，想把那姑娘搶過來給兒子做媳婦兒……

不，不行，還是要看喬大姑娘的意思。

「那喬大姑娘和梁公子還沒退親吧？」

這事，李總管就更清楚了。

「是沒退親，不過當時這門親事是喬氏給喬大姑娘定下來的，喬大姑娘根本就不知道這事，訂親前甚至都沒見過梁公子。」

秦氏有些驚訝。「不知道？」

說完，她慢慢明白過來了。對啊，喬氏不是喬大姑娘的親生母親，她說過的話也未必是真的。

李總管又細細解釋了一遍。「喬氏之所以給喬大姑娘定了這門親事，是為了給她家小女兒換親。喬氏和安老夫人做了約定，喬大姑娘嫁給安老夫人的姪孫，安老夫人就把雲二姑娘娶進國公府給小伯爺做正妻。」

秦氏聽得一愣一愣的，這簡直比話本子裡寫的故事還要精彩。

李總管道：「喬氏為了讓此事順利，據說還暗中在喬大姑娘的藥裡動手腳，致其一直昏沈沈纏綿病榻，甚至訂親之日都沒告訴她，所以喬大姑娘並不知此事。」

秦氏冷了臉。這喬氏可真是惡毒！

李總管又道：「喬氏本來還在猶豫要不要把喬大姑娘嫁給梁公子，就在承恩侯夫人去雲家為侯爺提親的當日，她同意了。」

竟然是因為他們去提親了所以才倉促給喬大姑娘定了那樣一門親事？秦氏心頭甚是憤怒，虧她當時還以為雲家是讀書清流，不貪慕權勢，沒想到竟有這樣的內情，這喬氏可真是該死！

秦氏道：「我記得雲家老宅在齊北？」提親之前，她細細查過雲家。

李總管答道：「對。」

離顧家倒是不遠。秦氏道：「讓人照顧照顧她。」

李總管道：「侯爺已經吩咐過了。」

兒子做事果然妥帖。既然喬大姑娘不喜歡梁公子，兩個人的親事又有這樣的內幕，想來這親事也終會不了了之，那她就放心的給兒子提親去了。

兒子幫了喬大姑娘這麼大一個忙，喬大姑娘定也是感激的，未必對兒子無情，兩個人也算是兩情相悅了，兒子的大事算是解決了。

秦氏興奮地說道：「檀香，妳趕緊準備準備——」說著，她看到了站在一旁的李總管，臉上的笑漸漸沒了，她差點忘了，兒子竟然敢瞞著她。「如今喬大姑娘去了雲家，那咱們就去雲家提親吧。」

李總管臉上的神情微愣。

秦氏又道：「李總管，你也準備準備。」

李總管想說些什麼又不知該如何說，只道：「是。」說完便退了出去。

此事得趕緊跟侯爺說一聲，萬一夫人真的去雲家提親了，那雲大人定是會同意的，事情不就糟了？

此刻，冉玠正站在永昌侯府門外，靜靜地看著永昌侯府。

永昌侯府的門房很有眼色，一眼便認出冉玠的身分，見冉玠沒有過來，主動走過去跟他打招呼。

府中雖閉門謝客，但也不會讓客人站在門外，會先把客人請進府，然後再委婉表達不見客之意。

「見過冉公子，冉公子可是要來侯府找哪位公子？」

冉玠看向面前的小廝，自從和意晚退了親事，他曾幾次去雲府想求見意晚，但每次都被門房攔了下來。不管是在揚州還是在京城，雲家從未讓他踏進去半步。

如今喬意晚身分比從前高了不知多少，兩個人之間也有了一定的差距，沒想到她的家門倒是比從前容易進了。

「我想找世子。」

小廝道：「小的不知世子是否在府中，您請先進來，小的去為您通傳問話。」

世子今日就沒出門，小廝心中有數，不過，世子是否願意見冉公子他就不知道了，所以他沒把話說死。

冉玠隨著小廝進入侯府之中。

此刻喬西寧正跟父親永昌侯下棋。因那日的事情，永昌侯這幾日索性告了假，沒去上朝。

聽說冉玠來了，喬彥成看了兒子一眼，喬西寧說道：「兒子往日與這位冉公子並無深交。」

喬彥成琢磨了一下，冉玠是冉妃的弟弟，將來的事可不好說。

「你去看看吧，他應該不是來問意晚的事情，好好招待，問問他為何而來。」

喬西寧應道：「是，父親。」

冉玠在前廳喝了一盞茶左右，喬西寧來了。

喬西寧有禮道：「小伯爺。」

冉玠的父親如今是伯爵，而他們府中只有這一位嫡出的公子，將來要繼承爵位，故而他尊稱他一聲小伯爺。

冉玠站起身來道：「世子。」

喬西寧道：「請坐。」

冉玠道：「多謝世子。」

喬西寧問：「不知小伯爺來此有何事？」

冉玠抿了抿唇，看向喬西寧，像是終於做了決定。

「我能見一見意晚嗎？」

喬西寧頓時怔住了。見意晚？

看著喬西寧疑惑的眼神，冉玠開口解釋。「我與意晚是舊識，在揚州時就認識了，如今許久未見，最近得知她發生了一些事情，想見一見她。」

前有侯爺透過他給意晚送話本子，後有小伯爺打著見他的名義來見意晚，他怎麼覺得自己成了一座橋梁？

「意晚初來侯府，正在收拾院子，不知有沒有空見你。」

冉玠立即道：「沒關係，我可以等，她什麼時候有空了再來見我就行。」

「嗯，我讓人去問問。」

喬西寧看了一眼身邊的小廝，小廝馬上離開了。

前院來傳話時，喬意晚正在試穿陳氏為她新做的衣裳。

看著喬意晚身上的衣裳，陳氏笑著點了點頭。「這天青色的布料太過挑人，尋常人穿上顯得黑了些，妳倒是極適合的。」

身上這件顏色比較素，喬意晚也很喜歡。

母女二人正說著話，荔枝進來了。

「夫人、大姑娘，冉公子來了，說想要見一見大姑娘。」

陳氏蹙眉道：「冉公子？何人？」

荔枝解釋道：「是冉妃娘娘的胞弟，伯爵府的公子。」

陳氏想起來是何人了。那位冉妃長得很漂亮，她的弟弟亦如是。她聽那些尚在閨閣中的小姑娘們提起過，這位冉公子貌比潘安，儼然為京城第一美男子。

只是他為何要來找女兒？陳氏看向女兒。

喬意晚也沒瞞著，解釋道：「我曾與他訂親，後來又被三姑母退了親。」

陳氏終於明白了，這便是那第一個與女兒訂親之人。

從前冉家是商賈，如今是有爵位之家，她聽說京城中喜歡這位小伯爺的不在少數。

「妳可喜歡他？」陳氏問。

若女兒當初是逼不得已退親，再續前緣也未嘗不可，只要女兒喜歡便好。

喬意晚琢磨了一下，道：「不是男女之情的喜歡。」

陳氏明白了。「那妳去見見他吧。」

喬意晚道：「女兒去去就回。」

就在冉玠喝完第三杯茶時，喬意晚終於出現在他的面前。

「見過大哥、冉公子。」

冉玠站起身來，看向喜歡的姑娘。自從上次秋獵，他再也沒見過她了，時隔半年不見，她似乎清減了一些，不過，還是一樣好看。

「意晚。」

喬西寧看看冉玠，又看看妹妹，道：「意晚，我書房還有些事沒忙完，妳代為兄好好招待小伯爺。」

喬意晚道：「是。」

喬西寧出了門，吩咐小廝。「守在門口，若那冉玠有輕浮的舉動，立刻把他攆出去。」

妹妹明明很聰明，做事也很得體，可不知為何，他總覺得她需要被保護，生怕旁人欺負她。

小廝道：「是，世子。」

喬西寧去書房時也不忘跟永昌侯說了一聲。

永昌侯記得意晚和冉玠訂過親，令他意外的是這位小伯爺如今竟然還記掛著女兒。

一個定北侯，一個伯爵府的公子，還有一個太傅府的狀元郎，這幾個都不錯啊。

這時，守在大門口的小廝又來了。

「侯爺、世子，定北侯來了，說是有事找世子。」

喬彥成和喬西寧互看了一眼，暗道，今兒是什麼好日子，怎麼一個兩個都來了？

——未完，待續，請看文創風1207《繡裡乾坤》3

2022年2月出版

大器婉成

文創風 1039～1040

穿越成一個壞女人也無妨，扭轉命運就是了！
雖說莫名活在別人仇視的目光中讓她難受得很，
不過只要拿出誠意真心「悔過」，一定能化解所有難關……

溫情動人小說專家／夏言

雖說自己不是沒幻想過成為小說中的人物，
但是一覺醒來就變成書中的反派女配角卻是始料未及，
不僅因為個性太過差勁而被討厭，
更不知好歹地嫌棄自家夫君，大大方方搞起婚外情，
真是讓她啞巴吃黃連，有苦說不出……
好在目前尚未鑄成大錯，一切還有挽回餘地，
紀婉兒決定「洗心革面」上演一齣全能印象改造王，
先烹調美食收買人心，再與害羞的丈夫來個「真心話大冒險」！
正當她欣喜於努力逐漸發揮效果、餐館事業有了進展時，
舊情人追上門求關注不說，親娘也覺得她怪怪的……
OMG！難道她精心策劃的劇情要爛尾了嗎？!

不黏不膩，享受一起努力的半糖愛情／南風行

2023年10月出版

勞碌命女醫

當穩婆接生一次的收入，一半都要拿來繳稅，
有房有馬那就有雜稅，修屋也有修屋稅，
就算啥都沒有，一個人每月也要交一百文的稅，
真是萬萬稅，沒人告訴過她，古代的稅這麼多啊？

文創風 1201 1

梅妍一穿越就是棄兒，隨著撿到她的婆婆居無定所，
雖然身分低下，但身為穩婆的她不怕沒生計，畢竟哪戶都要生產。
這不？才搬到新居秋草巷，半夜就有人喊著需要穩婆出診救人！
有上輩子的婦產科經驗，她不似在地穩婆迴避難產，保下母子打出口碑。
這趟出師順利，讓她不但有了生意，還獲得擔任縣衙查驗穩婆的機會，
只是她天性負責，又要為照護先前的產婦，幾乎每天忙得團團轉，
總算所有事務告一段落，她才慶幸能夠睡到自然醒，卻被施工噪音吵醒，
嗚嗚嗚，這秋草巷破敗已久，縣令早修晚修都好，為什麼要現在修啊？

文創風 1202 2

被判為妖邪會要人命，但那些身體徵狀根本就是生病，這讓梅妍怒火中燒，
幸好縣令非昏庸之輩，聽她有憑有據的解釋，這才順利救下遭誣陷的百姓。
不過這妖邪案的水也太深，竟然引來許多有心為民的大佬隱身市井關注?!
她一個小穩婆竟入了他們的眼，生活除了忙，就是忙，想喘息一下都難，
生活才剛穩定，又要她去照顧育幼堂的孤兒，她一個人哪有能力啊？
無奈上天自有安排，下起冰雹，她住得最近，總不能眼睜睜看著孩子出事，
孰料到了現場，竟有不配合的熊孩子作亂，所幸出現一群將士及時幫了忙，
原來是返鄉療傷的大將軍鄔桑的麾下，返鄉？這就是施工噪音的主因了吧？

文創風 1203 3

梅妍發現育幼堂的女孩們知足惜福，卻不知為何對新衣服有點害怕，
直到其中一個女孩被擄走，才知道每當她們穿上新衣就會「被」消失。
妖邪案、樣貌精緻的孤兒消失，都證實有權貴在做見不得人的勾當，
也讓她更加警惕自己平民的身分，即便跟大佬們有些來往，也不可放鬆。
所以……鄔桑大將軍離開前把三隻狗放她家是什麼意思？讓她當狗保母？
好嘛，照顧孤兒女孩們、代替遠在前線的軍醫幫鄔桑換藥，能者多勞唄！
孰不知能者不但多勞還多災，先前她在公堂上查體，如今卻關進大牢裡，
啊！原來把狗放她家，是想要保護她嗎？可惜狗狗無法對抗陰謀啊……

文創風 1204 4 完

梅妍體驗了被劫獄的刺激，只可惜劫她的不是英雄，是無恥梟雄，
幸虧她利用機智跟一點安眠藥，順利在月黑風高時落跑成功，
不過她沒被歹人弄死，卻差點把自己摔死，所幸鄔桑和狗狗及時相救。
沒想到這幫歹人的頭子竟是郡上太守，背後更牽扯到皇帝信任的護國寺，
但後續與只能坐在輪椅上養傷的她無關，如今她只管複診，日子悠哉許多，
唯一煩惱的是各種直球丟來的鄔桑，堂堂大將軍天天幫她推輪椅是怎麼回事？
沒辦法繼續裝傻，她也對他確實有好感，便在流螢漫天的池塘邊互訴情意，
誰知隔兩天這傢伙居然上門提親？等等、等等！這進度太飛越了，她拒絕！

繡裡乾坤 2

國家圖書館出版品預行編目資料

繡裡乾坤 / 夏言著. --
初版. -- 臺北市 : 狗屋出版社有限公司, 2023.11
冊 ; 公分. --（文創風 ; 1205-1209）
ISBN 978-986-509-467-6（第2冊 : 平裝）. --

857.7　　112016683

著作者　夏言
編輯　黃淑珍　李佩倫
校對　吳帛奕
發行所　狗屋出版社有限公司
地址　台北市104中山區龍江路71巷15號1樓
電話　02-2776-5889～0
發行字號　局版台業字845號
法律顧問　蕭雄淋律師
總經銷　知遠文化事業有限公司
電話　02-2664-8800
初版　2023年11月
國際書碼　ISBN-13　978-986-509-467-6

定價280元

狗屋劃撥帳號：19001626

網址：love.doghouse.com.tw　E-mail：love@doghouse.com.tw